厦门大学哲学社会科学繁荣计划资助项目

感觉·主题·意识
——里夏尔主题批评探索

鲁京明 著

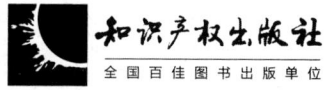

图书在版编目（CIP）数据

感觉·主题·意识：里夏尔主题批评探索／鲁京明著．—北京：知识产权出版社，2016.5
ISBN 978-7-5130-4161-4

Ⅰ.①感… Ⅱ.①鲁… Ⅲ.①文学评论—法国 Ⅳ.① I565.06

中国版本图书馆 CIP 数据核字（2016）第 083232 号

责任编辑：邓　莹　　　　　　　责任校对：董志英
封面设计：SUN 工作室　韩建文　责任出版：刘译文

感觉·主题·意识——里夏尔主题批评探索
Ganjue · Zhuti · Yishi
鲁京明　著

出版发行：	知识产权出版社 有限责任公司	网　　址：	http://www.ipph.cn
社　　址：	北京市海淀区西外太平庄 55 号	邮　　编：	100081
责编电话：	010-82000860 转 8346	责编邮箱：	dengying@cnipr.com
发行电话：	010-82000860 转 8101/8102	发行传真：	010-82000893/82005070/82000270
印　　刷：	保定市中画美凯印刷有限公司	经　　销：	各大网上书店、新华书店及相关专业书店
开　　本：	880mm×1230mm　1/32	印　　张：	8
版　　次：	2016 年 5 月第一版	印　　次：	2016 年 5 月第一次印刷
字　　数：	180 千字	定　　价：	28.00 元
ISBN 978-7-5130-4161-4			

出版权专有　侵权必究
如有印装质量问题，本社负责调换。

摘　　要

　　让-皮埃尔·里夏尔是20世纪以来法国最伟大的文学批评家之一。在长达半个世纪的批评生涯中，主题批评一直是他坚持的批评方法。作为20世纪文学批评中的一种重要方法，主题批评被广泛地应用于小说和诗歌研究，里夏尔则是主题批评的集大成者。

　　然而我国学界对里夏尔这位法国批评家并不十分了解，迄今为止尚没有关于里夏尔及其主题批评的专题研究成果，这方面的参考文献也很缺乏，因此，笔者力求通过细读法语原著将里夏尔主题批评的本质特点和发展脉络较为清晰地揭示出来。

　　本研究围绕以下问题展开：什么是主题批评，里夏尔的主题批评形成和发展的轨迹及其特点是什么，其哲学基础和理论资源是什么，什么是里夏尔批评的本质。

　　笔者认为，里夏尔的主题批评本质上是一种以现象学哲学为基础，洋溢着生命气息，重视感觉、体验和同情，洞察作家创作意识的深度批评，同时是一种二度创作。研究表明，里夏尔主题批评是建立在现象学基础上的，在最初的阅读中，批评家努力抛弃一切成见，去感受另一个主体之所感，他与所批评的作品之间不是一种简单的批评和被批评的关系，而是批评家和作家之间的心灵沟通。他的批评充满了审美想象力和创造力。就方法论而言，他坚持一种方法，却不固守一种方法，他是既有着独立立场、不以预设的理论为先导的批评家，又善于主动汲取各家之长的批评家，开放、包容和进取使他成为独具特色的批评家。在当代的中国文学批评中充斥着来自西方的理论话语，批评家们较多地依赖西方理论，缺乏独立自由探索的勇气。笔者认为，将里夏尔批评引入中国的文学批评语境中将有助于引发更多富有深度、具有独特视角的创造性批评，使批评之美得以彰显。

目　　录

导　论 ……………………………………………… (1)
　一、里夏尔在法国文学界的地位和声望 ………… (1)
　二、研究里夏尔的必要性 ………………………… (5)
　三、里夏尔研究在国内外的现状 ………………… (10)
　四、研究的难点 …………………………………… (13)
　五、研究的内容 …………………………………… (18)

第一章　里夏尔对作家作品的整体研究（20 世纪 50～60 年代的批评实践） ……………………… (20)
　第一节　对作品中作家深层意识的建构（对司汤达作品中主题网络的建构） ………………… (22)
　第二节　对司汤达作品中认识与温情这一恒常主题的把握 ……………………………………… (28)
　　一、认识与温情的表现形式 …………………… (29)
　　二、认识与温情的相互过渡 …………………… (38)
　　三、矛盾的对立统一 …………………………… (46)
　第三节　从人物的形态创造到深层意识的探索（对福楼拜存在深处之困扰的揭示） ………… (51)
　　一、食欲——欲望在肉体上的转移 …………… (51)
　　二、贪食的后果 ………………………………… (52)

1

第四节　对诗人深层意识的探索（对现代诗的
　　　　　　批评）……………………………………（61）
　　第五节　里夏尔早期批评的特征………………（69）
　　　一、从感觉出发………………………………（69）
　　　二、从形象追溯到意识………………………（70）
　　　三、一元论特征………………………………（71）
　　小结………………………………………………（72）

第二章　20世纪60年代里夏尔对主题批评理论的建构……………………………………………（73）
　　第一节　里夏尔的批评原则……………………（75）
　　第二节　里夏尔对主题的定义…………………（78）
　　第三节　主题的物质性…………………………（84）
　　第四节　确定主题的方法………………………（87）
　　第五节　作品的意义与存在之间的关系………（95）
　　第六节　风景……………………………………（97）
　　小结……………………………………………（108）

第三章　20世纪70~80年代：从整体阅读到微观阅读………………………………………………（109）
　　第一节　何谓微观阅读………………………（109）
　　第二节　微观阅读的特点……………………（114）
　　第三节　微观阅读与整体阅读的关系………（117）

第四章　20世纪90年代后的批评……………（121）
　　第一节　从物出发……………………………（122）
　　第二节　里夏尔的批评观……………………（126）
　　第三节　批评家的创作之维…………………（135）
　　小结……………………………………………（138）

第五章 里夏尔的主题批评与比较文学的"主题学研究"辨析 …… (139)
第一节 比较文学中的"主题"(thème)和"母题"(motif)概念 …… (142)
第二节 主题学中"主题"与"母题"的关系 …… (145)
第三节 主题批评中的主题概念 …… (147)
第四节 主题的表现方式 …… (149)

第六章 主题批评的哲学基础和方法论资源 …… (151)
第一节 哲学基础 …… (153)
一、生命哲学 …… (153)
二、现象学哲学 …… (158)
三、现象学美学 …… (169)
第二节 主题批评的方法论资源 …… (171)
一、巴什拉尔的物质想象论 …… (172)
二、主题批评对浪漫主义的继承 …… (177)
三、普鲁斯特思想的影响 …… (179)
小结 …… (181)

第七章 里夏尔主题批评与结构主义批评的互动 …… (183)
第一节 里夏尔主题批评与结构主义的交集点 …… (186)
第二节 里夏尔对结构主义理论的借鉴 …… (188)
第三节 两种批评话语特征 …… (191)
第四节 对待理论的态度 …… (194)

第八章 主题批评与精神分析的互动 …… (200)
第一节 主题批评与精神分析的结合 …… (200)
第二节 主题批评与精神分析结合的基础 …… (202)
第三节 里夏尔对精神分析的创造性吸纳 …… (207)

第九章　里夏尔式批评对中国文学批评的借鉴
　　　　意义 ………………………………（210）
结　语 ………………………………………（218）
参考文献 ……………………………………（228）
后　记 ………………………………………（241）

导　　论

让－皮埃尔·里夏尔（J-P Richard，1922～）是法国当代最著名的文学批评家之一，他继承和发展了加斯东·巴什拉开创的主题批评方法，成为主题批评的集大成者。他一生致力于批评实践，成果丰硕，在文学批评界享有很高的声望。

一、里夏尔在法国文学界的地位和声望

里夏尔对 19 世纪和 20 世纪的几十位著名作家和诗人做过深入的研究，1954 年发表的《文学与感觉》(*Littérature et Sensation*) 和 1955 年发表的《诗与深度》(*Poésie et Profondeur*)，是其早期的代表作，前者在文学界产生的影响尤其重大，它充分体现了里夏尔的早期批评思想，从中可见现象学哲学对里夏尔批评方法论形成的影响。里夏尔早期的研究基本上是名家名作，这种选择不一定能反映他个人的兴趣，因为在大学文学系的教科书中收录的基本上都是经典作家的作品，作为大学的文学教授熟读经典、研究经典可以说是一种职业的要求，因此将研究与教学结合起来自是顺理成章的事。他先后在《夏多布里昂的风景》《诗与深度》《文学与感觉》等著作中分别分析了司汤达（Standal）、福楼拜

（Gustave Flaubert）、夏多布里昂（Chateaubriand）、波德莱尔（Charles Baudelaire）、魏尔伦（Paul Verlaine）、兰波（Rimbeau）等19世纪和20世纪属于不同文学流派的代表人物的经典之作，这在一定程度上反映出里夏尔深厚广博的学养。

  里夏尔以他具有深度的批评风格受到广泛赞誉，在早期的著作中他让人们看到一种独特而新颖的文学批评方法，给人耳目一新的感觉，因而被称为新批评。他并不是一位热衷于理论的批评家，而是将自己的文学批评思想贯穿在对文本的分析批评中，以其对文学想象的敏感和独具特色的阅读分析诠释主题批评方法的深度，揭示文学作品和创作意识与存在之间的关系。直到 1961 年，他才在《马拉美的想象世界》（*L'Univers de Mallarmé*）中第一次对"主题"（thème）概念以及他的"主题批评"方法论作了较为清晰的阐释。之后，里夏尔用这种方法研究了现代诗以及浪漫主义作家的作品，先后发表了《关于现代诗的十一篇论文》（*Onze études sur la poésie moderne*）、《夏多布里昂的风景》（*Paysage de Chateaubriand*）、《关于浪漫主义的研究》（*Etudes sur le Romantisme*）等随笔集。20世纪70年代后，里夏尔逐渐转向对作品的微观阅读，并且将心理分析、语言学理论和方法引入到主题批评中，带来了风格上的较大的变化，《普鲁斯特与感觉世界》（*Proust et le monde sensible*）、《微观阅读》（*Microlecture*）第一卷和第二卷最能体现这种变化，因此也引起了批评界较多的关注。

  不仅如此，里夏尔还是一位独具慧眼的批评家，特别擅长发现文学新秀，能够从一些名不见经传的年轻作家的作品中发现新的文学表现形式和独特的风景。20世纪80年代后他则将注意力转向当代作家研究,他将一些新人介绍给读者,他的批评伴随着一批作家成长。《物的状态》(*L'Etat des choses*)、《批评论丛》(*Essais de critique bussonière*)、《阅读场》(*Terrain de licture*)、《杂集》(*Pêle-mêle*)等著作中收集的基本上是里夏尔对当代作家作品的批评论文,他的文章对于人们了解一些新秀起到非常重要的作用。通常,大学教授们多把精力放在经典作品的研究上,而里夏尔却常常会研究一些在当时还未成名的作家,例如伊夫·比歇(Yves Bichet)、多米尼克·巴尔贝利斯(Dominique Barbéris),在《四篇阅读》的前言中,里夏尔很明确地告诉读者,该书中的前两篇文章研究的两位作家已经有很多人研究过,而后两位,即伊夫·比歇和多米尼克·巴尔贝利斯还有待于人们了解,里夏尔在他们的作品中看到的是文学创作与对肉身世界的把握之间的关系的特殊表现形式,这些作家的成名与里夏尔的评论也许不无关联。特别值得一提的是,1999~2007年,里夏尔五次对皮埃尔·米琼(Pierre Michon)的作品进行了阅读批评,由此可见他对当代文学创作独特的关注,像里夏尔这般关注当代一些尚未成名的作家及作品的大学教授实不多见,这不能不说是里夏尔对大学学者批评默认的研究范围的突破,体现了他不拘一格、不断接受新事物、超越自我的年轻心态。这也许是人们对他产生敬意的另一个原因。

半个多世纪以来,里夏尔笔耕不辍,犹如法国批评界的一棵常青树,枝繁叶茂,长盛不衰。法国文学批评界、文论家和文学爱好者们对让-皮埃尔·里夏尔独特的批评阅读的兴趣也并未随着岁月的流逝而衰减,每当其新作问世时,法国主流媒体都会给予特别的关注，把它看成文学界的盛事，《费加罗报》（*Le Figaro*）、《世界报》（*Le Monde*）、《新观察家》（*Le Nouvel Observateur*）、"法国文化广播电台"（France Culture）等主流媒体都会对相关事件及时跟踪报道，并在不同的时期对里夏尔做录音专访。法国的《文学半月刊》（*La Quinzaine*）、《文学》（*Littérature*）都出过里夏尔研究专刊，可见里夏尔在学界享有很高的威望，尽管他本人始终保持着低调的为人处世的态度。随笔作家让－克洛德·马蒂厄（Jean-Claude Matieu）在《想象物的领地——致让－皮埃尔·里夏尔》一书的前言中指出："在当代批评风景中，里夏尔的著作在前景中占据的地位如同其作者一样既光彩夺目又不张扬……许多人将结构分析模式理论化，但是鲜有人能依据想象物世界的感性逻辑，将真实的结构如此清晰地揭示出来。尽管文学研究存在着机械重复地运作能指的风险，里夏尔却从未在品味文本之前将它交付给具有繁殖力的播散，而是除了强调以外恢复了它的实质。赞美身体写作的人并不总是能够像里夏尔那样使他的批评写作引人入胜，令人如此实在地感受到现实。这种醇厚的、分享和传播着幸福的批评毫不犹豫地让自己的身体冒险进入文本，使最初隐秘的生机再现，正是这一点使这种批评彰显出来，并使它总是富有魅力。"❶ 让－克洛德·马蒂厄特别将里夏尔式的批评概括为一种富有魅力的、以全身心投入文本的方式去感悟并从创作的第一时刻去把握作品的批评，他对里夏尔的评价非常

---

❶ Textes réunis par Jean-Claude Mathieu, *Territoires de l'imaginaire, pour Jean-Pierre Richars*, Editions du seuil, 1986, Avant-propos.

形象贴切,这段文字高度概括了里夏尔这位批评家的特征,也很好地说明里夏尔这位批评家在法国文学批评界的声望和影响。

二、研究里夏尔的必要性

里夏尔在法国文学史上占有非常重要的地位,20世纪是法国文学批评极其繁荣的时代,涌现出一批伟大的批评家和理论家,在他们当中,里夏尔恐怕是唯一一位历经时代变迁仍宝刀未老的批评家。对于这样一位伟大的批评家理应进行深入研究。遗憾的是,在理论优先、理性至上的时代,人们把注意力都放在了理论流派的研究上,对基于文学的生命维度、注重审美感受的里夏尔批评却未给予充分的研究,这不能不说是一种缺憾。2012年11月9~10日,巴黎高等师范学院和巴黎第八大学联合举办了题为"让-皮埃尔·里夏尔——批评家与作家"的研讨会,来自法国、加拿大和瑞士的学者齐聚一堂,从批评写作、感觉和关系方面对里夏尔式的批评进行研讨,这次研讨会也从一个侧面反映了文学界对里夏尔这位批评家的高度重视,以及人们对文学批评中审美感受和生命维度的回归。

笔者以为里夏尔所代表的主题批评不仅应该被看作产生于20世纪的法国的一种文学批评流派,而且还应该被看成是随着人类生命意识的觉醒而产生的反抗工具理性对人的压迫的诉求在文学审美领域的表现,在此意义上,里夏尔在文学批评方面的成果是人类的共同财富,值得我们去分享、研究。研究里夏尔的目的,不是要为他贴上一个标签,把他归入一个流派,这在里夏尔那里行不通,因为里夏尔所采取的批评方法并非首尾一致、一成不变。他对理论从不采取敬仰的态度，也从来不把某种理论奉若神明，他从未将自己的批评实践建立在一种单一的理论和方法论之上，他拒绝空谈理论，拒绝用外来的理论话语操控阅读和批评，因此他的批评灵活多变。一切从感觉开始，进入作品，去探寻创作主体的我思，他要寻找的不是写作中的规律和共性，而是每个作家独特的风景，即看待世界的不同眼光、视角和态度。虽然他是最有建树的主题批评家之一，而且自始至终都没有放弃主题批评的方法，但是我们却不能因此而断言，他只采用一种批评方法。还有一点要说明的是，里夏尔是一位开放、包容、与时俱进的批评家，我们不能轻易地给他贴上一个标签，归入一个流派，因为那样做不利于揭示他的独特性。虽然在许多研究日内瓦批评的著作中，里夏尔被看作是流行于20世纪六七十年代的日内瓦学派的第三代代表人物，但是，所谓的"日内瓦学派"并非是一个有着明确的纲领，通过师承传授形成的文学批评团体。乔治·布莱是"日内瓦学派"这一称谓的始作俑者，❶ 但是这个称谓并未被批评界普遍接受，就连被看作是日内瓦学派成员的批评家们也不赞同这一称谓。首先，"日内瓦"这个地理概念限制了其成员的分布地域，实际上它的成员并非都来自日内瓦，被看成日内瓦学派成员的里夏尔与日内瓦并没有什么渊源关系，其次，冠以"学派"二字也会让人误以为这是一个有共同的纲领和统一的理论的较为固定的学术派别，以为其成员都有着同

---

❶ 郭宏安：《从阅读到批评——"日内瓦学派"的批评方法论初探》，商务印书馆2007年版，第3页。

样的批评风格,以至于忽视他们的差异性。里夏尔在被问及对"日内瓦学派"这一称谓的看法时说:"我认为并不存在一个可以称之为'日内瓦学派'的东西,即一个群体意识到自己,有导师,有弟子,有共同理论。更应该谈论的是某些倾向为某些作家所分享,他们成了朋友。这种倾向我认为是:一种对于文本、思想或出现于其中的想象的直接的敏感,一种把作品看作某些世界观的场所的处理方式,要再建或描述其特殊性。在这个共同的计划中,每个人当然表现出他的不同。"❶ 里夏尔在说明"日内瓦学派"批评家共性的同时,更强调了他们的个性和独创性。正如郭宏安先生所说:"日内瓦的批评家个个都是讲究文学性的作家,他们的人生体验都通过阐释投射在他们的文字之中,他们的批评文字具有一种批评之美,因此是需要并值得再度阐释的。"❷ 鉴于上述原因,我们不能笼统地给里夏尔式的批评贴上一个"日内瓦学派"的标签,只看到他与其他批评家们的某些共性,而是应该把里夏尔批评的独特性揭示出来。

半个多世纪以来,里夏尔从未以理论家的姿态去阐释自己的批评理论,使自己跻身于文艺理论家行列,而是作为一个身体力行的实践家默默耕耘,在充满荆棘的茫茫林海中探索前行,在身后留下一条通幽曲径。里夏尔的批评文字一扫大学批评通常带有的抽象、晦涩和刻板的特征,给人一种清

---

❶ 郭宏安:《从阅读到批评——"日内瓦学派"的批评方法论初探》,商务印书馆2007年版,第15页。

❷ 郭宏安:"'日内瓦学派'的启示",载《中国社会科学院院报》2003年5月13日。

新的感觉。他的批评分析灵活多变，深刻而又细腻，具有批评之美。他不空谈理论，不以预设的理论为先导，而且，总是有意无意地避开人们争相追捧的理论，避开人们乐于选择的坦途，另辟蹊径。他的每一部批评专著都如同在意识密林里的探寻，每一次的阅读对于他来说都是一次新的体验、新的发现。他的批评中闪烁着智慧的光芒，令人心动，与其说他是用批评话语发表自己的观点，倒不如说他以一种有别于作者的方式再度展示一个个风景。在崇拜理论、崇拜理论大师的时代，里夏尔的名字常常被各种理论话语所淹没，因而他的风头并不像一些知名文论家那样盛，研究里夏尔的专著的数量也远不及研究文论家的著作多，这说明对里夏尔的研究还有待于加强和深化。

虽然里夏尔没有发表过系统性的文艺理论专著，也没有创造出理论名词和为人广泛引用的术语，更没有因为引发颠覆性的文艺革命而成为引领潮流的理论大师，但是他的作用和贡献却丝毫不小于那些著名的理论家，因为他让我们看到了一股推动文艺理论向前发展的强大潜流。他虽然没有撰写大部头的理论巨著，却以自己的批评实践昭示了他的批评观，表达了他对文学本质的深刻见解，以及对感觉、对人的生存体验的关注。在他看来，作者诉诸作品的是一种世界观、一种特殊的体验和感觉，要理解一部作品既不能简单地套用公式，用外部的材料来解释文本，也不能先入为主，按着既定的方案去妄加评论，而是应该从阅读入手，倾听作品，去感受作者的感受，从而达到理解，进行有感觉的批评：即感觉—理解—批评。里夏尔的批评构成了法国文学批评视阈中一道亮丽的风景，与其他景致相映成趣、相互映衬和烘托，值得人们驻足观赏，细细品味。研究里夏尔对于我们认识文学批评的本质，恢复被世俗功利破坏了的审美体验具有重要意义。审美是一种超越的体验，它需要审美主体的身心投入，批评家只有全身心地投入，与投射在文本中的另一个主体的精神进行对话才有可能理解作品，并对其进行深刻的阐释。研究里夏尔的批评之路对于克服中国文学批评中的"失语症"将可以起到非常积极的作用。

正如黄晞耘❶指出的，自19世纪后期开始，圣·伯夫的传记式批评和泰纳的实证主义在法国文学学科一直占据着主导地位，前者认为通过对作家生平的考据能够发现作品的真正意义，后者则认为种族、环境、时代是决定一部文学作品意义的基本要素，因此把对这三要素的研究看成是把握和理解文学作品的基本任务。尽管这两种批评方法有所不同，但秉承的文学观是相同的，它们都坚信文学作品中存在着一种确定的、单一的、由作家或外在因素决定的意义，批评的任务就在于通过考据式的研究找到那些决定性因素，从而发现作品的"真实意义"。20世纪，产生了结构主义文论、精神分析文论、现象学文论、存在主义文论、解释学与接受美学文论等异彩纷呈的文学批评理论，打破了单一的批评模式。人们以不同的视角和不同的方法对文学进行研究，每一种方法都有其产生的条件，有其存在的道理，有其独到的作用，同样也有其无法避免的缺陷，任何一种批评理论和方法都不可能经久不衰，文学要创新，批评也必须创新，创新来

---

❶ 黄晞耘："巴特思想的转捩点"，载《世界哲学》2004年第1期，第29~42页。

自于不同批评方法的碰撞、交流和融合。从这一点上说，各种文学批评理论和方法没有高低贵贱之分，也不可能有哪一种理论可以成为文坛永久的霸主，文学批评家的生命来自于创新，得益于开放包容的心态，里夏尔正是这样的一位批评家，因此，走近他、了解他、对他的批评方法加以阐释和评价是极为必要的。

三、里夏尔研究在国内外的现状

里夏尔在法国文学批评史上占有一席之地，这已是一个不争的事实，他的著作几乎是文学研究者不可或缺的参考书目，被引用的频率相当高，他在文学界的影响已经渗透到方方面面，成为一种象征。当然对里夏尔的批评存在着不同的见解，褒贬不一，伊夫·塔迪埃在《20世纪的文学批评》❶中，将里夏尔式的批评定义为客体意象批评，达尼埃尔·贝尔热（Daniel Bergez）等在《文学分析批评方法导论》❷中把"主题学批评"看作是浪漫主义之女。还有一种观点认为乔治·布莱、让-皮埃尔·里夏尔等人的批评是一种现象学批评。特雷·伊格尔顿在《20世纪西方文学理论》❸中指出："现象学批评完全是一种非批判性的、非批评性的分

---

❶ [法] 伊夫·塔迪埃著，史忠义译：《20世纪的文学批评》，百花文艺出版社2002年版。

❷ DANIEL Bergez. *Introduction aux méthodes critiques pour l'analyse littéraire*. Dunod. 1996.

❸ [英] 特雷·伊戈尔顿著，伍小明译：《二十世纪西方文学理论》，北京大学出版社2007年版。

析模式。批评并没有被视为一种建构，一种对作品的积极解释，其中必然包含着批评家个人的兴趣和倾向；批评不过是对文本的消极接受，是对文本的种种精神本质的纯粹转录。"伊格尔顿把里夏尔等主题批评家笼统归入了意识批评，对批评家的差异和多样性并未作深入的研究。在法国文学史或有关20世纪西方文论研究的著作中对里夏尔的评介都比较简略，有时甚至有失偏颇。《让－皮埃尔·里夏尔》(*Jean-Pierre Richard*)❶ 是迄今为止唯一一本研究里夏尔的专著，该书的作者是法国学者埃莱娜·卡兹（Hélène Cases），她在现象学哲学影响的背景下对里夏尔批评产生的背景及其批评的特点作了评述。20世纪60年代法国著名文论家吉拉尔·热奈特（Gérard de Genette）在他的《修辞格 I》❷ 中对里夏尔的主题批评作过点评，米歇尔·福柯（Michel Foucault）在题为《J-P·里夏尔的马拉美》❸ 的论文中列举了来自心理分析批评家和结构主义批评家两方对里夏尔的批评，一方指责里夏尔对心理分析的运用不到位，另一方指责里夏尔的批评具有心理主义色彩，围绕这两方面的还有其他一些批评，有的说里夏尔的批评带有存在主义心理学的暧昧，有的说他不断维系着作品与生活之间含糊不清的关系，有的说他在能指和所指角度之间犹豫，还有的说他的主题定义不明（既是明显的语言组织系统，又是想象的不变

---

❶ Hélène Cazes, *Jean-Pierre Richard*, Bertrand-Lacoste, 1993.
❷ G. Genette, *Figures* I, Seuil, 1966, pp. 91–99.
❸ Michel Foucaul, Le Mallarmé de J-P. Richard, In: Annales. Economies, Sociétés, Civilisations. 19e année, N. 5, 1964. pp. 996–1004.

形式，还是无声的存在的困扰)，然而福科却认为里夏尔的主题批评在方法上将文学分析与其新的对象联系起来。此外，法国和其他欧美国家的学者也在不同的年代发表过一些研究里夏尔的论文，对我们的研究有一定的参考价值。

从笔者收集到的国内现有的研究成果来看，里夏尔并不是一位为中国文论界熟知的法国批评家，他的批评方法在我国尚未得到全面的介绍，至今还没有关于里夏尔的专门研究成果。在我国，里夏尔常常是以"日内瓦学派"代表人物的身份进入研究者视域中的，在有关日内瓦学派批评的研究成果中，最有影响的有《从阅读到批评——"日内瓦学派"的批评方法论初探》❶、《波佩的面纱——日内瓦学派文论选》❷、王岳川的论文《日内瓦学派的批评》❸ 和《当代西方最新文论教程》、蒋济永的《现象学美学阅读理论》❹，在这些学术著作和论文中对里夏尔的介绍都非常简略，大多数情况下都是一笔带过。以主题批评为研究对象的论文主要

---

❶ 该书作者系中国社科院外国文学研究所研究员郭宏安先生，郭先生对日内瓦学派的研究非常深入，有许多真知灼见，为我们的研究提供了宝贵的参考。

❷ 中国社会科学院外国文学研究所、《世界文论》编辑委员会编：《波佩的面纱——日内瓦学派文论选》，社会科学文献出版社1995年版。

❸ 王岳川："日内瓦学派的批评"，载《文艺研究》1998年第6期。

❹ 蒋济永：《现象学美学阅读理论》，广西师范大学出版社2001年版。

有冯寿农先生的《漫谈法国主题学批评》❶、《阅读乃是批评的关键的第一步——综述法国主题批评阅读方法论》❷、《法国主题学批评与精神分析批评结合趋势管窥》❸等，这是国内最早介绍和评析法国主题批评的论文，随后有王静教授的《从主题到意象——法国主题学发展简述》，❹以里夏尔的主题批评为研究主题的论文只有1篇❺。这些论文对于国内学者了解里夏尔及其主题批评起到了重要的作用，但是，始终没有得到学术界更多的回应，迄今为止，国内既没有系统研究主题批评的专著，也没有研究里夏尔及其批评方法的专著，因此，有许多空白需要填补。

四、研究的难点

本研究的难点之一是对里夏尔的批评方法进行定义，通过对国内外相关研究成果的检索，笔者发现，中外学者从各自不同的角度，对里夏尔的批评方法进行了不同的定义。在

---

❶ 冯寿农："漫谈法国主题学批评"，载《厦门大学学报》1989年第2期。

❷ 冯寿农："阅读乃是批评的关键的第一步"，载《文艺理论与批评》1989年第2期。

❸ 冯寿农："法国主题学批评与精神分析批评结合趋势管窥"，载《批评家》1988年第5期。

❹ 王静："从主题到意象——法国主题学发展简述"，载《法国研究》2001年第2期。

❺ 鲁京明、冯寿农："主体间意识在文本上的对话——析让-皮埃尔·里夏尔的主题批评"，载《厦门大学学报（哲社版）》2008年第2期。

中国，里夏尔首先是作为"日内瓦学派"的成员，而且是日内瓦学派的第三代代表人物❶被介绍进来的，因此被用于"日内瓦学派"的一些定义也就与他有了关联，我国的学者王岳川将"日内瓦学派"看成是现象学文学批评；在美国比较流行把"日内瓦学派"称为现象学批评或意识批评；❷在法国，让－伊夫·塔迪埃（Jean-Yves Tadié，1936～）在他的著作《20世纪的文学批评》（*La critique littéraire au XXe Siècle*）中称"日内瓦学派"为主体意识批评，唯独将让－皮埃尔·里夏尔归入"客体意象派"，塔迪埃之所以将里夏尔式的批评定义为客体意象批评，这是因为在里夏尔那里，主题通过物象表现出来，它表现出作者对物质某些性质的态度。但是在法国，人们习惯上还是把所谓"日内瓦学派"的批评家称为"主题批评家"。1966年9月在巴黎举行的题为"关于批评的目前倾向"的研讨会可以说是法国新批评各流派代表人物的一次大聚会，然而会议自始至终都没有出现"日内瓦学派"的字样，这说明"日内瓦学派"这一称谓在法国并不盛行。❸可见"日内瓦学派"这个称谓并不能说明里夏尔批评的实质，因为这个称谓并不具有理论上的意义，它只不过是指20世纪50年代以日内瓦大学为中心，在马塞尔·莱蒙周围形成的一个有着相同的文学观的批评家群

---

❶ 王岳川：《当代西方最新文论教程》，复旦大学出版社2008年版，第121页。
❷ 郭宏安：《从阅读导批评——"日内瓦学派"的批评方法论初探》，商务印书馆2007年版，第3页。
❸ 同上书，第4页。

体而已，就连被看成是"日内瓦学派"创立者的马塞尔·莱蒙自己都说："我从未想过要创立什么学派，因为我从未想过强加给我的学生一种方法；另一方面，要知道有哪些批评家属于'日内瓦学派'，我觉得他们之中主要的批评家都有鲜明的个性，他们很快又变成他们自己了。"❶ 事实确实如莱蒙所说的那样，是共同的文学批评观和志趣自然而然地将里夏尔和日内瓦学派的批评家联系在一起，并成为朋友，他们关注彼此的研究。1954年，"日内瓦学派"的领袖人物乔治·布莱（Georges Poulet）为让-皮埃尔·里夏尔的《文学与感觉》（*Littérature et Sensation*）写了序，布莱认为批评不能满足于对一种思想进行思考，还应该通过这种思想从形象到形象追溯直至感觉，通过这种行为，精神与其躯体和他人的躯体共处，与对象物结合起来以创造主体，在他看来这就是里夏尔批评的极端重要之处。❷ 布莱非常简洁地概括了里夏尔批评的特色，揭示了里夏尔批评所具有的鲜明个性。因此笔者还是采用主题批评来定义里夏尔的文学批评方法，因为这是里夏尔一贯采用的一种批评方法，最能概括其批评方法的特征，再则，里夏尔的主题批评与日内瓦学派的主体意识批评和巴什拉尔的客体意象批评都有批评实践上的关联，虽然一些批评家特别关注主体意识，而另一些批评家更关注客体意象，但笔者以为绝对单纯的主体意识批评和

---

❶ 郭宏安：《从阅读到批评——"日内瓦学派"的批评方法论初探》，商务印书馆2007年版，第6页。

❷ ［法］让-皮埃尔·里夏尔著，顾嘉琛译：《文学与感觉——司汤达与福楼拜》，生活·读书·新知三联书店1992年版，第8页。

绝对单纯的客体意象批评都是不可能的，所以用"主体意识批评"或"客体意象批评"来定义里夏尔的批评都不够全面。

难点之二是里夏尔的批评生涯始于 20 世纪 50 年代，时间跨度较大，他的批评方法也有一个形成和发展的过程，迄今为止，以让－皮埃尔·里夏尔为研究对象的中外文前期研究成果很少，对他的评论多散见于其他学术论文和著作中，国内除了数量有限的涉及主题批评的论文之外还没有专门研究让－皮埃尔·里夏尔的成果，而且里夏尔的著作中只有一本有中译本，本研究依据的主要是法语原版著作，这是本研究的难点之一。因此本研究只能主要通过分析里夏尔本人的著作梳理出其批评的发展脉络，里夏尔在《马拉美的想象世界》中说，只有马拉美才能帮助我们理解马拉美，❶ 同样我们要了解里夏尔也必须从阅读他的著作入手，通过阅读分析去理解里夏尔，阐释里夏尔。里夏尔的著作大部分都是批评随笔，是对具体作家作品的分析，没有系统的理论著述，笔者只能通过梳理里夏尔著作中散见的、对作品、作家和批评家之间关系的论述，通过挖掘里夏尔不同时期的批评话语中折射出的批评观和哲学思考来勾勒出里夏尔主题批评的发展轨迹。笔者希望通过该研究让国内学界更全面地了解里夏尔，能够引起人们对他的关注和更深入的研究。

本研究的目的不是要把里夏尔的批评方法作为范式来效仿，而是力图通过研究引起人们对文学批评的再认识和再思

---

❶ J-P Richard, *L'univers imaginaire de malarmé*, Editions duseuil, 1961, page 15.

考。里夏尔的批评著作近20本，涉及的作家有几十位，从现实主义作家到浪漫派主义作家，从印象派诗人到当代诗人和当代作家，跨度之大，差异之大，我们只能在通览作品的基础上确定要分析的文本，并从他的批评文本中梳理出他的理论方法，以求最大限度地展现里夏尔批评的风貌。最终选定从《文学与感觉》《诗与深度》分析里夏尔式主题批评在20世纪50年代兴盛期的特点；从《马拉美的想象世界》看60年代里夏尔对主题批评方法论的阐释和批评实践；从《微观阅读》《普鲁斯特和感觉世界》等分析七八十年代里夏尔式的微观阅读，分析其特点，以及与精神分析批评、语言学批评等其他批评方法之间的既相互独立又时有交集，既有本质差异又不乏相同点，既有排斥又有互鉴的关系；从《物的状态》和《阅读场》分析里夏尔批评90年代后的特点。

笔者力图通过对里夏尔各个不同时期主要批评专著的分析，勾勒出其批评理论的形成和发展的轨迹，呈现里夏尔式批评的全貌，总结出里夏尔式主题批评理论方法的特点。说明其在各时期的主要特点，在此基础上研究里夏尔主题批评产生的时代背景，哲学基础和方法论资源，并在时代的大背景中探讨主题批评与其他流派的互动关系，揭示出里夏尔主题批评的本质。

由于里夏尔本人从未公开地宣称自己属于哪个学派或团体，在文学批评流派指南图上也无法找到一条清晰可见的里夏尔式的批评路线，按埃莱娜·卡兹的说法，充其量只能在他所经过的地方找到一些洒落的"白色小石子"。❶ 小石子所构成的虚线便是我们考察里夏尔批评路线的路标，循着这些依稀可辨的路标前行，需要格外谨慎和专注，稍有不慎就有迷失的危险，因为在许多地方标示不清，需要我们去填补空白点，使这条路径变得更加清晰。

里夏尔批评方法的形成和发展并非孤立的，因而我们的研究不能脱离对其理论形成的背景和思想资源的探究，在作品分析的基础上，我们将结合法国批评流变的大背景探讨里夏尔式独特批评方法是如何形成的。19 世纪的浪漫主义、20 世纪初普鲁斯特在《反对圣伯夫》中提出的文学批评应该在作品内部寻找作家自我的观点所引发的文学批评从外部向内部的转变、现象学哲学的影响、巴士拉尔的理论贡献、精神分析理论等都对里夏尔式批评的形成和发展产生过不同程度的影响，我们力求结合里夏尔式批评形成和发展时期，在哲学思潮影响下人文学科研究方法变革的背景来说明里夏尔式批评的哲学基础、思想资源和方法论来源，将一个多维一体的里夏尔式批评方法论呈现出来。通过厘清它与同时代一些批评流派之间的关系，揭示里夏尔批评的独特性。

五、研究的内容

里夏尔的批评生涯大致可以根据其批评特点的变化分为三个阶段，20 世纪五六十年代是其批评方法形成的阶段，60 年代初到 70 年代上半期是其批评理论的建构期，他通过

---

❶ Hélène Cazes：*Jean-Pierre Richard*，Bertrand-Lacoste，1993，p. 8.

一系列批评随笔诠释了主题批评的方法。这一时期，他的批评基本上是针对一个作家的全部作品进行的整体分析，因此我们把它称作整体批评。70年代下半叶，里夏尔从总体批评逐渐转向微观阅读，通过对作品中某个片段，或者是作品中反复出现的某种物质意象的分析进入作家的深层创作意识。在他的批评分析中似乎可以看到一些精神分析和结构主义批评的影子，然而本质上却是不同的，他并不排斥其他批评流派的一些方法，但是这些方法仅仅是被用作分析的手段，并不代表他把自己纳入了某个流派。事实上，里夏尔在学术上一直保持着既包容又独立的姿态。在《微观阅读》和《风景篇》（《微观阅读2》）中，他充分地展示了微观批评的灵活多变以及对其他批评方法的兼收并蓄，这种变化引起了人们的关注。《阅读场》（*Terrains de lecture*，Gallimard，1996）、《批评论丛》（*Essais de critique buissonnière*，Gallimard，1999）、《四篇阅读》（*Quatre lectures*，Fayard，2002）、《罗兰巴特，最后的风景》（*Roland Barthes, dernier paysage*，Verdier，2006）、《米琼之路》（*Chemins de Michon*，Verdier，2008）、《杂谈集》（*Pêle-mêle*，Verdier，2010）等著作的发表都说明了里夏尔式主题批评实践的不断丰富和发展，我们将按照时间顺序对里夏尔式主题批评不同时期的特点和发展轨迹加以梳理、分析和总结。在此基础上，我们将对主题批评的哲学基础和方法论资源进行探讨，并且分析主题批评与结构主义批评和精神分析批评之间的互动关系，将里夏尔开放包容、不断超越自我的、独树一帜的批评家风范展现出来。

第一章 里夏尔对作家作品的整体研究（20世纪50~60年代的批评实践）

里夏尔 1922 年出生于地中海边一座美丽的城市——马赛，蔚蓝的大海、炽热的阳光、夏季干热的天气、海边陡峭的岩石是他最熟悉的风景，这样的成长背景在某种意义上成为他对异域风景的感受和认识的参照系。1941 年，里夏尔考入巴黎高等师范学院，1945 年获得教师职衔，此后，他先后在苏格兰（1946~1948）、伦敦（1949~1958）、马德里（1960）的大学教授文学，并同时攻读博士学位，于 1961 年获文学博士学位。在国外工作十多年后，里夏尔回到了法国，1968~1978 年，他在巴黎八大文学系任文学教授，那也是他使主题批评摆脱结构主义的遮蔽重现辉煌的时期，1978 年他受聘到索邦大学任文学教授直至退休。

里夏尔的文学批评生涯与其生活环境的改变有着某种联系，他在 1977 年的一个访谈节目中说，风景支撑着身体，为它提供基础，指点方向，干旱造成的凝结和坚硬与同样是

第一章 里夏尔对作家作品的整体研究

高温造成的暴裂与蒸腾构成了南方风景中内在对立的性质，对他而言，一切都始于这最原始的对立。❶ 告别了南方之后，他接触了另一种截然不同的风景——伦敦的风景，那是浸润着水的潮湿风景，体现着水和云的力量的风景，正是在伦敦，他研究了福楼拜，找到了福楼拜的小说和伦敦的风景共有的一种湿重的感觉，他找到了自己的身体与福楼拜的世界和昂格鲁撒克逊世界之间的同源关系。里夏尔总是强调作品的起源，并期望从作品中找到这起源的特殊性，认为文学是对特别的起源的追踪。当然，他所说的起源是作品被创作的时刻，而非外部的社会根源。里夏尔在访谈中还说，他在伦敦结识了乔治·布莱，当时布莱还未成名，但是布莱的写作却影响了他，而且两人从此结下了友谊，里夏尔称他最初写的有关司汤达的文章是受了乔治·布莱的启发，甚至是一种模仿。❷ 里夏尔从来都直言不讳自己受到过的各种影响，表现了他的坦诚和谦虚。

里夏尔常常用的一个词是"独特的"（particulier），他总是在不断地转换着写作的风景，探索着属于不同作家的特别的风景。他对文学作品、读者与作品、作品与创作主体、读者主体与创作主体的关系都有着独特的认识。在这一章中，笔者将通过对《文学与感觉》和《诗与深度》的分析来说明里夏尔早期的批评观和批评方法。《文学与感觉》体现了里夏尔对文学的功能，对作品、作家和阅读的独到

---

❶❷ Bénézet, Mathieu（1946）interviewer, Entretien numéro 1 et 2 diffusés les 10 et 11 janvier 1977, Producteur：Institut national de l'autovisuel（France, 1986），Publication：1998.

见解。

第一节　对作品中作家深层意识的建构（对司汤达作品中主题网络的建构）

　　里夏尔的批评生涯始于1954年，其标志是处女作《文学与感觉：司汤达与福楼拜》❶的出版。该书由《司汤达作品中的认识和温情》与《福楼拜作品中的形态创造》两篇随笔构成，文笔优美流畅，游刃有余的剖析充分展示了里夏尔式的批评之美。该书的出版在法国批评界引起了很大的反响，使人领略到了一种不同于传记批评、实证主义批评、形式主义批评的文学批评方法。

　　通常一本书的目录由大标题和小标题构成，但《文学与感觉》的目录显得有些特别，其中没有大标题和小标题，我们看到的是章节的序号加一串词语，如第一篇《司汤达作品中的认识和温情》的目录：

---

❶ 《文学与感觉》有两个不同的版本，一个是1954年，由瑟依出版社出版的《文学与感觉》(Littérature et Sensation)，其中包含四篇论文，分别研究了龚古尔兄弟、弗罗芒丹、司汤达和福楼拜。另一个是1954年瑟依出版社出版的观点丛书之一《文学与感觉——司汤达与福楼拜》(Littérature et Sensation：Stendhal, Flaubert)，为《文学与感觉的》的节选，其中只包含具有代表性的、研究司汤达和福楼拜的两篇论文。中文版《文学与感觉》也是从后者翻译过来的，本文的引文多出自中译本。

第一章 里夏尔对作家作品的整体研究

一

双重唯一的司汤达—感觉的幸福—限定—流畅—语言—数学—法律—政治—不可预见物—细节—夸张—模糊—赤裸—景致—虚伪的深度感情—吸收—紧张—碰撞—内在节奏—喜剧—突然—漫画

二

有意的遗忘—想象—草图—偏狭的世界

三

敌对的目光—羞耻—虚伪—挑衅—耶稣会会士—阴暗—忧郁—温情的梦幻—遗憾—欣慰的音乐—反响—亲密—不确定—传染—非相互性的爱情—爱情和现实—高度—距离—迷信—飞翔—崇高—挣脱—死亡

四

两面—被越过的山岭—过渡

五

雾与秋天—潮湿—美术—油画—简单化—起伏—宽广—小说的深度—桑赛凡利亚—连续—融合—音乐—非规定声音—说话—加重号—细微差别—轻捷—风格—中断—晦涩—艰涩—呼吸—热忱—协调

六

爱情与幽灵—小说的真实—爱情与明晰—延长号—感觉与感知—智慧与激情—司汤达的广延

然而在正文的每一章序号后并没有出现这些词语,这些词语要告诉我们什么?它们之间有什么联系?

《文学与感觉》完全不像通常所见的批评论著那样有明

确的逻辑框架和明确表达自己观点与立场的大小标题,在两篇随笔中找不到任何小标题,里夏尔似乎生怕那些格式和框架妨碍对风景的观赏,生怕外在的提示会诱导读者带着已有的成见去进行阅读。当代诗学和叙述学理论家热拉尔·热奈特在20世纪70年代首先提出了"副文本"概念,他将围绕着小说文本主体的材料,如作者名、书名、标题、目录、前言、注释等统称为副文本,他对副文本的定义是:"通过它使一个文本成为书,并被作为书推荐给读者或泛称大众的东西。"❶ 这说明包含在副文本中的标题对读者有着引导的作用,副文本在某种程度上规定了阅读的方式。作者可通过副文本直接或间接地告知文本的文体、意图、引起读者阅读的欲望,与读者间达成约定。前言是副文本中最重要的部分,里夏尔每一本书的前言都可以被看作是阅读的向导,在《文学与感觉》的前言中,里夏尔为读者提供了哪些阅读线索呢?首先他为读者规定了阅读文本的角度,"今天,人们相当普遍地认为,文学的功能已远远超过了它过去仅供消遣、颂德或点缀的作用。人们惯于认为文学表现的是个人存在深处的选择、困扰和难题。总之,文学创作就似乎成为一种体验,甚至成为一种自我的实践,一种领悟和创生的训练,在这个训练过程中,作家试图既自我把握又自我完善。我们应当从这个角度阅读汇集于此的论文"。❷ 里夏尔提出

---

❶ Gérard de Genette, Seuils, Paris: Ed. du Seuil, coll. Poétique, 1987, p. 7.

❷ [法]让-皮埃尔·里夏尔著,顾嘉琛译:《文学与感觉》,生活·读书·新知三联书店1992年版,前言第11~13页。

的核心观点可概括为:"在同一个人的各种生活中,不可能存在断裂",❶每个人都在各自的现实生活的各个领域中发现和肯定某些确定的内在结构以及生活态度的恒常性,"不论是感情生活还是思辨生活都显露出相同的格调",❷"文学批评就是把文学作品和生活所提供的各种不同素材联系起来,更确切地说,是展开出来",❸使分析回溯到整体的描写,从中获得自身的意义。写作作为一种体验属于作家内在的经验,它贴近内在经验的结构,却是为了改变它,使其改变方向,写作就是为了改变生活,为了发现我们真正生活在其中的世界,因此写作是一种积极的创造性的活动,"在这活动中一些人物终于和他们的自我完善吻合起来"。❹ 在《文学与感觉》中,里夏尔试图证明福楼拜与司汤达是两个与自我完善结合的典范。

那么,里夏尔是如何加以说明的呢?随着阅读的继续,目录中的词语之间的关系渐渐显露出来,它们仿佛是一些网扣,将它们联系起来便可构成一个意识的网络。里夏尔采取这样一种写作形式也许是要表明他对批评对象的一种态度,他似乎是有意要把自己放在和对象平等的位置上,而不是摆出批评家居高临下的姿态,他的目的不是对作家和他的作品品头论足,而是要展现一种进入作品的方式,并且与他的读

---

❶ [法]让-皮埃尔·里夏尔著,顾嘉琛译:《文学与感觉》,生活·读书·新知三联书店1992年版,前言第11页。
❷ 同上书,前言第11~12页。
❸ 同上书,前言第12页。
❹ 同上书,前言第13页。

者分享这种阅读带来的惊人发现、视觉的冲击、心灵的震撼和审美的快感。因此他无意将自己的判断强加给读者，而是引领读者去历险、去感觉、去判断。里夏尔的这一写作特点在后来的一系列著作中仍在延续。

里夏尔的早期研究是建立在对某个作家全部作品的阅读基础上的，他的素材来自某个作家的作品全集，但是他并未按照作品出版年代的先后顺序对作品逐一进行分析，而是将它们的顺序打乱，重构它们之间的深层逻辑关系，即体现作者意识的主题网。里夏尔之所以采取这样的一种方法，是因为他坚信每个细节分析都与总体描述相关，作家笔下人物的行为方式和他对人物形态的塑造都与作家的意识结构存在着一致性。

里夏尔的预设前提就是：在一个人的各种体验中，不可能存在断裂，无论是在他的行为方式中，在他看待世界的方式中，在他与人的关系中，还是在他的作品中，都可以发现一种恒常不变的东西，这些恒常的东西反映出个人存在深处的一些挥之不去的顽念。里夏尔试图从文学文本的阅读分析入手，从作者对人物、景物和各种生活场景的描写以及对笔下人物的情感纠葛、生活态度、心理活动的描写中去求证。他的研究并不排斥文学作品以外的材料，如日记、私人杂集和书信等，但是他并不依据这些材料来说明它们与作品的因果关系，而只把它们作为一般的参考资料。为了说明作家意识与作品反映的世界观与其笔下人物的行为，以及作品的内在结构存在着一致性，他早期的批评分析呈现给读者的往往是一个作家的全部作品所构成的全景。从一开始里夏尔就强调整体和个别之间的辩证统一关系，认为在这个全景中，每

第一章　里夏尔对作家作品的整体研究

一部作品都是整体结构中不可或缺的一部分，他们相互映照，不管构成整体的每一部分在形式上有多么的不同，一位作家意识中的顽念总是自觉或不自觉地在它们内部得到体现。所以回溯到整体的描写便成了他早期批评的一大特色，他力求使自己的批评从整体描写中获得自身的意义，并为这种描写带来特殊的明晰性。他的工作就是识破迷惑人的种种假象和偶然性，揭示出各个部分中所隐含的整体一致性和高度的统一。

里夏尔认为不存在先于作品或外在于作品的计划，他将一个作家的作品本身看成是一个计划，他力图通过对包含在这个计划中的各个部分的研究，使作品的意义渐渐地展现出来。这是一种赋予作品意义的内在的批评。在里夏尔看来，专题研究的材料必须按照一致性和全面的标准来选定：假如将一些构成想象世界的要素排除在外，探索和倾听意识的阅读就会不完整。因此他早期研究的是作家的作品全集，而不是根据作品的性质、代表性、年代或主题选出的片段。其依据是，一种世界观体现于在时间和空间的广度中建构起来的一部作品的发展中，表现在一个作者的不同作品交织的网络中。里夏尔的观点与梅洛－庞蒂的观点不谋而合，梅洛－庞蒂在《世界的散文》中指出："我们拿着放大镜观察奖章或者微雕时，会因为在上面重新发现与一些艺术家蓄意强加给一些伟大作品的相同的风格而惊叹。可是……这只不过是手将他的风格带到了手到之处，这风格与动作共在，为了在材料上留下痕迹，风格无需一点一点地跟着刻刀无止尽的路线走。风格总是可以被认出，不管我们是用三个手指头在纸上写字，还是抬起手臂用粉笔在黑板上写字，因为我们的身体并不把这种风格视为一种在一些固定的一劳永逸的条件下，借助于一些肌肉而排除另一些来画出一些绝对空间的能力，而是把它视为一种借助于一切必要的移位表达一种恒定类型的能力。"❶ 换言之，一位作家的风格不是刻意创造的，然而在他的不同作品中却会不经意地留下相似的印迹。这也是里夏尔当时所持的论点。

第二节　对司汤达作品中认识与温情这一恒常主题的把握

在《司汤达作品中的认识和温情》中，里夏尔一开始就指出，司汤达是个有着"清晰的逻辑性精神"，渴望通过各种途径达到真实的人，同时又是一个"空想的梦幻者，狂热的情人，一遇小小的机会就被卷入幻想的忧郁和幸福的想象之中"，❷ 这种双重性通过他的各个生活阶段，真实的和想象的以及在他经验的所有层次上显现。

司汤达，作为19世纪法国杰出的批判现实主义作家，早已是人们研究的热门，提出司汤达身上具有双重性也许不是什么新发现，就连司汤达本人都不否认，因此，指出这种现象本身并不是什么重大的发现，里夏尔的独特性表现在他用以说明这两种对立的倾向在司汤达身上表现的方法。他没

---

❶ Maurice Merleau-Ponty. *La Prose du monde*, Gallimard, 1969, pp. 107–108.

❷ ［法］让-皮埃尔·里夏尔著，顾嘉琛译：《文学与感觉》，生活·读书·新知三联书店1992年版，第4页。

第一章 里夏尔对作家作品的整体研究

有像圣伯夫那样采用实证的方法，从司汤达的日记和往来书信中去寻找蛛丝马迹，去搜集司汤达的朋友或敌人对他的评价来作为佐证，虽然里夏尔也翻阅了司汤达的《日记》和《书信集》，并在文中加以引用，但他的目的并不是要用这些材料来解释作品，而只是为了揭示司汤达对生活和世界的一种恒常态度和看法，这种恒常性在作品和生活体验中表现为挥之不去的困扰，虽然其表现形态各异，症结却是相同的，发现这些迹象，将它们联系起来，便可将作家的意识结构勾勒出来。在整体一致性的名义下，里夏尔的批评中有时会出现一些有关作家生活的叙述，但是这个"生活"是通过作品展现的，它通过人物的眼神，通过人物品尝佳肴的方式，通过人物对爱情的思考和幻象展现出来，确切地说这个生活是通过写作展现出来的。普鲁斯特早就提出过不可混淆创作中的"我"和社会中的"我"，"弄清楚诗人和作家所有的外部问题恰恰排除了他们真正的自我。一部好的艺术作品是用内心深处的声音所呼唤的灵感写就的"。❶ 里夏尔在此研究的正是作为创作主体的司汤达。

一、认识与温情的表现形式

里夏尔围绕司汤达认识与温情的矛盾运动，在作品中找出它们相互对立、相互妥协、相互过渡的方式。他发现了"确定"和"模糊"这两种中心原则在矛盾的对立统一运动中的重要作用，"认识"对应"确定"，"温情"对应"模

---

❶ [法] 普鲁斯特著，沈志明译：《一天上午的回忆——驳圣伯夫》，燕山出版社 2006 年版，译序。

糊",认为司汤达就是通过在"确定"和"模糊"这两种状态之间的交替往返,来满足自己的双重需要的。清晰的逻辑精神驱使他获得明晰的认识,而情人般的狂热又使人充满温情和浪漫的幻想。目录中列出的一系列词语便是围绕"认识与温情"这一中心主题形成的主题网络。

里夏尔在《文学与感觉》中强调:一切始于感觉,没有任何内心感知,感觉是人接触事物时产生的直觉,因此,里夏尔的批评既不是从纯粹的观念出发,也不是从纯粹的物质出发,而是从人物对他周围的事物的感觉出发,并由此追溯到创作的第一时刻。里夏尔之所以把感觉作为出发点,是因为感觉是人对直接作用于感官的事物的个别属性的反映,人对客观事物的认识是从感觉开始的,它是最简单的认识形式。里夏尔对司汤达笔下人物的行为的阐释就是始于感觉的。在里夏尔看来感觉先于认识,一切认识都来自于对物、对世界的感觉,"没有任何先天的观念,没有任何内心的感知,没有任何道德意识预先存在于向着物冲击的人身上。司汤达的主人公面对世界站立着,犹如开天辟地第一人那样一无所有,毫无偏见……他们凭借自己的感觉自我生成,通过感觉去认识事物并取得自我意识。然而他们同他们的先行者根本的区别在于他们并不满足于被动等待经历的来临;他们迎着经历而去,甚至在必要时引发经历"❶,对于他们来说

---

❶ [法]让-皮埃尔·里夏尔著,顾嘉琛译:《文学与感觉》,生活·读书·新知三联书店1992年版,第5页。

第一章 里夏尔对作家作品的整体研究

"生活就像一片可供寻欢作乐的丛林那样展开"❶ 在他们面前。在里夏尔看来,司汤达笔下的人物不是被动等待经历,而是主动引发经历,在生活中寻欢作乐,他们不是循规蹈矩地走常人踩踏出来的道路,而是在没有现成道路的丛林中开辟出道路,他们不畏艰难,勇敢地去迎接各种未知的艰险,充满激情地穿越生活这"可供寻欢作乐的丛林",去抓住种种机遇,从体验中感受幸福。

里夏尔的文学评论中总是把作家直接作为评论的对象,因而常常可以看到:司汤达如何,福楼拜如何,当然,他在文中提到的司汤达、福楼拜、普鲁斯特……不等于日常生活中的司汤达、福楼拜、普鲁斯特……而是指作家通过写作所呈现出来的创作中的作家的意识。"认识与温情"的矛盾运动便是里夏尔发现的司汤达创作意识中的最为核心的基调,他认为这一主题不仅存在于一部作品中,在他重点分析的《巴马修道院》中,在《红与黑》和司汤达的其他作品中里夏尔也都了发现这个主题。

里夏尔首先分析了作品中表现出来的司汤达对"认识"的追求所采用的种种手法。根据他的分析,司汤达之所以追求明晰的认识,是因为不满足于对幸福感的朦胧回忆,他试图通过把模糊的感觉变为明晰的认识,来重新找回已失去的幸福光阴,找回这些强烈的、模糊的幸福感,使感觉升华到存在阶段。然而,幸福感可以反复领会,却不能言传,人们甚至不能保留住其清晰的形象,而只能在自身找到对这种他

---

❶ [法]让-皮埃尔·里夏尔著,顾嘉琛译:《文学与感觉》,生活·读书·新知三联书店 1992 年版,第 5 页。

曾全身心沉浸其中的妙不可言状态的朦胧回忆。

  要对感觉进行认识，就必须消除模糊，使它变得清晰，为了达到认识的目的就必须借助于一些手段来框定认识的对象，里夏尔发现了司汤达作品中采用的四种限定手段：（1）整体色调法，如《巴马修道院》中采用了整体色调法，使整部作品笼罩在幸福的气氛中。（2）语言限定法，里夏尔指出语言是司汤达分析的工具，"他把语言看成栏杆，看作是固定和确定不成形物的手段"，❶ "分析是要确定语言以便更好地精选感情"。❷（3）数学，较之语言的多义性，数学则更加精准，"司汤达很早就发现了数学的这种威力，他酷爱数学的精准，在运用数学时，人们可以确信前面是坦途，永远不会为自己感到羞愧"。❸ 因此"司汤达的小说中数学家往往生就坚定思想和道德的严格性"，"数学犹如一个纯洁的、无以伦比的楷模在司汤达的天空闪烁"。❹（4）法律，法律在司汤达的意识中往往是限制个人自由的界限，如《巴马修道院》中，拉西使用程序上的诀窍把主子最荒唐的行为变成法令，以此达到限制个人自由，维护统治者利益的目的，与先验的数学相反，法律具有滞后性，因而有可能在事后为某种犯罪行径开脱，成了为权贵们服务的一件普通工具，一架压榨和强制的机器。被法律禁锢在法令和禁令

---

  ❶❷ ［法］让-皮埃尔·里夏尔著，顾嘉琛译：《文学与感觉》，生活·读书·新知三联书店1992年版，第12页。

  ❸❹ 同上书，第14页。

中的人们被重新置于悲惨的和岌岌可危的处境中。❶

里夏尔发现，在司汤达的意识中，政治家具有把数学的严谨性同司法的丑恶结合在一起的炉火纯青的艺术，一般而言，准确（précision）、现实（réalisme）、冷峻（sécheresse），这些应当是野心家的首要品格。他认为司汤达"相信得到普遍分析广泛验证的价值，因为人心并无不同"，❷ 因此他习惯于凭借经验来预测各种人物的行为，"司汤达剖析各种行为的奥秘，洞察人的内心的秘密。无论是塑造银行家、情人还是总理，他总是具有同样的预见性，这使他每战必胜"。❸ 他发现司汤达善于识破他人的动机，因而可以轻而易举地诱导他人去实现动机，认为《红与黑》中于连使玛蒂尔德折服，就绝妙地说明了司汤达诱导他人的技巧。

里夏尔通过作品洞察到司汤达的意识中对明晰认识的孜孜以求，这种追求明晰认识的欲望成了一种顽念，以至于他时刻都想掌控一切。为了达到这一目的，他必须准确地预测事物的发展方向，然而预见性并不总是确定无误的，因为事物的发展决定于各种力量的较量，再善于预见的人也无法准确计算出各种力的强度，无法掌控的不确定因素和不可预料的事难免会挫败预见性。他认为恰恰是事物的无法预见性使司汤达小说中的爱情带上了冒险的色彩，使政治变成一种危险地，也正是因为有了失败的可能性，悬念随之产生，一切

---

❶ ［法］让-皮埃尔·里夏尔著，顾嘉琛译：《文学与感觉》，生活·读书·新知三联书店1992年版，第16页。
❷ 同上书，第28页。
❸ 同上书，第20页。

又重新活跃起来，模糊在小说中起到了制造悬念的作用。

里夏尔以他的分析证明在司汤达那里对认识的渴望、对真实的追求总是占上风，司汤达的作品表明了他并不愿意屈从于模糊。里夏尔基于作品的分析推导出以下的判断：司汤达不喜欢模糊是因为模糊妨碍认识，掩盖真实，模糊掩藏感情，表现出一种虚伪，理想的爱情就是掩藏真实的面纱，因此他要撩开这掩藏真实的面纱，因为最大的罪过莫过于淹没轮廓和失真，夸张可以达到严重歪曲事实的目的。这也就是司汤达对浪漫派那套掩饰暗藏真实情感的模糊的表现手法极为反感的原因，他讨厌虚伪，因此"要把掩盖纯真的主人公躯体和灵魂的千篇一律的外衣送到文学的估衣铺去，送到浪漫派慷慨解囊收罗成的道具店"。❶ "只有当他成功地描绘出并且使这个赤裸的人——一个剥去外衣的人活起来时才自认为满意。"❷

里夏尔在确定了司汤达作品中"认识与温情"这一主题的核心地位之后，便从细部的分析来确认这一主题具体的呈现方式，他指出这一主题在每一部作品中可能有着不同的呈现方式，但是从每一种方式中都可以找到指向这个核心主题的主题束，将这些主题束与核心主题联系起来就可以形成一个向着核心主题汇聚的星座。在里夏尔的分析中，作为主题细部的表现特征，主题的呈现样式（motif，题素）总是被看成主题生出的枝蔓，有着和主题同样的基因，是对潜在一致性的现实化体现。

---

❶❷ ［法］让－皮埃尔·里夏尔著，顾嘉琛译：《文学与感觉》，生活·读书·新知三联书店1992年版，第25页。

在此，里夏尔把司汤达的双重性看成是司汤达存在方式的本质，而作品中看似偶然的，对不同人物的行为，各种事件和景物的描写实际上受到了本质的必然性的限制，按照胡塞尔的说法，"本质永远不可能全面地呈现，而只能单面、部分面或连续多面地呈现，并同时被我们的经验感觉到。侧显着的事物，我们可以在连续直观过程中不断获得它的充分性，不断获得更精确的、全新的事物规定性。其中任何一种自然属性都可以把我们引入无限的经验世界，如此连续不断，以至无穷。本质直观由诸多的个别直观转化而来，且它的所与物是一种具有共同性的纯粹本质"。❶ 因此，从一个作家的写作中，不论其表现的形式和内容有何不同，都可以追溯到一个本质核心。

里夏尔在剖析司汤达酷爱认识和分析的特点及其原因之后，进一步说明司汤达作品中认识与温情这对矛盾的核心主题是怎样通过景物描写、叙事节奏、想象、目光、夜晚、回声、高度等不同层次的主题得以表现的。

里夏尔指出："风景也有自身的肌腱，画家把风景当作和谐的大躯体展现在画布上，司汤达以解剖家冰冷的目光注视着景物，在一切景物中，他首先注意到构成整体的主要线条和将整体区分开的可见边线，只有观看全景，他才得到最大的乐趣。他若活到今天，将是一位空中观景的入迷者。"❷

---

❶ ［德］胡塞尔著，李光荣编译：《现象学》，重庆出版社 2006 年版，第 5 页。

❷ ［法］让－皮埃尔·里夏尔著，顾嘉琛译：《文学与感觉》，生活·读书·新知三联书店 1992 年版，第 26 页。

《红与黑》开始部分的风景描写以及《巴马修道院》中的著名景物描写都令人心醉神迷，大段细致的景物描写是司汤达这位"解剖家"的"冰冷的目光"勾画出的"线条"和"边线"，完整清晰的构图表现出司汤达冷峻、理性、追求认识的一面。

里夏尔注意到司汤达不仅追求自然景色描写的完美，对人物内在景色的描写也不容"瑕疵"，他不满足于对内在景色缺乏生机和人情味的描写，而是要使情感的表现具有深度，于是在二维的描写中加入了第三维，从而使感情的强度、空间的深度、爱情的感染力都得到充分的体现。"而这宏观的图景将找到他开放的方向。到那时，应从机械力转向原动力，应在尘世和精神领域中发现相互关联的因素，建立起空间中的心理学（une psychologie dans l'espace）"。❶ 从里夏尔的这段评论中我们不难发现他试图从作品中人物与世界及与他人的关系中去把握作家的视角，从作家笔下人物对事物的好恶态度，从人物复杂的情感纠葛，以及他们的感官对声音、色彩、气味、手感、味觉中去体察作家的我思，这种我思不是单纯的心理活动，而是由创作激发出来的对世界和自我的重新认识，他把这样的创造活动比作是创生的训练。

里夏尔对司汤达在情感描写方面的技巧也作了精辟的分析，把司汤达看成是描写人物内心情感的高手，描写内心的景物并非易事，因为感情是"丛生的"，感情相互混杂，相互感染，相互覆盖，要想把复杂的情感表现出来他就必须认

---

❶ ［法］让-皮埃尔·里夏尔著，顾嘉琛译：《文学与感觉》，生活·读书·新知三联书店1992年版，第29页。

识所感受的东西,"他必须解开激情之结,把感情上的各种细微差异区分开来并冠之以名,规定其位。总之,把它安排在言语分析为它准备好的格子内"❶使各种感情前后连续又有区别,"像棱柱体把朦胧阴沉的光线分解为彩虹的七色那样,每种感情从这分解中又增添了光彩和勃勃的活力。情感于是取得了个人的存在、生、死,以及仅仅属于它们的面容"。❷从而使"思想的轮廓和意识的轮廓完美地结合在一起"。❸

在司汤达笔下,外在风景和内在风景的描写常常协同一致,外在巧妙地表现内在,内外呼应,相得益彰,外部的描写似乎合着心理活动的节拍时急时缓,里夏尔称之为司汤达作品中的心理速度。在他看来,这种心理的速度表明了感情的强度和深度以及感情的相对重要性,他发现司汤达在心灵状态的内在节拍和所讲述事件的外在节拍之间建立起了秘密的一致性。例如,在《红与黑》中,发生危机时,玻璃窗碎了,马惊慌不安……这部作品的结构,随着司汤达即兴的内在节拍,建立在间歇与急速向前的不自觉的交替基础上,建立在紧张和松弛、生活的简练和炫耀这种深刻起伏的基础上。随着激情的加剧或是松弛,"状态"的出现和消失也会或快或慢。这些都表明司汤达在写作中总是刻意追求清晰,将事物概念化、条理化。然而过分的条理化会导致一个极端——忽视细节。

---

❶❷ [法]让-皮埃尔·里夏尔著,顾嘉琛译:《文学与感觉》,生活·读书·新知三联书店1992年版,第30页。

❸ 同上书,第31页。

二、认识与温情的相互过渡

如果司汤达一味追求认识,他的作品恐怕就会失去文学的魅力,对此,里夏尔有独到的见解:"认识的胜利伴随着新奇的欠缺……怎样才能躲避这种厄运呢?一种方法是毁掉知识……司汤达在一种自觉的不准确的技巧中发现了拯救自己生活新鲜感的方法。他所见景象的模糊保全了他未来观看景物的乐趣。这是一种明智的和有意识的无知的策略,他拯救了多样化和未来的兴趣。"❶

里夏尔由此提出:司汤达使他的主人公走上温情的道路,是为了避免走到认识的极端,"绘画和音乐通过模糊和抑扬使司汤达懂得渐进真理的演化过程"。❷"他必须重新充实事实,赋予它活生生的内容和内部的饱满。"❸ 于是他又重返模糊,因为在那里有更深层的幸福在等待着他。模糊之所以能够克服过渡的明晰而导致的新奇的缺乏,是因为模糊可以让人有遐想的空间,保持探索和求知的欲望。

里夏尔特别分析了想象在文学中的作用:"观察事物而不去认识它们,享受它们而不穷尽它们,这就等于想象。……想象防止软弱无力的认识,想象与对象物之间建立起了自由和灵活的接触,为对象物保留着自由的余地而又不

---

❶ [法]让-皮埃尔·里夏尔著,顾嘉琛译:《文学与感觉》,生活·读书·新知三联书店 1992 年版,第 43 页。
❷ 同上书,第 39 页。
❸ 同上书,第 42 页。

把它同我完全隔开来。"❶ "想象进行的是粗略的观察,而不是作细部察看。"❷ "想象并不妨碍观察,而是通过某一部分的比例不断夸大的方式阻止人们对某种特性做健全的判断。"❸ "想象是智慧激昂的幽灵,他在现实及其延伸之间,在永久的来而复往之中穷尽自身,摧毁事物以重建它们,打破形式只是为了重新确定它。想象一半是自由的,但多半是受奴役的,它显现出具有在自身正确方向犹豫不定的某种精神苦恼的特征。"❹

里夏尔认为司汤达的想象"宁愿趋向能做出异想天开事情的将来而不是回溯到时过境迁和被穷尽了的过去。因此他更喜欢草图而不是已经完成的大作"。❺ 里夏尔还区分了司汤达作品中两种层次的想象。一种是现实事物的逐渐模糊,并且有纯粹的遐想;另一种是永不脱离尘世,而是尽力对它进行弥补和纠正。"在生活的压力下,遐想的神奇的广泛性逐渐收缩,直至其轮廓同实在的轮廓相吻合。"❻ 想象因而受到限制,变成凝固的世界。"因为想象一旦被驾驭,形式就不再无限制地扩大或永久地更新,愿意面对着静止的现实再次关闭。"❼

由此可见,司汤达作品中人物形象的塑造与他的意识活

---

❶ [法]让-皮埃尔·里夏尔著,顾嘉琛译:《文学与感觉》,生活·读书·新知三联书店1992年版,第43~44页。
❷ 同上书,第44页。
❸ 同上书,第44~45页。
❹ 同上书,第49页。
❺ 同上书,第47页。
❻❼ 同上书,第50页。

动是紧密关联的。司汤达之所以走向模糊，是因为模糊可以使人摆脱过于清晰的轮廓限制，为想象提供空间，司汤达于是从他偏爱的"明晰"转向了他不喜欢的"模糊"。里夏尔进一步分析了模糊的作用：

1. 模糊可以抵御他人分析的目光

里夏尔指出司汤达总是追求明晰的认识，喜欢充当分析的主体，但是非常惧怕自己成为分析的对象，而事实上"他给事物的那种待遇，他人也同样能来回敬他，这一回，他感到自己被人注视、估量、评审；他感到他的自由沦为一种确定、一种本质。在认识的欢悦中掺进一种相反的惶恐"。❶当司汤达意识到明晰的认识对自身构成的威胁时，便只好逃避明晰，并力图将他人目光引入歧途。里夏尔将司汤达最常采用的回避他人目光的方法归纳为：羞愧地后退、虚伪地防卫、鼓噪着进攻，羞愧、虚伪、鼓噪都代表着一种模糊的态度，里夏尔把"羞耻"看成是一种本能的、灵活的谎言，他说："虚伪存在于一种不懈的努力中，不会否定谎言，而试图有系统地以这种谎言来同探测它的目光相对抗。"❷ 虚伪要"在世界和心灵之间树立起一面无缝的墙壁。"❸ "正像虚荣心一样，虚伪把人改变成一场戏，促使他生活在舞台上……人通过虚伪看到自己的行动并控制自己最细微的行动，虚伪同一切自发行为势不两立，虚伪令人窒

---

❶ ［法］让－皮埃尔·里夏尔著，顾嘉琛译：《文学与感觉》，生活·读书·新知三联书店1992年版，第51页。
❷ 同上书，第53页。
❸ 同上书，第54页。

息，使人抽搐，使人奴性十足。……司汤达整个童年的经历告诉他虚伪是一剂假药，这比恶还要坏，因为虚伪借口使他摆脱他人，实际却使他进一步置于人们的评审之下，使他置于比观众更加无情的评审员的目光下：即他本人。对司汤达来说，于连·索雷尔是一个令人可怜的和不幸的主人公。"❶

里夏尔认为司汤达最经常采取的是第三种态度：既不羞愧地后撤，也不虚伪地防卫，而是鼓噪着进攻，由于这三种态度的并存，人们常无法辨认哪个是真实的司汤达，因此，人们要克服一连串的障碍才能深入谨慎防卫的作品核心中去。他认为，鼓噪对司汤达来说不过是掩盖内心的真实，应当十分热爱司汤达才能懂得其作品中对自然的炫耀是用来拯救真正的自然，真诚是用来保护自由。"这种自由只有在秘密中才敢于充分表露出来。拉上窗帘、关上护窗板、用钥匙锁上门，于连才从褥子底下取出拿破仑的肖像，阅读禁书《回忆录》，我们在司汤达一生的每一刻都能见到这保护性的褥垫。永久的掩饰、字谜、改变字谜位置构成新词、假名，这一切今日仍然是司汤达作品注释者的苦恼的快乐。"❷里夏尔对司汤达采取如此谨慎的防卫措施所给出的解释，是为了防范奸细，认为毒化司汤达世界中全部真诚关系的人物是奸细这个角色，"司汤达让他去跟踪尾随他作品中的主人公。于连、吕西安、法布里斯永远被人跟踪，受到监视。在司汤达眼里这个告密的秘密职业匿名者指的就是神甫。他觉

---

❶ ［法］让-皮埃尔·里夏尔著，顾嘉琛译：《文学与感觉》，生活·读书·新知三联书店1992年版，第54页。
❷ 同上书，第55~56页。

得教会就像慧眼一样，靠着它的世俗组织洞察生活中的隐私，又通过忏悔钻入人们心灵深处"。❶ "提防一点告解座！盗贼女奸细们正在那里窥伺着我们转过身去的时机……"❷ 里夏尔认为作品中类似的话，点明了作家内心隐藏的不安。这种困扰表达了对他人的一种恐惧心理以及无法克服的害怕，总感到陌生的眼光逼视着他的生命，评审并且否认他的生命。

害怕目光的心理使人喜欢阴暗，只有在阴暗中人才能放下戒备，不必担心他人的目光。只有阴暗才能防御目光。在里夏尔看来这就是夜晚在司汤达的幸福观中占有如此重要的位置的原因。阴暗的夜晚能使胆怯而紧张的心灵丢弃自己的羞耻感或使自己姿态放松，并且使主人公真正恢复自己的本来面目。例如：在凡尔热的那个夜晚，于连忘却了扮演自己的角色：他不再想他邪恶的野心，也不再想那难以执行的计划。他平生第一次被美的魔力所引诱，巴马修道院中的法布里斯和夏特莱夫人等主人公，都是在夜的保护下放下伪装，享受着幸福时光。"对司汤达的主人公来说，真正的夜晚只存在于树林中，躲藏在既掩饰又孕育着私情的茂密树荫下。司汤达的夜晚就这样充满嘎嘎作响的轻微感觉，雨打树叶的声音，涌上沙滩的浪涛声，远方的狗叫，这一切都吸引了外

---

❶ ［法］让-皮埃尔·里夏尔著，顾嘉琛译：《文学与感觉》，生活·读书·新知三联书店1992年版，第56页。

❷ 此处是里夏尔引用司汤达的《红与黑》中的话。

界的注意力,使人得以舒心。"❶

里夏尔的分析中特别强调内在和外在的一致和统一,他注意到了司汤达小说中自然的夜晚和心灵的夜晚的相互回应,在他看来司汤达作品中表现出的人物的忧郁是心灵的夜晚:"忧郁是心灵的夜晚。他逐渐地淹没棱角,混淆确凿性……忧郁缓慢地、快感地搅浑各种心理状态的实体,并按照新的变化着的方式将他们的内涵混杂并结合起来。"❷"就像潮水浸湿了燥热的沙滩,忧郁以他的旋流覆盖了意识的清晰形象,具有液体和液化物的威力,他使屏障软塌并深入防御内部,迫使最冷漠的心拜倒在美妙的'温柔激情的放纵'中……在忧郁中,存在终于找到了它过去所缺少的热忱和这些感情的一致性……但这种一致性只有以分析试图夺取的东西为代价才能获得:明晰、区别以及自我认识。"❸

里夏尔指出,生活中的忧郁酷似能治枯竭心灵之不幸的良药,"感受将把忧郁在心灵中造成的空无当作一个发出回响的深洞来开发,在这个深洞中,它通过怀念、回忆和计划的流通,掀起自身结构的自由活动"。❹

2. 模糊可以给人安抚,修复心灵的伤痛

里夏尔把懊悔也看成是模糊的一种表现形式,认为懊悔犹似忧郁,又远比忧郁来得深刻,因此它促进内部一致。懊

---

❶ [法]让-皮埃尔·里夏尔著,顾嘉琛译:《文学与感觉》,生活·读书·新知三联书店1992年版,第61页。
❷ 同上书,第62页。
❸ 同上书,第64~65页。
❹ 同上书,第67页。

悔遮盖着并感动着现今的痛苦。现在和过去融化在一种模糊的追忆里,"通过这种过程,幻想的过去变得比他肯定的现实的今天更为真实,更为完全,并且还面向着未来。我们生活中相距最遥远的时光在一种新的热情中再度会合,他既是芳香剂又是混合物,因为他同时给人带来和谐和安静"。❶

"音乐能够给人带来巨大的安慰。因为它以一种模糊的,并不伤害自尊心的方式使人们相信亲切的怜悯心"。❷ "美术的使命就是为了安抚。目光的幽灵,窥测和敌对的幽灵,只有美术才能将它驱逐。只有美术才能将它转化为同情"。❸

"懊悔""音乐"和"美术"都是以一种模糊的方式给人安抚,并且消除人的怀疑,"怀疑一旦消除,信任就建立起来……过去被视为评判的将成为关注,过去被视为不慎的将成为同情,最终是爱将人们从自身的牢笼中解救出来,在心灵之间建立充满回声的深度"。❹

3. 模糊是一种交流的方式

里夏尔把回声看作是一种模糊的交流方式,认为司汤达作品中的回声有着双重的寓意,司汤达喜欢回声,甚至赋予回声以追忆和创造的特殊能力:他喜欢听动荡声的扩散和延续,如教堂的钟声,回声把他们带进了他的感觉中。回声包

---

❶ [法]让-皮埃尔·里夏尔著,顾嘉琛译:《文学与感觉》,生活·读书·新知三联书店1992年版,第67页。
❷ 同上书,第68页。
❸ 同上书,第69页。
❹ 同上书,第70页。

括实际的回声和象征性的回声，前者指教堂的钟声，后者包括目光——视觉的回声，目光可以传递接受或者拒绝、好感或者厌恶等不同的信息，是一种无声的，模糊的交流方式；另一种象征性的回声是"爱情"，初生的爱情靠着暧昧维持，"爱情讨厌明白表露的东西，它靠暗示而生存。在真正的爱情中，从来就不能确保任何事情，因为人们蒙着眼睛在行走。这是一个变幻无穷的真实世界，在这个世界中，从不会取得任何结果，每一分钟都把一切置于疑问中，由于这种不可知，爱情才成为发现和奇遇"。❶

4. 模糊滋生和隐藏温情

在司汤达的作品中炽热的感情往往被教士的外衣掩盖起来，"爱情在私下，在牢房里或在殿堂的香火中开出了最艳丽的鲜花。如果说这种爱情往往需要夜晚做它的同谋者，这无疑由于它厌恶目光和明朗。真正的司汤达式的爱情就注定要发生在寂静与黑暗中"。❷死亡是司汤达的主人公们最可靠的藏身地，死亡窃取并带走了他们崇高的灵魂。死亡对他们来说是超脱的最终形式。"心灵的、温情的和爱情的生命整个属于不可知领域，它在最终的谜中找到自身的终结，这是一种美"。❸

---

❶ ［法］让-皮埃尔·里夏尔著，顾嘉琛译：《文学与感觉》，生活·读书·新知三联书店1992年版，第74页。

❷ 同上书，第89页。

❸ 同上书，第92页。

三、矛盾的对立统一

里夏尔发现司汤达作品中认识和感觉的根本对立导致了分裂,对幸福的追求使司汤达的主人公走上了他必须从中做出选择的两条相反的道路,一条是"享尽一个真实的但又被冷酷吞噬并且失去实质内容的世界",另一条是追求感情乐趣的生活,把自己封闭在一种盲目享受之中。

里夏尔对司汤达作品中认识与温情这对矛盾的对立统一的表现做了精辟的概括。在他看来,在司汤达的经历中存在着认识和感觉的根本对立,在它们之间没有任何系词搭起联系的桥梁,就像两个隔绝的世界,它们在相互排斥的同时也排除了幸福的可能性。司汤达的力量就是承认这种对立,并把决裂的界限转变为分界线。司汤达的世界在把自身分裂为对立面的过程中形成并且建立自信。精神和冷酷为一方,心灵和温情为另一方,一方总是徒劳地试图排斥另一方。然而他始终无法摆脱这种双重性的萦绕,他的作品《红与黑》《玫瑰与绿色》《苋红与绿色》都具有双重意味。然而生活在保持着种种对立的同时,实际在迫使他去丰富各种经历。在司汤达的作品中,没有任何一个主题比"越过的山岭"更深刻、更富有诗意。在这个主题里,从一边过渡到另一边,思想得到了象征性的体现。❶ 司汤达的主人公并不能生活在完全与人隔绝的境遇中,同样也不能只追求绝对专一的幸福。因为对幸福的追求在一个根本分裂的世界中被证明是

---

❶ [法]让-皮埃尔·里夏尔著,顾嘉琛译:《文学与感觉》,生活·读书·新知三联书店1992年版,第96页。

不可能实现的。里夏尔认为司汤达的生活经历是以失败告终的,但他在小说创作的领域里取得了成功:主人公和小说家之间的两重性是司汤达在小说中同时以法布里斯的身份享受生活又以司汤达的身份来作判断。司汤达拒绝承认经验的失败,他十分明确地默认各种要求的矛盾,在这些要求之间,我们感到他终于建立了某种平衡,在冷酷的或认识的世界和温情的世界之间,他发现了整片缓进和通行地区。❶

里夏尔在司汤达的作品中发现了一系列调和矛盾的手法,他认为雾、空气、水、美术、音乐在司汤达的作品中具有调和矛盾的作用,具有象征的意义。

1. "雾""空气""水"在司汤达的作品中的象征意义

云雾使远景忽隐忽现,里夏尔引用了司汤达作品中有关雾、空气和水的描写说明晚秋晴朗的天气和薄雾缭绕的景色表现出司汤达式的忧郁,雾使他"从线条的专横和被割裂世界中获得解脱"。❷ 空气使声音变得柔和、轻盈。在司汤达看来,没有比他在湖面听到的钟声更甜蜜的了,"钟声由水面上漂送过来,变得柔和了,带着一种甜蜜的忧郁和听天由命的调子……因为宁静的湖泊能平息心灵中的风暴和生活的强暴。……在空气中,我们能认出雄心,无比卓绝和心灵自由的因素"。❸ 水在司汤达的世界中代表着自省和沉思。"水以它的湿润在枯竭心灵的痛苦上铺上了一块巨大的安抚

---

❶ [法]让-皮埃尔·里夏尔著,顾嘉琛译:《文学与感觉》,生活·读书·新知三联书店1992年版,第96页。

❷ 同上书,第98页。

❸ 同上书,第99~100页。

人心的纱巾。每当法布里斯的心灵受到伤害时,他总在某个湖边寻找安息之处。由于有了法布利斯,《巴马修道院》整部小说都响彻着湖水发出的湿润的回声……"❶

2. 美术和音乐缓解矛盾的作用

音乐和美术在司汤达的作品中也起着缓解矛盾的作用,"他观赏一幅油画就像别人欣赏一个女人,聆听一首表白爱情的曲调,总之,他通过美术所追求的并不是美术本身特有的美的表露,而是生活赋予或应赋予多愁善感的心灵的各种欢乐的再现"。❷

"对司汤达来说,艺术的享受是一种特有的经历,因为它使司汤达重新并且极其清晰地面对他的基本问题,它又使司汤达得以给这个问题找出某种珍贵的内在的答案。"❸

"绘画开辟了渐次地把现实的心灵和目光引向想象、把具体细部引向朦胧和梦幻中的投影的道路。任何断裂都会中断漫游并且使动人之消失殆尽……"

"音乐是一种温柔的绘画,完美干冷的性格是不能理解它的。"❹

司汤达对音乐和绘画有许多独到的见解,也从中获得了很多教益,美术同时向他指出这种"盲目的享受"并不妨碍敏感每时每刻重新回到清晰和间断的欣赏中去。因为美术

---

❶ [法]让-皮埃尔·里夏尔著,顾嘉琛译:《文学与感觉》,生活·读书·新知三联书店1992年版,第100页。

❷ 同上书,第101页。

❸ 同上书,第102页。

❹ 同上书,第116页。

把各种外形连结起来而不是把它们分解。美术的作用和意义正存在于这种完全属于它强加给物的秩序之中"。❶

里夏尔认为："小说是对生活的一种报复。……他远不是为了把司汤达变成众多的年轻而英俊的主人公，而是为了把他的一生编写成一系列奇遇……小说不仅是一面树在大道上的镜子，而且成为这条大道本身，沿着这条大道，人物和风景向他展示了一系列的影像和景色，尽管这些影像和景色往往显现为无法预料和偶然的，它们仍然随着它漫步，足迹安排得有条不紊。尽管司汤达愿意他的小说任凭偶然性来摆布，他的小说仍然是小说，换句话说，是一部有某些经过发挥的，主人公展现典范一生的作品。"❷

这段话所表达的意思与里夏尔在《文学与感觉》的前言中所说的"文学创作就似乎成为一种体验，甚至成为一种自我的实践，一种领悟和创生的训练，在这个训练过程中，作家试图既自我把握又自我完善"是一致的，在小说的创作中，作家总是把自己的经验投射进去，并试图在创作中重新认识生活，完善自己。司汤达在现实和想象、明晰和暗含、确定和不确定这些矛盾对立之间经历了来而复往的运动，这种往返的运动体现在作品中就是认识和温情的对立统一运动。

在"司汤达作品中的认识与温情"中，我们看到，里夏尔并没有从具体的小说的内容、结构、社会文化背景、因

---

❶ [法]让-皮埃尔·里夏尔著，顾嘉琛译：《文学与感觉》，生活·读书·新知三联书店1992年版，第132页。

❷ 同上书，第145页。

果关联这些方面对司汤达的作品进行分析，而是把写作看作作家自我认识、自我创造的一个过程，强调在一个作家的生活的各个方面不可能存在断裂，司汤达既是一个充满冒险精神的浪漫情人，又是一个充满理性精神的哲人，这矛盾的气质造就了双重唯一的司汤达，在他的作品中无不体现着认识与温情的对立统一规律，在他笔下的人物身上表现出矛盾双方此消彼长，直至达到不可调和，每当矛盾不可调和之时，司汤达总是采用一种消弭矛盾的模糊手法来使双方重新达到平衡，当模糊妨碍认识时，他便又采取一系列限定的手段重新达到明晰，这些调和矛盾的手段体现在人物形态的塑造方面，体现在景物描写、心理刻画、修辞手段等方面。里夏尔就是这样通过深度阅读去体验和感受作家的我思，去把握其内在和外在的一致、心灵节拍和写作节拍的一致。他的方法是让作品来诉说和印证他的发现。在他看来不论是《红与黑》《巴马修道院》，还是《意大利游记》《意大利绘画史》，都是双重唯一的司汤达个人气质的具体体现。尽管里夏尔的这种预设和阐释的方式带有很强的主观性，但是他的阐释风格，那种充满智慧光芒的洞察力、诗意的想象和优美流畅的语言投射出一种独特的批评之美。在《司汤达作品中的认识与温情》中，里夏尔为我们展示的是双重唯一的司汤达意识中认识与温情这一困扰主题在其作手法中的体现。

第三节 从人物的形态创造到深层意识的探索（对福楼拜存在深处之困扰的揭示）

研究了司汤达之后，里夏尔又研究了福楼拜，是福楼拜身上存在的与司汤达对立的东西吸引了他。在《福楼拜作品中的形态创造》中，里夏尔对福楼拜小说中吃的场面与人的各种欲望之间的联系和类比关系做了深入的探讨。他发现福楼拜的人物塑造充满了隐喻和暗示，并且从这些隐喻和暗示入手，揭示出福楼拜个人存在深处的困扰。里夏尔把进餐比作一种宗教仪式，他从福楼拜对这种宗教仪式中应有尽有的食物的津津有味的罗列和描述中发现了食物的困扰在福楼拜的想象中占有着特殊的地位。里夏尔所说的食物并非真正意义上的食物，而是通过食欲表现出来的各种欲望。

一、食欲——欲望在肉体上的转移

里夏尔把食欲看作是"更为真实的欲望在肉体上的转移，是整个身心面对着奉献给它的各种极其渴望的事物时产生的'颤抖'在肉体上的转移"。❶ 这种"颤抖"相当于福楼拜所说的"兴致"。"兴致拖延着欲望，使欲望变得更加激烈。"❷ "随兴致接踵而来的是满足，……福楼拜是个莫洛克，他扑向食物——心灵的、精神的或是感官的食粮，并

---

❶❷　[法]让-皮埃尔·里夏尔著，顾嘉琛译：《文学与感觉》，生活·读书·新知三联书店1992年版，第167页。

把它们活活吞下。"❶

里夏尔在分析中使用了"吞食"（dévorer）一词，它的含义远远超出了这个词的本意，带有明显的隐喻特征，里夏尔把察觉、思想、爱，这些都看作吞食的方式。他说福楼拜"吸收着自然；他尽力向自然敞开，让自然比一般人所能做的更完全地渗进他的体内。这种拼命的渗入不会不带伤痕；这位创作者冒着内部膨胀的风险，他受到爆裂的威胁"❷。在福楼拜的作品中"人的存在遭到了事物的入侵和强奸，贪得无厌以某种自我牺牲的形式同这种极端相混合"❸难以克制的欲望，使他们迫不及待地向食物扑去，而缺乏矜持，过分缩短和对象物的距离往往使吸收成为不可能，艾玛贪食地扑向所有的猎物，想顷刻间食尽一切，结果，她无法挽留任何东西，一切将她抛弃。圣·安东尼的猪觉得有东西在肚子里乱动，它不得不忍受暴食给它带来的可怕后果。

二、贪食的后果

里夏尔以人物贪食的种种表现，深刻揭示了福楼拜笔下人物无法抑制的欲望，他们在欲望驱使下做出的种种既滑稽又可笑的举动，这些举动在让人忍俊不禁的同时又让人感到悲哀，从而产生悲剧的效果。从作品中贪吃者的悲喜剧中，里夏尔发现了福楼拜式的贪婪的悲剧效果：他越感觉，就越想感觉，他就越不能享受他已感觉到的东西；

---

❶ ［法］让－皮埃尔·里夏尔著，顾嘉琛译：《文学与感觉》，生活·读书·新知三联书店1992年版，第168~169页。

❷❸ 同上书，第171页。

食欲的辩证法必然导致承认自己的无能，福楼拜并不能以吞食世界的方式来占有它，因此，他只能从远处来做判断，过近地观察使他目眩，他透过模糊的间距进入对象，并深刻地占有对象。物质的融合在福楼拜身上总是伴随着内部的解体，人要与对象物交融，必须使自己变得柔软，成为液体，在事物中扩散，当人们不再重视对象物而重视失去的意识时，这种丧失将被看作痛苦的感受：因为间距的消失导致无意识和失神。❶

里夏尔对悲剧根源的阐释可谓精辟，他认为这种悲剧源于人与对象物的融合，对象物不再是某种特殊的对象物而是以物质碎片形式存在的对象物，"当人们过分注意从内部根据事物不同的结构或密度去感受事物时，人们就会忽略事物表面的凹凸不平，忽略确定事物的特点……由于感觉完全是吸收型的，它终于失去了一切客观内涵，在意识中仍似一种纯粹的昏暗。这便是涌入心灵的普遍和谐，一种无法表达的对未被揭示整体的理解。在我面前展开的东西或是把我吞没的东西，不是对象的世界，而是物质的海洋。个体的形式已消失。把领域和种类分开的屏障也同样消失了"。❷

在福楼拜的作品中，无生命的对象物具有吸收性，把陶醉在其中的人淹没、沉浸，使他醉不可支。爱情的癫狂却把人带到一种极其不同的心理气氛中，这是因为被爱的对象物是有生命的，它具有狡黠的吸引力。"这种生命通过一种流

---

❶ ［法］让－皮埃尔·里夏尔著，顾嘉琛译：《文学与感觉》，生活·读书·新知三联书店1992年版，第178~179页。

❷ 同上书，第180页。

质状的散发表现出来，这种流质裹挟着，渗透着，甚至在欲念尚未开始显露出来之前就把一切内部的屏障融化在人的存在中，人便爱上了。"❶《包法利夫人》（*Madame Bovary*）中一系列形象的描写充分说明由欲望引起的奢逸和由感觉以及陶醉引起的消融的不同之处。在福楼拜的作品中，奶油、膏类（男人的剃须膏、女人的胭脂或美容膏）是体现和象征欲望上升的最佳物。

里夏尔从福楼拜作品表现的爱情中还发现了"恶心"这一主题："爱情也是一种恶心，人在爱情中慢慢地腐烂，他的汗水引起对方的腐烂，情人丧失了自己的脊梁，他变成纯粹的可塑性"，❷构成爱情的接受和奉献的双重动作"逐渐消失在接触的酥软中"，"爱情是一种肉体的相互渗入，个人在其中已不复以原样存在，而是一种共同生命的节拍在这种肉体的渗透中继续着。与其说爱情把一个人投身于另一人，不如说把两人都投入到无名的肉欲中。因此，他人首先是肉体的奉献者"。❸艾玛把罗道夫和列昂两个人都看成是一堆肉，"她从来不觉得他们是有区别的人，也不是异性的载体或象征……对于她来说，他们仅仅只是她自我实现的手段。"❹

在此，我们看到，里夏尔推导出从人物的食欲到对事物

---

❶ ［法］让-皮埃尔·里夏尔著，顾嘉琛译：《文学与感觉》，生活·读书·新知三联书店 1992 年版，第 182 页。
❷ 同上书，第 184 页。
❸ 同上书，第 185~186 页。
❹ 同上书，第 186 页。

的热情,再从旺盛的食欲引发的无节制的吸收,再到不消化,消化需要物质变柔软这样一个逻辑链条,由于吸入的物过多最后导致身体被物质所吸收并被融合。在福楼拜的作品中,"水"具有重要的象征意义。里夏尔发现在福楼拜作品中"水"这种物质属性与其对人物形象的塑造有着密切的关联,"水"在福楼拜的意识中有着特殊的象征意义。他指出:在福楼拜小说最熟悉的场景中都可见到水的萦绕,水是一种吞没和溶解的力量。"水类似一种肉质的压脚被,人们伸开四肢躺在里面直至相互渗透。里夏尔还引用了福楼拜《书信集》(Correspondance)中的一句话加以印证:"我在红海洗了海水浴。这是我一生中最大的乐趣之一;我在浪里翻滚就像成千上万个乳房触摸着我的全身那样。"❶ "水"在福楼拜的作品中象征着女人,对于他而言,女人像水一样具有吸引力,海洋就像女人样抚摸着人。"水流给爱情的倾吐指明方向;它引导着他们的忧郁。水使他们互相依存:在万物的起伏中,水使他们同在,水使他们明白他们同在,同往"。❷

"水"象征淫荡、汗湿、发霉的龌龊阴暗色调。里夏尔指出:"《包法利夫人》是一部渗着'淫荡汗湿'的小说",❸ 福楼拜自己也说过,他要在这部小说里表达一种色调,这种深居简出生活的发霉的颜色。因此里夏尔认为,这

---

❶ [法]让-皮埃尔·里夏尔著,顾嘉琛译:《文学与感觉》,生活·读书·新知三联书店1992年版,第192页。
❷ 同上书,第193页。
❸ 同上书,第194页。

部小说中感觉、感情、房屋和风景等一切全都服从于深处的重大规律,这丝毫不是偶然因素造成的。他列举了《包法利夫人》《书信集》《萨朗博》(*Salammbô*)中的许多例子加以证明,他甚至说《萨朗博》通篇沉浸在"水"的象征主义中。

"水"还象征着死亡和再生,是福楼拜作品深层主题结构中的一个重要主题,"水"这种物质所具有的流动性、无固定形状的特征恰恰就是福楼拜作品中那些永远找不到平衡的人物的生活写照,里夏尔将福楼拜笔下人物软弱、怠倦、缺乏稳固性,永远处于变幻中的特点称为"包法利主义",他指出,真正的包法利主义是一个由于无法找到平衡而决定在持续的不平衡中生活的人的运动。福楼拜作品中的大部分人物由于忌妒的迟钝而变得麻木不仁,他们被一种"不可克服的昏睡"所控制,"就像他们曾经喝过某种致他们死地的东西"。"他们是一些头脑有雾状物的、中了魔的人,""无论是神父还是医生都无法医治。"水具有活力,带来变化,无数新的形态不断地在漩涡中孕育和消失。水淹没人,把人卷走。死亡的水意味着要再生,后再死去,就这样随着水的创造和渐逝的节拍永无止境。"❶

福楼拜的人物无论是泛神论者还是恋人"寻找着一种它的生活条件和生活实质本身变得灵活并处于周期性更新的生存方式。他消失在无定形中以便从自身的形式中解放出来,但是更多的是因为他在不定型中看到了各

---

❶ [法]让-皮埃尔·里夏尔著,顾嘉琛译:《文学与感觉》,生活·读书·新知三联书店1992年版,第209~210页。

种形式的可能性"。"他愿在物质中流动","进入每个原子之中","按各种形式来塑造自己,这是对渊源的烂泥的怀念"。❶

里夏尔的分析并未到此结束,而是进一步从福楼拜的深层创作意识中去寻找根源,他从福楼拜的书信集中发现了线索,在福楼拜的自述中他发现了年轻时的福楼拜一方面极其渴望得到确定,另一方面又害怕受到限制,他"陶醉于永久的灵活多变",因而选择了"感受自身",并"使自己保持纯净的可塑性"。❷ 随着年龄的增长,福楼拜越来越清楚地认识到他内在的空无所引起的忧虑。里夏尔认为福楼拜和萨特之间的差异就在于福楼拜的不介入,他"拒不在处境的具体范围内做自我选择"。"这种拒绝使福楼拜介入到一种自由的、十分真实的经历中去,存在在这种经历中,体验到永远不可能与自身相合。存在既是一切,又一无所是"。❸ 这便是里夏尔为福楼拜的人物形象塑造在创作意识中找到的根源。

由此,里夏尔找到了作家与其创作的人物之间的相似性,他说:"小说家集演员、雕塑家于一身。小说家按自己的尺寸裁剪作品中人物的外衣,他从内部把他们结合起来,他如此强烈地感受到人物的情感、感觉。例如艾玛·包法利嘴里的砒霜味道,这仅仅因为他们之中的每一个人在开始时就代表着作者自身的某种变化。就像演员扮演一个又一个的

---

❶ [法]让-皮埃尔·里夏尔著,顾嘉琛译:《文学与感觉》,生活·读书·新知三联书店1992年版,第211页。

❷❸ 同上书,第215页。

角色那样，他从一个人物转移到另一个人物。因此，在他的作品的初稿中，所有人物似乎都有些雷同，作品的修改就是针对每种性格进行加工并定型，使作品中人物脱离作者，而作者将保证作品的客观性。"❶ "福楼拜的客观性产生于要摆脱自身。"❷ "创作者同创造物之间的关系包含着一种存在的持续，而不是一种实体的持续性：一种能力从一个人转移到另一个人身上，而不累及这两个人中任何一个人的完整性。"❸ "厌倦、爱、享受、依赖、又是厌倦，这就是指挥着福楼拜的伟大著作，例如《包法利夫人》《布伐与贝居歇》（Bouvard et Pécuchet）、《圣·安东尼的诱惑》（La tentation de saint Antoine）的深沉节拍。由于发现了一个一切感情活动与之相关的存在中心，《情感教育》（L'Education sentimentale）是唯一脱离这个节拍的作品。"❹

"福楼拜本人似乎名列于他的作品中众多角色之首"，他所走过的是一条曲折的道路，"这条道路使他以一部现实主义作品为起始，继之以一部具有强烈异国风情的作品，转而对他生活的时代进行最平淡的描写，随之写了美妙的抒情的作品，最后是一部未完成的神秘作品，至今批评家对这部作品仍争论不休"。"他的小说代表着他要追求固定的愿望所导致的相继出现的各种形式：一部完成的作品使他对自身充满自信，为他展示自身暂时确定的形象，在写作时，他向自己证实了他的生存：创作一部杰作，完成一部艺术作品，

---

❶❷ [法]让-皮埃尔·里夏尔著，顾嘉琛译：《文学与感觉》，生活·读书·新知三联书店1992年版，第219页。

❸❹ 同上书，第221页。

就是实现对自身的固定。"❶ 在里夏尔看来,福楼拜属于生活不断对他们进行加工并推动他们永远向着不可预测的明天前进的人们中的一个,艺术家在创作出越来越多的无现实根据的形式的同时,拥有了某种否定本性的手段,艺术家借助于想象把自己从现实中解脱出来,福楼拜对江湖医生、魔术师、杂耍的人以及五腿羊这些怪诞形象的创造就是为了使正常的形态变得可笑。在这些非正规的生活表现中他找到了不为人所知的艺术的多样的渐进表达方式,他的艺术创造力来源于生活却又高于生活,里夏尔对福楼拜的形象创造给予了很高的评价,他说:"这种艺术存在于大洋底层自身神秘的静止中,存在于地球的深处,存在于光源中,他在那里使持续的习作多样化,并使存在永存",❷ "对于福楼拜来说,一切通往极端之路都导致同人性的决裂。福楼拜过去在荒诞中寻找的正是这样一种决裂的能力"。❸

里夏尔对福楼拜作品中的人物造型的分析大致可以概括为这样一条线索:从吃的场面到人物面对大量食物时的贪婪表情和吞食的动作,从贪吃到贪吃引发的悲剧——各种欲望在身体上的转移,贪吃引起消化不良、不吸收、恶心,但是在欲望的推动下,人物无法停止对食物的渴望,不断地让食物渗入体内,不惜冒着身体爆炸的危险,于是越是吃得多越是不能体验到吃食物带来的快感,"吃"成了一种机械的动

---

❶ [法]让-皮埃尔·里夏尔著,顾嘉琛译:《文学与感觉》,生活·读书·新知三联书店1992年版,第146页。
❷ 同上书,第248页。
❸ 同上书,第247页。

作，明知这种行为荒唐却又不愿改变，人物的这些荒诞行为反映出存在于作者深层意识中一种困扰：既想获得一个确定的生活目标又害怕受到限制、失去自由，由于无法找到平衡而决定在持续的不平衡中生活。

作品中对食物的罗列不是为了引出对菜单和菜肴的描写，而是为了展开对福楼拜的善饥症和对铺张的恐惧之间关系的分析。与食物的关系反映出面对世界的人的态度，"福楼拜的形态创造"所要追究的就是这种态度，被细节淹没和诱惑的福楼拜害怕丰盛，用餐是一种令人恶心和失望的逃避，是对世界的企图的一种绝望的回答。用餐和福楼拜的善饥症之下掩盖的是一种存在的失衡，作者在作品中用了一种夸大的手法来表现这种感受。

从以上的分析可以看出，里夏尔把感觉作为出发点，进而在探索物质想象过程中揭示作者或诗人的创作意识，他摈弃文学的游戏观和形式主义，反对把文学文本看成一个可以通过科学研究来穷尽其意义的认识对象，以他独特的分析方式展现给读者一种看待作家与作品、作家与世界的独特视角和眼光。他不是孤立地研究作品，而是将作家的写作与个人的经验和对世界的认识紧密结合起来加以研究，里夏尔在此采用的批评策略是进入作品寻找人物对物的感觉，再从感觉追踪到深层的意识，从而使人领略到一种深度的文学批评之美。

第四节 对诗人深层意识的探索
（对现代诗的批评）

在结束了对小说家的研究之后，里夏尔转向了对诗所表现的诗人深层意识的探索。1955年，里夏尔的《诗与深度》由瑟依出版社出版，在这部随笔集中，他分析了德·奈瓦尔（Gérard de Nerval, 1808～1855）、波德莱尔（Charles Baudelaire, 1821～1896）、魏尔伦（Paul Verlaine, 1844～1896）和韩波（Arthur Rimbaud, 1854～1891）四位象征主义诗人的作品。象征主义作为诗学观念和表达方法，产生于19世纪50年代，奈瓦尔和波德莱尔是象征主义的奠基人。60年代，魏尔伦、韩波和马拉美（Stéphane Mallarme, 1842～1898）相继登上法国诗坛，从不同方面发展了奈瓦尔和波德莱尔的思想，成为象征主义诗歌的代表。他们不注重客观对象的再现，而是努力表达人类心灵的种种状态，在追求形式美的同时，注重对内在生命的表现，表现出对外部世界的抗争。里夏尔试图通过分析这四位诗人的诗，发现和描绘出他们基本的意图以及他们的历险计划。他力图在最初阶段，也就是在诗人们的计划表现得"最卑微，最坦诚"的时刻去把握它，确切地说，他试图从诗人的纯粹的感觉中，从未经加工的感觉或正在生成的形象中去把握他们。

在《诗与深度》的前言中，里夏尔再次强调自己将理解和同情的努力置于文学创作的第一时刻，他所说的第一时刻是"作品从先于它并承载它的寂静中诞生的时刻，是作品通过人类的经验被建立的时刻，是作家通过创作达到自我认识、自我触及、自我建构的时刻,是通过描写世界的行为,通过用语言模拟和解决世界的问题使世界获得意义的时刻"。❶ 他认为只有在这个时刻,才能达到真正的理解和同情。同样是在这本书中,他表达了自己对现象学一元论的认同:"我们现在知道任何意识都是对某物的意识,人不再是自然、岛屿、监狱、本质。我们知道,他要通过交往、通过他把握世界的方式,以及通过把握自己与世界的关系的方式,通过他与客体、与他人、与自我联系的方式来定义自我。"❷

在里夏尔看来,文学是意识的努力为了理解人的生存而表现得最为朴实、最为天真的场所。正是在与漂亮的诗句、巧妙的句子、意象、形容词,甚至是音的变化、韵律、休止符的接触中,伟大的作家发现和创造了作家的伟大和人的真实。从此,伟大的文学入选为幸福关系的领域。

在《诗与深度》的前言中,里夏尔明确地表示,此书得益于加斯东·巴什拉尔的研究。是巴什拉尔首先将物质想象(l'imagination de la matière)纳入自己的研究范围,早在《水与梦——论物质的想象》中,巴什拉尔就已为他的物质想象论奠定了理论基础,在之后出版的《空间的诗学》和《梦想的诗学》中,他充分揭示了是人的意识在物质想象过程的表现,所以人们把巴什拉尔视为开辟了意识的物质性探索之路的先驱。正如乔治·布莱所言:"从巴什拉尔开始,

---

❶ J-P Richard, *Poésie et profondeur*, Paris: Editions du Seuil, 1955, p. 9.

❷ *Poésie et profondeur*, p. 10.

第一章　里夏尔对作家作品的整体研究

不可能再谈论意识的非物质性了，很难不通过相迭的形象层来感知意识了，因此，巴什拉尔完成的革命是一场哥白尼式的革命。在他之后，意识的世界，随之而来的诗的、文学的世界，都不再是先前那副模样了，他是弗洛伊德之后最伟大的精神生活的探索者。"❶被视为巴什拉尔的学生的里夏尔在他的分析中借鉴了老师的分析方法，他认为诗人的感觉和创造不可能脱离使之内化、使之陷入其中的想象。里夏尔也总是以人物对物的感觉为切入点，建构作家的意识结构，这也许就是伊夫·塔迪埃在《20世纪的法国文学批评》中将里夏尔归入了"客体意象批评"的原因。加斯东·巴什拉尔被视为这种批评方法的开山鼻祖。塔迪埃认为里夏尔是巴什拉尔首屈一指的弟子，但是他"并没有比巴什拉尔（或乔治·布莱）前进一步，他也没有区别同一作家的不同作品，似乎司汤达或福楼拜只写过一部书，只要打破它理性的表面，将其重新组合就行了"。❷以点带面，把一种现象当做某作家创作的普遍性，塔迪埃认为这是巴士拉尔和布莱批评中存在的倾向，而这一点在乔治·布莱那里表现得更为明显。他认为后起的里夏尔在这一点上与前边两位批评家相比，没有多大的改变。当然在对里夏尔提出批评之后，塔迪埃仍然还是对里夏尔"尊重个体"，"尊重生存完整"给予了肯定："他没有拘泥于编年顺序，而是恢复了生存的辩证

---

❶　[比]乔治·布莱著，郭宏安译：《批评意识》，广西师范大学出版社2002年版，第150页。

❷❸　[法]伊夫·塔迪埃著，史忠义译：《20世纪的文学批评》，百花文艺出版社1998年版，第123页。

关系。"❸在此我们先不对塔迪埃的评论加以评说，不妨先让我们直接通过里夏尔的批评随笔来了解他的批评方法和途径。

　　里夏尔认为困扰着诗人的顽念比思想更应得到重视，在他看来理论相对于想象来说是次要的，因为一位诗人的真实存在于他的诗篇中，而不是存在于他关于诗的理论中，当然，这番话并不意味着他轻视诗学理论，事实上，他也像对待诗那样认真地对待诗人们关于诗的理论和独到的见解。

　　对现代诗的批评表现出里夏尔对深度的洞察。在《诗与深度》中，里夏尔再次强调了作品的内在一致性，并将此看成是一切伟大的艺术作品的标志并指出，在诗人不同的实践方案之间存在着回应和汇合，阅读批评就是要激起作品之间的回声，把握这种新的关系。里夏尔以奈瓦尔为例说明了这一观点，他写道："奈瓦尔把存在想象成无望的、被埋葬的火：因此他寻求日出的风景和红砖在落日下熠熠闪光的景色，以及触摸年轻女子火焰般的发缕或是她们浅黄褐色的温热肌肤的感觉。同样的计划还使他幻想一种万能的炼丹术，能够用火来引发火，能以爱来唤醒爱，并引发存在，因为我们需要它。奈瓦尔的一系列态度反映出内瓦尔的风貌，从这风貌我们能够重新深入到他经历过的或写过的存在的细节中，并品味意义。"❶

　　当然，里夏尔不认为自己的阅读努力能够达到完全真实地把握诗人的意识，因为在他看来每一次阅读不过是一种可能的行进路线，其他道路始终开放着。一部杰作本来就是向

---

❶ *Poésie et profondeur*, p. 10.

第一章　里夏尔对作家作品的整体研究

着各个方向和各种偶然性开放，并可以从各个方向穿越的。他自认为选择了阅读奈瓦尔、波德莱尔、韩波和魏尔伦的最适宜的角度，那就是从"深度"（profondeur）入手，因为在四位诗人诗意的历险中都包含了某种深渊的经历：物的深渊、意识的深渊、他人的深渊或者是语言的深渊。深渊、孤寂便是萦绕着他们的顽念，这种挥之不去的感觉不仅深深地印刻在他们的思想意识中，也构成了他们的作品深层主题结构的核心，用里夏尔的话来说，就是：存在落入了深深的孤寂中，正是在这深层的底部，感觉和意识显现出来。他们要战胜、穿越和驯服的正是这深度。

里夏尔之所以选择研究这四位诗人，就是因为他们之间存在着某种相似性，那就是他们与深度的抗争。里夏尔对这四位诗人克服深度的不同方式进行了分析。他认为奈瓦尔为了战胜深度总是力图在表层和隐藏至深的深层之间，在意识和无所不在（ubiquité）之间进行调和，他认为诗人在内在的各个层次上，在各个时空点上投射下了他自己的想象，他既希望自己是全部，等同于世界又和自己一致，既是普遍的又是个别的，既是永恒的又是暂时的。在《幻想》（*Chimères*）中，奈瓦尔在重叠着最遥远、最矛盾的灿烂垂直的语言中达到并实现了自我。里夏尔的批评随笔总是用一位作家的话作为引子，引出自己的文章，在"奈瓦尔的魔幻地理学"中，他引用了奈瓦尔的《东方之旅》（*voyage en Orient*）中的一句话："在孩子的头脑中形成的这个世界是如此丰富和美好，以至于人们不知道这是先入之见造成的夸张结果，还是对先前的存在的回忆和一个未知星球的魔幻地理学。"❶ 里夏尔把奈瓦尔在《东方之旅》中描述的东方地理风貌称作魔幻的地理学，因为奈瓦尔以记者的语气记录下他从一座城市到另一座城市的所见所闻，然而他叙述的旅行见闻如明信片一般有着明确的边框，里夏尔认为这种明信片艺术值得分析，他认为书中所写的人物不是奈瓦尔，并且从某种意义上说这是个反奈瓦尔的人物，奈瓦尔此次旅行的目的是为了使自己康复，努力使自己像别人一样去感受，他想让自己相信，也让他的朋友们相信他的精神错乱是一次意外，他想努力地改变自己，因此他把神秘的东方之旅当作自己重拾生活信念和获得艺术灵感的机会。然而，亲历的东方却不同于他理想中的东方，在那里，奈瓦尔首先关注的是女人，她们戴着面纱，看不见面孔，戴着面纱的女人代表着拒绝和神秘，奈瓦尔受不了那种遥远的感觉和被拒绝的感觉，戴面纱的女人唤起了他对失去的透明的渴望以及对导致失去的过错的回忆。他期待真实的显现，但是这显现从未发生。要走进一个人的心灵需要穿过许多屏障，奈瓦尔的世界是由层层叠叠的面纱构成的一个厚实的世界，面纱、迷宫都象征着障碍，面纱象征着隔膜、拒绝、遮蔽；迷宫则象征着无望，象征着记忆的深度和空间的深度，奈瓦尔渴望得到爱，可是面对他的只有空无和沉寂，他渴望触摸无法企及的真实，但他却无法走出迷宫。

　　里夏尔对波德莱尔与深度作了如下的评论：波德莱尔热

---

❶ Gérard de Nerval. *Voyage en Orient*，éd，Clouard.

第一章 里夏尔对作家作品的整体研究

衷于深渊,他时而沉浸在其中,"追赶隐退的日神",❶ 这深渊是眩晕和惊恐,时而他感到自己被深渊侵入,被它的光芒、它的声音、它的芳香和它的蒸汽的温柔渗透,他也能直接战胜它,把他变为深度,或通过透明,通过"充满澄明的太空的光明的火",❷ 或是通过运动和节律的积极功效,或是通过"唤起浮想的魔法"❸ (une sorcellerie évocatoire) 达到深渊。动词、形容词、名词在他那里构成了完美的三位一体,达到了一种平衡,一种后无来者的语言的完满,它们创造了一种波动的安宁,在那里荣誉、亲密、庄严、痛苦和深度奇妙地协调起来好像是为了在一种表达和体验的纯粹的幸福中化解一个貌似失败的命运的一切不和谐因素。

里夏尔对韩波的分析也是围绕着他对"深度"的态度展开的,他指出:从波德莱尔脱胎而来的韩波采取的是另一种态度,他欲否认深度或者说他试图超越深度,"通过爆炸、腾飞、喷射、蜕变、反抗,他试图建立一个没有地狱的世界,一个摆脱了起源和忧伤的世界。但是他也要求这个世界有和谐和博爱。由于他处在既想要自由又需要组织结构的这种分裂状态,并且无法为自己制造出这个未来的新世界所

---

❶ 出自波德莱尔的诗集《恶之花》中,题为"浪漫的落日"的诗,原文是"Mais je poursuis en vain le Dieu qui se retire"(可是,我徒然追赶隐退的日神)。

❷ 出自《恶之花》中,题为"高翔"的诗,原句为 Et bois, comme une pure et divine liqueur, Le feu clair qui remplit les espaces limpides.(把澄明的太空中的光明的火当作纯净的神酒吞入肚里)。

❸ 此语出自波德莱尔的著作《浪漫的艺术》,在该著作中,波德莱尔提出巧妙地运用语言就是实施一种令人浮想联翩的魔法。

需的，只有幻想的语言才能暗示其物理性能和基本维度的空间，这基本的维度，这个由苛刻的温柔或'善意的个人主义'构成的悖论的维度……他只能沉默和放弃"。❶

魏尔伦在里夏尔眼中是一个不为世人接受的人，一个寻求着不乏悖论经验的人。他认为魏尔伦想取消深度的实质，即深度的基础，"纵然他的感觉将他引到遥远的确定物，引到时间和空间的起始点，他看到的也仅仅是空虚。他即便是思考，也是在虚无中对虚无的思考。在他那里深度变成了扩散的宽度、辽阔、纯粹的无限。魏尔伦允许自我的不在场是为了哪里也不去，他允许自己被模糊、无个性以及他称作乏味的积极的虚无所侵占。然而略微逊色于奈瓦尔、韩波或波德莱尔的他没有把历险进行到底。出于审慎，他停下脚步，害怕了，退缩了。他回到了日常生活，回到指定的事物，回到清晰的和特别的生活。这是因为不想迷路，也不想达到一个在那里一切都消失了，而他也许可以找到自己的极端而迷了路的人的悲剧"。❷

里夏尔对四位诗人的批评阅读之所以被编入同一本文集，显然是因为它们之间有着联系的纽带，那就是他们对"深度"的不同态度，里夏尔的分析也极富深度。

---

❶ *Poésie et profondeur*, p. 11.
❷ Ibid., p. 12.

第五节　里夏尔早期批评的特征

一、从感觉出发

　　一切从感觉出发，这是里夏尔早期批评中的显著的一个特点。里夏尔并不满足于对一种思想进行思考，"他要通过这种思想从形象到形象追溯，直至感觉"。他的批评是"要达到一种行为，通过这种行为，与其躯体和他人的躯体共处，与对象物结合起来以创造主体"。❶ 在布莱看来，这正是里夏尔式批评的极端重要之处。在里夏尔的批评中，意识不是虚像，是可以把握的，他致力于把肉身化的世界转变成精神材料。这种新的批评始于作品诞生的时刻，关注的是最初的感觉。要通过阅读进入他者的想象世界，必须抛弃成见，去感他人之所感，而不是妄下判断。里夏尔力求与他者建立起平等的对话关系，他与作家和作品之间的关系不是简单的批评和被批评的关系，而更像是批评家和作家之间的心灵沟通，在他的话语中找不到艰深的术语和晦涩的理论阐释，也看不出他的批评话语与被批评文本之间的截然界限，文字优美，如散文一般充满诗情画意，他以诗意的语言表现出批评家对作品的感悟和深刻领会。对感觉和体验的重视构成了里夏尔批评的一个重要特征，这种特征在里夏尔的批评随笔中一次一次得到展现，几乎成了里夏尔的标志。

---

　　❶ ［法］让-皮埃尔·里夏尔著，顾嘉琛译：《文学与感觉》，生活·读书·新知三联书店1992年版，第8页。

二、从形象追溯到意识

乔治·布莱在为《文学与感觉》写的序中指出:"文学是一个完全想象的世界,这是行为的十分纯粹的结果,在把它的对象物转变为思想的同时,作家使一切不再是思想的东西消失殆尽,于是一种思想保留下来了。它存在着,可被人理解和浏览。思想向一系列洞穴敞开,这些洞穴各有不同,它们既空无又满溢,一种对存在的独一无二的肯定在洞穴中回响着。介入其中的人,不仅离开了对象物的世界,还离开了他自身。因为思想从它成为思想的时刻起就要求单独存在,不再能接受任何同伴。于是就只能顺从地隶属于地点,寓居其中,并让思想居于其中。对于批评家来说除了这甚至不再属于他人的,孤独而又普遍的意识之外什么都不存在。最初的,也许是唯一的批评,是意识批评。"❶ 在以布莱为代表的日内瓦学派的批评家们看来文学作品是人类意识的一种形式,所以文学批评从根本上说就是"一种对于意识的批评"。

里夏尔的批评方法中处处可见现象学的影响,他认为意识是对某物的意识,在一个人的经验中不可能存在断裂,作品中经常重复出现的主题反应出作家意识中的困扰,从人物形象的塑造到作家写作的风格中都可以找到反应这种困扰的主题因子,因此对作品的形象和形象塑造手法进行分析,通过建构主题网络,就能揭示出创作意识结构。

---

❶ [法]让-皮埃尔·里夏尔著,顾嘉琛译:《文学与感觉》,生活·读书·新知三联书店1992年版,第6~7页。

三、一元论特征

《文学与感觉》中渗透着现象学哲学一元论的影响,传统哲学人为地割裂了主观与客观之间的联系,把主观放在与客观相对立的关系中加以研究,在这个二元对立的关系中,物构成了一个存在于精神之外的世界,具有精神的主体通过思维或感觉与物质世界接触,通过概念反思、语言来感觉存在于其感知范围内的事物的存在。在这样的认识观中,感觉被看成是认识主体以外的外部世界的元素在主体身上留下印象和被认识的方式,当感觉(Sensation)被作为意识的对象把握时它就成了经验。这种区别感觉主体和被感知客体的二元论是建立在感觉的两极截然分裂的基础上的,它划定了内在和外在的界线。

胡塞尔以及后来的哲学家如梅洛-庞蒂,不再简单地将主体与感觉的对象对立起来,而是将主体与对象以及物质世界联系起来。他们认为感觉既隶属于物,也隶属于感觉主体,因此为了感知,主体必须转向外部,但是对感觉的认识却依赖于主体的能动性,要想看见必须看,要想听见必须听,因此感觉是主体的行为。正是在与外部世界以及与其他主体的关系中,主体形成了对事物和对自己的认识,是感觉将内与外,主体和世界联系起来了。因此,在里夏尔看来,"文学所蕴含的现象学首先是一种对书与生活、创作与现实之间关系的新认识:它不再将个体的想象与客观独立的世界对立起来,而是研究作家与他感知和建构的世界之间的和谐

以及他们之间可被确认、引发、追求、庆贺和相遇"。❶

小　　结

在《文学与感觉》中里夏尔提出了自己对文学的见解，指出"文学的功能已远远超出了它过去仅供消遣、颂德或点缀的作用"，认为文学表现的是个人存在深处的选择、困扰和难题。"总之，文学创作就似乎成为一种体验，甚至成为一种自我的实践，一种领悟和创生的训练，在这个训练过程中，作家试图既自我把握又自我完善"。❷ 在里夏尔看来，文学不仅表现了创作主体对世界的看法，同时也创造了主体，他强调的是文学的创造性功能。里夏尔对文学的定义反映出一种作品与读者之间的新型关系。在里夏尔的眼中，作品已经不再是一个没有生命的，仅供人消遣，或者被用来歌功颂德的客体，他所关注的是作品的非物质属性方面，因为他把书看成是凝聚着作家思想的准主体，因此和乔治·布莱一样，里夏尔也主张读者的意识和作者意识结合的同情式的阅读，也就是亲身体验和思考别人已经经历过的经验和思考过的观念，他的策略是进入作品，倾听作品，使批评和阅读有机地统一起来，使批评成为二度创作。

---

❶ Hélène Cazes. *Jean-Pierre Richard*, Paris: Bertrand-Lacoste, 1993. 第 12 页。

❷ ［法］让－皮埃尔·里夏尔著，顾嘉琛译：《文学与感觉》，生活·读书·新知三联书店 1992 年版，第 11 页。

第二章 20世纪60年代里夏尔对主题批评理论的建构

　　里夏尔在他的早期批评随笔中表现出了对创作主体意识的特别关注，一切从感觉出发，从作品产生的最初时刻出发，将作品中的形象还原为作者的意识，这样的批评角度折射出诗人或批评家所理解的，而非严谨的哲学家所理解的现象学还原的方法。但是在《文学与感觉》和《诗与深度》中我们只能获得对里夏尔式批评的初步印象，因为在早期的著作中里夏尔并未对其采用的主题批评进行方法论的阐述。直到1961年《马拉美的想象世界》发表之后，人们才第一次看到里夏尔本人对他的主题批评方法的步骤和原则的直接阐释，《马拉美的想象世界》是他的博士论文，对主题的定义、确定主题的方法、步骤和原则的阐述是该书的重要内容，构成了整个研究的理论框架，同时也为后来的研究提供了方法论依据，因此，《马拉美的想象世界》可以被看成是里夏尔式主题批评的理论纲领。

　　在《马拉美的想象世界》中，里夏尔对法国象征主义诗人和散文家斯特芳·马拉美（Stéphane Mallarmé）

（1842～1898）的想象世界进行了深入的探索。马拉美是一位以追求语言美而著称的诗人，他的诗句法多变，用词奇诡，音乐性强，富于象征含义，并具有深奥的哲理，因而显得幽晦难解。他的诗歌语言明显带有个人色彩，如果按照词语的能指与所指之间已有的、约定俗成的意指关系来解读马拉美的作品将永远无法真正把握其作品的意义，因而读者不能期望通过文本的表层结构和文字通常具有的字面意义去理解作品。正是因为马拉美的诗所具有的难以企及的深度才使它充满无穷的魅力，一方面它的诗为批评家的阐释活动提供了空间，另一方面又让人不知从何入手，里夏尔是如此描述的："面对像马拉美这样一位诗人的著作，智者也会犹豫，有好多条道路吸引他，他一方面会被马拉美诗学的和形而上学计划的大胆吸引，另一方面又会沉醉于诗人那绝妙的、不可琢磨的文字的魅力。不论从哪一面去接近，马拉美的诗都似乎要将意义隐藏。"❶ 马拉美不仅追求诗歌的音乐性，讲究诗歌的音韵美，而且追求诗歌的纯粹，他主张诗人应该从诗中消失，要让位于词语本身的积极作用，而且要创造一种摆脱庸俗用法的语言。蒂博岱是最早开始研究马拉美的批评家之一，H. 蒙道尔（H. Mondor）则是第一个通过大量耐心的工作以传记形式赋予马拉美真实的生活、还其本来面目的人。在同一时期还有其他一些批评家也进行了有效的研究，如：怀斯特（K. Waist）、努莱（E. Noulet）、谢勒（J. Scherer）、德尔菲尔（G. Delfel），里夏尔的研究是建立在前

---

❶ J-P. Richard, *L'univers imaginaire de Mallarmé*, Paris：Editions du Seuil, 1961, p. 13.

人基础上的，但他走的却是一条没人走过的路。

第一节　里夏尔的批评原则

　　1961年由法国巴黎著名的瑟伊出版社出版的《马拉美的想象世界》可以被看作是里夏尔式总体批评的演示范本。里夏尔的计划是通过对马拉美作品全集的总体研究，揭示出马拉美作品中相似的组织原则。里夏尔认为，在一切层次上，同一个意识继续着一个同样的生存计划，他试图找到这个计划发展的相同曲线和相似的组织原则，要实施如此宏大的计划必然要有一套行之有效的方法和策略。首先，他把批评看作是作品的延续，认为批评家不应该预先给作品设定一个恒定的批评框架，他反对脱离作品来制定批评计划，带着预先设定好的计划、思路和框架去作品中寻找素材，对号入座，将自己的观点强加于作品。在他的批评活动中，不带偏见地进入作品是最为关键的第一步，为此他总是带着信任，抱着同情的态度去亲近作品，他要自由地进入他想要理解的对象，倾听他者的倾诉，他相信在这种友善的、互信的对话中，作品将会很乐意地呈现自己，为批评指明其一致的内在构思。他坚信马拉美的诗全集也会帮助他在构成诗集的诗之间建立起彼此观照的总体关联，不论这些诗是严肃的、悲怆的、形而上学的，还是矫揉造作的、情爱的、美学的、观念的，都可以找到它们的一致性。里夏尔坚信马拉美能帮助他理解马拉美，马拉美将为他提供进入其作品的钥匙。

　　里夏尔将《马拉美全集》看成是一本能够指导读者去探索符号意义的极好的方法论教程。作为象征主义诗人，马拉美并不注重对客观对象的再现,而是努力表达"人类心灵的种种状态",由于马拉美是通过诗歌的形式来表达存在的方方面面的神秘意义,里夏尔则力图从马拉美作品内部唤醒一致和意义的存在,在他看来最普通的对象也有意义,这意义与配合和关联相关,他要努力地从马拉美作品的字里行间,从感觉事件的背后去发现这样一些抽象的关系。里夏尔试图说明结构概念是如何困扰着马拉美的。里夏尔的批评既是对马拉美创作意识的一种阐释,也是一种组合的艺术,他要从统一的结构视野出发去解开马拉美诗歌之谜,通过拼接来破译马拉美的诗所表达的意义。里夏尔在马拉美那里找到了解开马拉美之谜的方法,并将马拉美的理论用作构建主题批评的方法论。他在《马拉美的想象世界》中所采用的策略就是将马拉美本人在其著作中所采用的将世界统一起来的宏伟计划用于对马拉美的分析,并将这计划照原有的比例保留下来。

　　里夏尔批评的预设前提是,马拉美的作品构成了一个整体,每个部分都仿佛是一张巨大的网络上的网结,没有它们就构不成这张大网,每个网结都包含着这张网络的结构特征,同样,对细节的把握也不可能不回溯到与之相关的整体。他认为马拉美的每一部作品都是有意义的,而且其中的任何细节都指向整体,因此他要"从作品的各个层面引发出马拉美试图在词汇群落间催生的内在的海市蜃楼,以便赋予各个面最纯粹的意义"。❶ 总之,他把马拉美全集看作是"一个唯一的、自我回应的宏大的诗篇"。他的工作就是

---

❶ *L'univers imaginaire de Mallarmé*, p. 16.

第二章 20 世纪 60 年代里夏尔对主题批评理论的建构

"在书页、句子和词语之间拉上悬丝,编织一张蛛网,编出一个圆花饰,建成一个共鸣箱,或者是一个洞穴,洞壁可能将会将我们送回到空旷的、却是被照亮的中心,假如它能够照亮自己的话"。❶

在《马拉美的想象世界》中,里夏尔表现出对理论的审慎态度,他指出:"基本的结构,原始的主题,所有这些都将在意识层面被研究,但并不总是在一个明确的层面上。如今我们知道,意识有多种模式和层次,它不只是以反思的状态(l'état réflexif)存在于我们身上,也可以以前反思(pré-réflexif)的方式存在,它通过感觉(sensation)、情感(le sentiment)和幻想呈现出来。哲学家从不同的角度对意识活动进行分析,提出各种意识概念,如加斯东·巴什拉尔的想象意识,梅洛-庞蒂的知觉意识(conscience perceptive)。众多的理论,如让·华尔❷的感性本体论(sentimentalité ontologique)、马塞尔的身体沉思、现象学的意向性、精神分析、格式塔心理学(psychologie de la forme)、结构主义的解码(déchiffrements structuralistes)等都指向一个已经存在着意义的领域,但这意义还处于自然的、未言明的状态,有待人们通过阅读去揭示。"❸ 既然意识的表现方式不是单一的,各种理论都有其自身的角度和出

---

❶ *L'univers imaginaire de Mallarmé*, p. 16.

❷ 让·华尔是法国著名哲学家,是亨利·柏格森的弟子,他对埃马纽埃尔列维纳斯和让-保罗·萨特等都产生过影响,1946 年创立哲学院。

❸ *L'univers imaginaire de Mallarmé*, p. 17.

发点，随意地照搬任何一种理论都是不慎重的，而且也未必适用于对马拉美的研究，因此，里夏尔选择了摸索前进，他循着若隐若现的踪迹，潜入作品的深层，去发现蛛丝马迹和亮光。他把自己的这种阅读批评方法比作在林下灌木丛中潜行。避开繁华的大道，选择在林下灌木丛中艰难前行的做法表明了里夏尔与各种理论学说保持相对独立关系的态度。他不依附于任何一种理论，不以预设的理论为先导，也不沿着被理论照亮的道路前行，而是选择了一条充满荆棘的道路，有时甚至是在"地下"探索，因为马拉美的诗充满了隐喻，用一般的方法，按照一般的思路是无法理解的，因此需要用特殊的方法去阐释。他说："真实的话语是'不被称作话语的东西'，我们从真实的话语开始探究语言寂寞的边缘，在构成它唯一真实的表达区域的亚语言（infra-langage）中前行。"❶

第二节 里夏尔对主题的定义

对"主题"一词人们并不陌生，根据《现代汉语词典（修订本）》❷ 对"主题"一词的释义：主题是文学、艺术作品中所表现的中心思想，是作品思想内容的核心。在中文语境中，人们已经习惯于从这个意义上去理解主题，因此，在看到主题批评这个词的时候，很容易产生误解，会误以为

---

❶ *L'univers imaginaire de Mallarmé*. p. 17.

❷ 中国社会科学院语言研究所词典编辑室编：《现代汉语词典》，商务印书馆2002年版，第1943页。

"主题批评"中的"主题"(thème)概念等同于我们所熟悉的一般的"主题"概念,为了避免误解,有必要先弄清"主题批评"中"主题"的含义。

在法语中"thème"是个多义词,它可以表示:(1)人们要进行证明和探讨的题目或命题,相当于 sujet,在文学中指文学作品涉及的主题;(2)把母语翻译成外语的翻译练习;(3)音乐的主旋律,即乐曲中具有特征的、处于显著地位的旋律,它表现一个完整的或相对完整的乐思,是乐曲的核心及其结构与发展的基本要素。

"thème"是从拉丁语词"thema"演变而来的,它相当于希腊语词 topos(τόπος),topos 意思是"地方",topos 的含义源自古老的修辞术,亦即思想方法的库藏,演讲者从中提取主题或论据来构思演讲以打动听众,后来 topos 引申为一切主题,那些被重复使用的、毫无新意的主题就成了老生常谈或陈词滥调。在文学中 topos 却是指可以在多部作品中出现的题材(motif),❶ 这些似乎都不是里夏尔主题批评所涉及的主题的含义。那么,主题批评涉及的"主题"是什么?罗杰·法约尔(Roger Fayolle)在《批评:方法与历史》中指出"主题"的概念用于文学评论中,指作品中无意识出现的与创作主体"对世界的看法直接有关的事实。"❷ 杜博维茨基(S. Doubrovsky)认为主题是一切人类关系的情感色彩,它与存在的基本关系,即每个人看待他与世界、与

---

❶ http://fr.wikipedia.org/wiki/Topos_(littérature).

❷ [法]罗杰·法约尔著,怀宇译:《批评:方法与历史》,天津:百花文艺出版社 2002 年版,译者前言第 10 页。

他人和上帝之间关系的特殊方式有关❶。从上述学者对"主题"的定义中可见"主题"与情感、世界观有关。

对"主题"的定义是里夏尔在马拉美研究中关键的一步,他的研究工作将建立在此基础之上。要使这个概念能够为人所理解和认识,首先要使它有一个较为清晰的轮廓,概括出其本质特征。那么里夏尔是如何定义"主题"的呢?他从马拉美的著作《英语单词》(Les mots anglais)中得到启发,❷ 马拉美在《英语单词》中把"主题"比作词根,根据他的解释,词根是字母的组合,表明一种语言中的多个词如同被拆分简化到只剩下肌腱,它们被从普通的生命形式中抽取出来,为的是使人看出词语之间暗含的相似性。主题则是一种更模糊,更隐而不彰的相似性。其关键在于马拉美所说的"暗含的相似性",因此要从极其不同的各种外表下将这种暗含的相似性揭示出来。受马拉美的启发,里夏尔把"主题"定义为一种"表达内涵意义的个人的形式",他把"主题"概括为"一项具体的组织原则、一种形式或一个固定的对象,围绕它,可以构成并发展起一个世界"。❸

里夏尔在《马拉美的想象世界》的前言中表示,他的研究意图是要找到马拉美想象世界的组织原则,也就是说他要说明马拉美的想象世界构成的方式,实际上在里夏尔的研

---

❶ Serge Doubrovsky, *Pourquoi la nouvelle critique: critique et objectivité*, Mercure de France, 1970, p. 103.

❷ *L'univers imaginaire de Mallarmé*. p. 24.

❸ Ibid. .

究中主题已经被看成是构成马拉美想象世界的要素。根据里夏尔的表述，我们不妨把文本看成是由主题编织而成的一个思想意识结构，它集合了文本中包含的一系列主题要素。这个结构不是杂乱无章的，它的构成遵循一定的规则，这个结构有一个核心，即核心主题，一个作品中可以有多个主题，主题与主题通过一种暗含的相似性，或者说通过它们所共有的语义要素联系起来。一个主题可以呈现为不同的主题素（motif），它们围绕主题形成一个主题星座，一个星座与另一个星座通过主题链接起来构成主题网。这便是里夏尔说的组织原则。这里所说的"主题"，其含义是非明示的，不具有普遍意义。它不是文化共同体中的成员共享的、老生常谈的主题，而是被赋予了个人情感内涵的特殊主题。这样的主题构成的网络反映出人与世界建立关系的特殊方式。根据里夏尔在《马拉美的想象世界》中对"主题"概念的论述，以及上述学者对"主题"的定义，我们可以对主题批评研究的"主题"的特征作如下概括：

（1）主题表现个人经验中的情感色彩，涉及的是存在的基本关系，是每个人与世界、与他人和上帝建立关系的特殊方式。主题的确立和发展构成了一切文学作品的支撑和框架。

（2）主题在作品中反复出现，但不是简单的重复，其形态千变万化，它表现出对存在的某种选择。

（3）主题支撑着一个意义系统，任何主题都不是中性的，它表现创作主体对物的某种态度，这种态度决定了人对世界中的物质抱有的情感色彩，于是事物便有了好坏、善恶、可爱和可憎之分。一个人对事物的好恶态度可以反映出他内心深处一些无法摆脱的顽念。

（4）主题是一个具体的组织原则，围绕它将形成和展开一个世界。不同形态的主题背后隐藏着相似性。

（5）一部作品中构成其看不见的结构的核心主题将能为我们提供进入结构的钥匙，这样的主题往往最经常得到发挥，复现的频率也比较高，它表现出某种顽念。

如果用一种比较形象的方式来说明的话，"主题"（thème）犹如贯穿整部音乐作品的主导动机（Leimotiv），❶主导动机可以在所有乐章中反复出现，但是出现的方式却不一定是简单的重复，而是变换形式出现。"例如贝多芬第五交响曲的命运敲门的动机，这个动机就是整个命运的主导动机，整部交响曲就是由他构成，不单单在第一乐章中反复出现，在所有乐章都频繁变形出现，第三乐章扭打的旋律就是由3个命运动机的变形组合而成。而第四乐章由铜管奏出的胜利主题也可以视为命运动机的变形。"❷

但主题批评所说的"主题"的表现方式比较隐蔽迂回，没有音乐的主旋律那么明显。里夏尔通常是通过一系列指向同一种思想倾向，情感色彩的意象和围绕一个核心语义形成的语意场去发现主题。

主题批评家往往从一些看似普通的事物或意象入手，找出它们之间的关联和相似性，抽象出它们共同包含的核心因子，一部作品中起统摄作用的主题可能只有一个，但是在这个主题之下可以有无数个包含核心主题因子的主题，主题通

---

❶❷ http：//baike. so. com/doc/6646254. html.

过一系列包含主题素的物象和意象得以呈现,从而构成一个一个主题因子束,每一个因子束又和别的因子束发生关联,从而构成一个巨大的主题网络。在《司汤达作品中的认识与温情》中,"双重唯一的司汤达"就是里夏尔确定的司汤达意识结构中最核心的主题,它反映出司汤达的创作意识受到"认识"与"温情"这对矛盾的困扰,他既不能一味追求认识使作品失去想象空间和美感,又不能容忍模糊对认识的阻碍,这种矛盾的困扰在作品中表现为各种包含着这个核心主题因子的主题,它们通过各种具体的情节、景物和意象表现出来,"确定""限定""数学""法律""赤裸"等都可被看作聚合在一个同位项上的主题,它们都包含了追求明析的认识这一核心主题的因子,而"模糊""虚伪""漫画""阴暗""不确定"等都可被看作与"温情"同位的主题项。《红与黑》中的主人公于连总是通过各种方式掩藏自己的真实感情和内心活动,他喜欢黑暗,总是在关紧房门,夜深人静时拿出藏在褥子下的拿破仑的像来看,类似这样的情节就是具体的主题表现形态。

  主题批评家就是通过由表及里的逐层分析将一个错综复杂的主题网络揭示出来。可见主题批评所说的主题的意义是非明示的,没有明确的能指和所指的对应关系,主题已经被作家赋予了特殊的情感内涵,具有个人的特点,它们所包含的意义并非通过文化传承,为语言共同体成员所熟知的一般意义。

第三节　主题的物质性

在里夏尔看来，作品中对物的描写，作家表现出来的对物的好恶都具有意义。对主题批评家来说，意义存在于写作主体看待世界的某种态度中。主体不是一个独立的实体，而是通过一种关系，通过其存在于世的某种方式决定的，他只能通过其对象物被发现。假如写作是一个寻找自我和意义的主体的活动的话，它需要通过召见一定数量的对象物来实现，因此主题常常表现为物象，物象指事物的形象或景象，主题批评家在作品中发现的感觉世界的形象反映出一种内在的风貌，对物的描写反映的是一种内在精神风貌，而外部描写是一种内在精神的外化，文学形象构成一位作者的"想象世界"，这个世界呈现了他在世界中所接受或拒绝的一切，因为他在其中自我认识并力图去表现这种认识。因此，里夏尔式的主题批评也被称作"客体意象批评"。

主题通过物象表现出来，它表现出对物质某些性质的态度，主题支撑着一个意义系统，任何主题都不是中性的。情感渗透在对物的表现中，表现为喜好或厌恶，可见主题包含情感因素（pathème）。主题批评家所揭示的感觉世界仿佛充满着物质特有的属性，它可以是柔软的、平坦的、黏的、卑微的、崇高的，等等。在那里，物质材料一开始就具有心理含义。作者笔下的物质材料看上去可能令人反感、令人恐惧或具有吸引力，从中可看出作者对物的某种态度。通过对作品中主题的统计和分类便可发现一个表现好恶的主题网，主题批评家首先从这种对物的态度中看到了作家的潜意识对存

第二章 20世纪60年代里夏尔对主题批评理论的建构

在的选择。但主题批评家并不限于发现主体对物的态度，他还将进一步从无意识中去寻找这种好恶的依据，于是产生了主题批评与精神分析的结合。在让－皮埃尔·里夏尔和让·斯塔罗宾斯基的批评中都可以发现这一倾向。

主题批评家对感性意义和作家情感偏好的兴趣不在于其本身，而是其折射出来的作家的意识结构。主题批评家始终强调主体行为的一致性，强调身体和思想的不可割裂性，他们认为物质所表现的情感意义不仅构成一位作者整个存在选择的基础，而且是其思想观念、美学风格的选择。找出想象世界的结构便是进入思想和写作风格结构的途径，从一些结构到另一些结构，主题批评试图"找出同样的发展线索和相同的组织原则"。❶ 主题批评家对阅读的兴趣来自于他们重新把握感性特质意义的需要，他们从不压抑文本在他们身上引起的感官的和情感的反应，相反，他们却将此作为自己进行研究的出发点之一，如里夏尔所说，❷ 这样的阅读要求肉体和想象加入到每一个被研究的文本元素中，以期使存在所包含和承载的内容在自己身上重新引起反响，或者重新起作用。但是这种主观性的介入只是主题批评方法的一个时刻和一个方面，它严格地受到主题定义的其他含义所限制。在主题内容层次上，对物象的意义阐释不能脱离具体物质材料的自然属性，阐释并非完全服从于批评的任意性，例如，批评家不可能随心所欲地在天鹅绒般柔软的物质与坚硬锐利的

---

❶ *l'univers imaginaire de Mallarmé*, p. 15.

❷ J. -P. Richard, "La critique thématique en France", intervention au colloque international de Venise, septembre 1975.

观念之间建立相似性，同样批评家也很难证明一个人对粘性物质的偏好表现的是一种独立的个性和轻浮的欲望，因为一种物质或者一种感性特质不可能任意用来表达一切意义，因为它承载着一个潜在的、有限的意义系列，米歇尔·科罗借用结构语义学的术语，把它称作"核义素"（sèmes nucléaires）。❶ 批评家在阅读中借助对感性世界的经验来识别这些潜在语义。巴什拉尔在展现一个基础意象可能提供的各种意义时采用的是对主题中各种意核进行统计的方法，也就是在句法轴线（syntagme）和意群轴线（paradigme）上通过替换来获得各种可能的意核。在里夏尔看来尽管巴什拉尔的研究充分展现了他作为读者和现象学家的巨大才能，但是这还不能算作真正意义上的批评行为。他的做法是在主题的潜在语义中确定哪些是真正在作品中被现实化了的语义，哪些意义为理解想象世界提供了合理性。然而，批评家不能在与作者的某种同情或与作家认同的基础上进行这项工作，他只能通过系统地研究主题在文中的发展才能实现。为了确定主题在一个具体文本中的确切含义，一个真正的主题批评家必须对出现在不同的句段中的一个主题的潜在语义进行筛选。只有通过比较才有可能帮助他确定主题的语境义素。

---

❶ Michel Collot. Le thème selon la critique thématique, In: Communications, 47, 1988. p. 95. "La critique thématique en France", intervention au colloque international de Venise, septembre 1975.

第四节　确定主题的方法

研究马拉美必须要有一套行之有效的方法，阅读是研究的基础，在阅读的基础上还需重现马拉美作品中的原则。寻找主题最常遵循的是复现原则，如何理解复现？里夏尔对此作了如下的解释：

"一部作品中主要的主题，那些构成其看不见的结构的主题，并且能够告诉我们其结构奥秘的主题，常常是那些最经常得到发挥，出现的频率明显特别高的主题。这里或那里反复出现的主题表明了一种挥之不去的顽念的困扰。于是我们被引向对关键词、特别喜爱的意象和崇拜的对象的搜寻中，总之，投入词频统计研究中，如皮埃尔·吉罗德在法国做的研究那样。"❶ 里夏尔提到了皮埃尔·吉罗德❷（Pierre Guiraud）对词汇出现的频率所做的统计学研究，但是，他认为这种统计学的方法存在缺陷，不足以揭示内在一致性，其一，主题（thème）的涵义常常超出了一个词的外延，例如，象征马拉美顽念的模式是一种统一体爆裂散落的碎片组成新的统一体的过程，然而在法语中找不到一个词来表达如此复杂的过程。其二，要想建立一个词汇频率表，必须假设一个词的涵义在所有例句中都始终不变。而事实上词意是变化的、多义的，它随着语境的变化而变化。"在主题研究中

---

❶ *L'univers imaginaire de Mallarmé*, p. 25.

❷ 法国语言学家，著有《修辞学》（*La Stylistique*，1954）以及《色情词典》（*Dictionnaire érotique*，1978）。

也是如此，定义是相对的，意指关系只能以总体的、多价的方式存在，呈星宿状，因此不能建立过于刻板的词汇目录。"❶ 只有恰如其分的、耐心的阅读才能将批评家引入视觉和想象的深层法则。因为"意义的变动，以及在同一个意义内部，意义的张力或层次有所不同"，❷ 批评家应该努力去了解词意中包含的细微差别，以及这些差异与作者经验的关系。对每种情况分别做出判断，只有这样才能找到中心主题，并确定它们的价值，评估其所处语境给它带来的特别的、细微的差别。其三，重复并非总是具有所指意义，或者说并非总是具有本质意义，因此，更重要的是主题的战略意义，或者说是拓扑学性质。❸ 里夏尔寻找主题的方法受到了拓扑学的启发，也就是说他在寻找复现的主题时所注意的不是词语的能指形式的重复，而是不同的意象和表现形态下不变的内在特性，他要寻找的仿佛是一些经络上的穴位，正是通过这些"传导点"，同样的组织原则被导入了不同的经验领域。比如，在马拉美作品中某种至关重要的"赤裸"的意

---

❶❷ *L'univers imaginaire de Mallarmé*, p. 25.

❸ 拓扑学是几何学的一个分支，它是从图论演变过来的。拓扑学将实体抽象成与其大小、形状无关的点，将连接实体的线路抽象成线，进而研究点、线、面之间的关系。例如，在通常的平面几何里，把平面上的一个图形搬到另一个图形上，如果完全重合，那么这两个图形叫做全等形。但是，在拓扑学里所研究的图形，在运动中无论它的大小或者形状都发生变化。在拓扑学里没有不能弯曲的元素，每一个图形的大小、形状都可以改变。拓扑学关心的不是图形的大小、形状，而仅考虑点和线的个数，它研究有形的物体在连续变换下，怎样还能保持性质不变。参见 http：//baike.baidu.com/view/41881.htm.

象不仅主宰着情色领域，也扩展到了最纯粹的精神领域以及美学和形而上学的幻想领域。因此，里夏尔认为要区别这些主题，只需将不同的经验层面重叠，确定它们相对的位置，最后再来看它们是如何联系并构成经验的。在他看来，主题就像是传递要素，它可以让人从各个方向浏览作品的内部，或者说主题像铰链，它将作品铰接成一本有意义的书，主题结构既有运筹学的性质，又有系统分类学的性质。

里夏尔还将"平衡"这一首先产生于物理学，又被列维斯特劳斯和皮亚杰分别运用到社会学和心理学领域的概念运用到主题研究中，他认为主题系统是一个能动的系统，主题在同场定律和寻求最平衡结构定律的支配下随机组成一些整体。他认为平衡结构定律同样适用于解释主题的排列和分布，因为主题的排列有时相对立，有时呈现出互补的复杂结构。他在马拉美的想象中看到了马拉美在开放的愿望和封闭的需要之间摇摆。里夏尔认为可以从封闭和开放、清晰和捉摸不定、间接和直接的对立主题中发现马拉美经验不同阶段的表现。对他来说重要的是要发现这些对立物是如何消解的，弄清它们之间的紧张关系是如何缓和下来化成新的综合概念，或变成一些具体形态，进而实现令人满意的平衡的。封闭和开放的对立达成了某些有效的象征，两种矛盾的需求相继或同时在其中得到满足：比如在马拉美的诗《扇子》《书》《女舞蹈家》中本质得以聚合，并化为一种综合现象——"音乐"。另一些时候平衡在静止中达成；在相互交错的力的作用下，它们的总体平衡达到了一种"悬置"的满足感（euphorie suspens）。这就是马拉美想象中的诗的内部真实，以及重整于诗歌中的物的理想结构：岩洞、钻石、蜘蛛网、蔷薇花饰、亭子、贝壳，许多意象都表明在自然与其自身之间建立总体关联以及万物平等的愿望。精神被想象成这个建筑物的拱顶石：绝对的中心，通过它一切发生了交往，相互补偿，相互抵消。

里夏尔告诉我们，马拉美的主题学本身为他提供了阐释马拉美作品的技术手段，他要做的工作就是要"观察想象的深层倾向如何超越它们的冲突达到某些巧妙的平衡"。达到此目的唯一的途径就是"重新阅读那些最美的诗篇，因为在诗中这种平衡毫不费力就自发形成了：诗意的幸福，即所谓表达的幸福，也许不是别的，就是一种对经历过的幸福的表现，也可以说是一种状态，在此状态中极其矛盾的生存需求能够相互满足，构成一种联系的、平衡的或交融的和谐。"❶

里夏尔还提出从另一个角度去接近主题的心理学现实，那就是通过象征，他认为理解一个主题，就是要展开它的多价态，比如弄清楚马拉美对白色的遐想，白色有时象征对纯洁的享受，有时象征受阻和性欲缺失的痛苦，有时象征开放、自由、和谐的幸福，意义的各种细微的差别联系起来便构成一个意义的复合体。

此外，里夏尔还借鉴了类推法，从一个主题类推出另一个主题，逐渐向所有通过相似关系与之联系的主题靠近，比如从蓝色到玻璃，再到白纸，到冰川，到雪峰，到天鹅，到翅膀，到天花板，以及那些时刻支撑着这种推进的枝杈，比如从冰川到融化成的水，到蓝色的眼睛，到爱浴，从白纸到

---

❶ *L'univers imaginaire de Mallarmé*, p. 27.

将它遮盖和分离的黑色,从天花板到坟墓,到教士,到空气中的精灵,再到曼陀拉。通过类推说明同样的主题是如何将经验的多个层次统一起来。.

里夏尔认为在马拉美的想象世界中蓝色是一个重要的主题,蓝色对于他来说是苍穹或精神的实在,蓝色的第一次出现是在马拉美青少年时期的诗《初领圣体》(La première communion)中,这首诗歌颂的是童年的欢乐和纯洁,蓝色是一种幸福的理想,那时天与地之间没有距离也没有障碍,少年大部分的梦幻中都洋溢着幸福。但是渐渐地,蓝色不再是一种幸福的理想,它只是美的象征,它与存在之间的鸿沟变得难以逾越。欲望、梦想和语言都难以穿透这障碍,世界产生了断裂。许多批评家认为年幼的马拉美几度失去亲人是造成他诗歌中蓝色这一象征意义发生变化的原因,马拉美5岁丧母,13岁失去妹妹玛利亚,里夏尔认为这些亲人是联系马拉美和世界的温柔的纽带,随着她们的消失,纽带也随之断裂,天使去了天堂,思念修复不了受伤的情感,随着精神创伤而来的是物质构成的统一体的断裂。精神的撕裂再加上内心的自责使得伤害更加严重,他无法进入苍穹,也没有力量去爱,也许他以为这是因为自己的堕落。这种否定在感觉世界中带来的是上升的受阻和苍穹的凝滞,"窗户"这一主题表现的正是一种阻止他上升的障碍,窗户将空间封闭,玻璃阻隔了欲望。

里夏尔发现"褶皱"(pli)这个马拉美作品中具有象征意义的词能够使人将性爱和感性联系起来,接着又和反射、形而上学、文学联系起来:褶皱既象征性器官,又象征茂密的树枝、镜子、书、墓地和一切被它汇聚成某种特别隐秘的梦幻之物。但同时里夏尔也意识到如此理解主题过于狭隘，带有局限性，因为那些幻想的主题并非马拉美所发明，它们早已存在于马拉美以前的诗人的传统想象中。比如马拉美想象中的净水酷似伊利亚德描写的水的神话，因此，他指出主题或意象也可以从一部具体作品的外部以及从它们自身去研究，可以从一位作家到另一位作家去追寻它的形成史，从这些主题中找出一切想象的模式、宗教和神话传说的普遍基础。或者像加斯东·巴什拉尔那样建立一个主要的想象物的清单，这些通常属于比较文学中的主题学的研究范畴。当然，还可以像罗兰·巴特那样尝试进行一种对神话的社会心理分析，甚至可以像吉尔贝·杜朗（Gibert Durand，1921~2012）那样将来自诗学、生物学、社会学或宗教史的极其不同的论据汇聚在一起，以建立起一个关于想象的总的原始类型学。但是里夏尔对此并不感兴趣，在他看来这些来自不同学科的研究方法固然对他的研究有一定的启发意义，但是这些理论并不能直接有效地帮助他解决他所关心的问题，因为他的研究目的既不是要探究马拉美诗中的意象的出处（是来自神话传说还是来自社会历史），也不是为了了解这些意象在被马拉美采用之前包含怎样的意义，他所关心的是马拉美采用这些意象要表现什么，他的研究目的是要说明这些主题对于马拉美的意义，以及它们的相互组合从马拉美那里获得那些特殊涵义。

里夏尔特别强调主题的组织结构，认为独创性或者说经验的深度不在于所表达的内容本身，而是这内容被组织起来的秩序。里夏尔用生动的例子说明了这一观点，他说："想象出用鸟儿的飞翔来表示诗意的行为，这本身没有什么新意，把天空想象成人头顶上的天花板也不需要什么特别的创造力。但是，如果鸟撞破了玻璃，如果这玻璃又是坟墓、天花板、纸张，如果这只鸟掉下的羽毛弹响了竖琴，然后变成摘去树叶的花朵、落下的星星，或者是浪花；如果这只鸟的浪花以撕裂自己的方式划破天空的澄明，如果这澄明变成了鸟的歌唱，爆裂成无数小水滴而后化成喷泉，变成绽放的花朵，爆裂的钻石或者是星星，变成偶然的事，那么我们可以肯定我们是在马拉美那里，只能是在他那里。想象物之间关系的萌发才是这种创造的独特标志。"❶ 里夏尔试图确定的正是这细微的特征。为此，他选择潜入想象物的网络中，选择从内部取景，暂时将外部放入括号。

观察事物通常有两种方式，一种是从外部观察，它取决于观察者的角度，另一种方法是从内部进行观察，这种方法依赖于对内部结构的分析。马拉美在《英语单词》中也表达过类似的见解，他认为，"为了理解某种语言的特殊表达方式，以便从整体上去把握它，似乎没有必要一下子就去了解存在着的或已经存在过的一切，除非我们从内部去研究它，比较它内部的各部分，因为这可以帮助我们找到逻辑的规则"。❷ 这后一种情况就是马拉美在《英语单词》中使用的方法，在探测马拉美的想象世界时里夏尔也选择了后一种方法。

---

❶ *L'univers imaginaire de Mallarmé*, pp. 29 – 30.

❷ Stéphane Mallarmé, *Oeuvres complètes*, Bibliothèque de la Pléiade, Gallimard, 1951, p. 902. cité par J-P. Richard dans l'univers imaginaire de Mallarmé, p. 30.

里夏尔认为文本的表层意义具有欺骗性，作品的真实意义隐藏在深层，试图从表层的可见物去弄清马拉美诗幽晦难懂的原因是徒劳的，只有进入作品的深层才有望找到照亮洞穴的光源。他试图在马拉美的著作中找到其意识中的"溪流"。他认为在其颠簸不平的表面流淌着使之统一的重大意义，这原始溪流（ruisseau primitif）承载着梦幻，在那里爱的意识制造着它的幻景，感觉意识塑造着风景，美学意识想象着它们移位的动作。

那么，怎样才能找到隐藏在文本深处的组织原则，或者说主题结构呢？里夏尔首先关注的是一些有着逻辑关联的词语和意象，也就是在本文中被称作"主题素"的"motif"，❶ 他要从作品的纤维（fibres）中将他们抽离出来，例如从马拉美最偏爱的物质，如冰（玻璃）、火、气、奶油、烟、泡沫、云、清澈的水中去寻找，从他最喜欢的形态，如衣领、喷泉、圆弧形、半岛、花冠、指甲中寻找，在马拉美梦幻中的动作，如喷射、搏动、反射、往返、招认、害羞中寻找，也在构成马拉美风景的基本态度中去寻找。他要用这些主题素构筑起马拉美的地图集、植物标本和规则。按照里夏尔的说法，他要呈现给人们的是马拉美的想象博物馆，其中包括地质学、植物学、动物画集。

在马拉美的"想象博物馆"❷ 中可以看到他钟爱的东西

---

❶ 在第三部分的第一章中笔者认为主题批评中的"motif"可译为"主题素"。

❷ *L'univers imaginaire de Mallarmé*，p. 19.

第二章 20世纪60年代里夏尔对主题批评理论的建构

(扇子、❶ 镜子、女舞蹈家、分支吊灯、丛、摺、钻石或蝴蝶)、他喜欢的光和他喜爱的声音(光辉、闪烁、夺目的光彩、弹钢琴声、手指划过竖琴琴弦或小提琴弦的声音、嘹亮的小号声、管风琴散播的声音、曼陀拉凝重的声音)、一些反复重复的节奏、基本的模式(如叠加、喷雾、密闭和喷溅)、一些具体的要素(坠落、枯萎、涌出、蛰伏、蒸发)、一些表达的手段(音乐、词语、韵文、诗、书)所构成的具体现象学,一个唯一的计划在此延续。母题是主题的外在表现,它可以表现为具体的词和意象,而主题是不同的素材之间蕴含的相似结构,它们是帮助批评家深入到作品深层的线索。

第五节 作品的意义与存在之间的关系

里夏尔在强调进入作品深层的同时,也没有忽略作品的意义与存在之间的关系,他认为没有任何作品能够完全背离世界,即便是否定世界的作品也需要世界。逃避也同样有赖于人们想要逃避的东西,无(rien)的存在也是通过取消某物的存在而实现的。因此,他试图努力克服马拉美的诗给人制造的那种强烈的令人晕眩的不存在感,因为马拉美的诗表现的是一种存在,批评家应该探究的正是这种存在的意义。

---

❶ 马拉美诗全集中有三首是题扇诗,见《马拉美诗全集》,浙江文艺出版社1996年版,第73页(《题马拉美夫人扇》[Eventail de madame Mallarmé]),第74页(《题马拉美小姐的扇子》 [Autre éventail de mademoiselle Mallarmé]),第76页(《题梅丽夫人诗》)。

里夏尔认为事物、身体、形状、物质、光、味道等是马拉美实现自我创造的最初的意义载体和表达的途径。

在里夏尔看来，诗人是对物和词语有着特殊感悟能力，并通过它们来寻找某种形而上直觉的人。他们对一些事物的偏好表现出一种内心情感，他们所描绘的事物常常是对精神的写照，阳光、乌云、四季、语言构成感觉元素，通过这些元素，诗人将自己的幻想表现出来，外部事物反映的是内心的情感。因此通过作家对外部事物所进行的观察和描写可看出一个作家的基本风貌。正是在感觉世界中，最纯粹的精神经历了考验，确定了它的性质。里夏尔认为马拉美的精神历险所要经历的是一种来自感觉世界的考验。

里夏尔把征服作品无序的表面作为己任，但是要做到这一点不能通过把作品从一种无序状态带到另一种无序状态，即一种生活的无序中，在他看来，作者的真实只可能存在于他的整个作品中的话，而不是在别处。他认为作者正是在书中认识自我和创造自我，因此首先应当在书中寻找作者。批评家只有带着崇敬和谦卑，并且凭着这始终如一的内在同情，才能够达到在作品、生活，以及作品与生活的复合体中引发唯一目标的再现。

里夏尔总是试图在作品中找出同一性（identité），这种同一性指的不是作品结构的一致或形式上的一致，而是指一个人的各种不同经历中所包含的一种本质的东西，因而可以在人类的任何经验中认出它来。在里夏尔看来，批评家能够在作品诞生的第一时刻，从内部去把握这同一性是幸运的，即便是在作品的偶然性中或者是在作家突如其来的灵感中都能发现属于作品的特有的风格，作品表明了作家对于世界的一种特殊的态度，反映存在和言说的唯一方式。里夏尔认为人就是通过他探索存在的行为来证明他的存在，批评家要努力在作品中再现的就是这属于作品的不可模仿的姿态，或者说是"风景"。

第六节　风景

"风景"（payage，或称风貌）是里夏尔批评中的关键词，他的作品中有几部就是直接以某某作家的风景为标题的，如《夏多布里昂的风景》（Payage de Chateaubriand）、《罗兰巴特最后的风景》（Roland Barthes, dernier paysage）。说到风景，人们自然而然地想到自然风光，然而有关风景的研究并不仅仅局限于自然领域，还涉及社会文化领域，"风景"一词大约在16世纪出现在现代语言中，它指的是风景画，很快这个词便获得了它最基本的含义，即视线所及的一个整体范围，由此可见这个词包含了多方面的内容，它一方面涉及观看者以及观看点和观看的视角，另一方面涉及观看的对象。观看的视角取决于观看者的位置，一幅风景画不仅与自然有关，而且与观者有关，风景画不是一个纯客观之物，它表现出观者的观察角度和视野，换言之，唯有通过观者的视角，风景才得以表现，由于人的视野范围的有限性，有时需要通过想象冲破视觉的限制，甚至需要调动起感官的联觉，因此风景画带有主观色彩，它与人的情感、感觉、印象和想象有着密切的关联。

但是对山水风景的描写并非画家的专利，文学中对风景的描写也有着悠久的传统，在浪漫主义作家笔下不乏对风景的描写，这种景物描写既包含对自然的描写，也包含对主体内在的心理状态的描写，诗歌比小说更注重内心情感的表达，它强调的是唤起读者的想象，因此诗歌描写的对象通常超越了视觉的限制，其中包含看不见的部分，因此，对于诗歌的理解更多的应该是借助于想象，而不是视觉。夏多布里昂（François-René de Chateaubriand）在《基督教真谛》（Le Génie du Christianisme）中将浪漫主义、风景、诗歌和描写结合在了一起，这不能不说是对前人的一种超越，里夏尔的弟子米歇尔·科罗教授在《自浪漫主义至今的风景与诗》一书中对风景与诗做了深入的研究，他指出："在古典诗和绘画中，自然风景的描绘只是被用来衬托人类的存在和活动，在许多作品中，风景只不过是衬托世俗中人物或者是神话人物的背景，画家和诗人所描写的并非风景本身"。❶ 到了浪漫主义时期，作家笔下的风景描写已经不再是人物的背景，人物不再是前景，相反在他们描写的风景中常常"没有人物的在场，静谧的风景使感觉的个体得以进入其中与自然亲近，使内在与外在相结合"。❷ 在传统的文学研究中，人们总是从修辞学和文体学的角度来区分各种不同的文学体裁，并从体裁差异的角度去研究诗歌和小说，而很少有人从内在与外在关系角度加以研究，主题批评是唯一赋予"风景"这一概念以批评方法论意义的批评流派。

在里夏尔的著作中，"风景"指的不是作家描写的场

---

❶ Michel Collot. *Paysage et poésie du romantisme à nos jours*, José Corti, 2005, p. 27.

❷ *Paysage et poésie du romantisme à nos jours*, p. 29.

景，而是与作家的风格和感觉密切关联的世界的形象，它并不具有这样或那样的所指对象，而是各种所指构成的整体。❶ 里夏尔在《夏多布里昂的风景》一书的封底❷上对作家的"风景"先后给出了三个定义："说到作家，我们应该怎样理解作家的风景呢？首先应将它理解为构成其创作经验土壤和材料的感觉元素的总和"，在里夏尔看来，风景就是源于作家的感觉和情感生活的主题，这些主题强调性地反复出现在其作品中，它们承载着特殊的涵义，因此，在夏多布里昂那里，"空无感的萦绕""寻求偏离"或"距离感"这些优先的主题表现了主体的心理状态，构成一种世界的形象和一种自我的形象。接着里夏尔又给出了风景一词的第二个定义，风景是"作家本人作为主体以及作为它自己的写作对象完全被给予我们的样子"。这个作家的风景是通过一种文学的建构得到表现的，与作品的意义和形式结构是分不开的。在第三个定义中，里夏尔把"风景"定义为意义和语言空间的关联，"总之，批评家试图表现的就是这个意义和语言空间的唯一关联，并确定其系统"，这第三个定义强调了读者在接受和建构富有意义的整体的过程中所具有的能动作用。由此可见"风景"的概念既包含创作主体对世界的独特感觉，又包含文学作品的构造以及读者对风景的理解和阐释。

---

❶ *Paysage et poésie du romantisme à nos jours*, p. 178.

❷ J-P Richard. *Paysage de Chateaubriand*, Editions du Seuil, 1967, Quatrième de couverture。

梅洛－庞蒂也经常使用"风景"一词，他说：写作的目的是生产"一个符号系统，通过内部的配合恢复一个经验的风景"。❶ 梅洛－庞蒂和里夏尔都采用"风景"这个隐喻，这不是一种巧合，而是表明两者之间有着某种共同点。"风景"一词最基本的意义包含了感觉经验及其作用，因为它既反映人们从一个方向所看到的一个地方的广度，又反映出画家的表现手段，风景将世界的景象和一个肉身的意识活动结合起来，因为风景是一个如实出现在一个主体眼前的地方，主体的视域将它构成一个有着形式和意义的整体。所有这些涵义在里夏尔和梅洛－庞蒂使用的"风景"一词中都存在。米歇尔·科罗认为谈论一个作家的风景，首先要求文学与可见物，特别是与感觉有某种关系。❷ 里夏尔认为"一切始于感觉：身体、对象物、情绪构成了自我的第一空间，一个深度的或未被开发的视域。文学介入期间，在感觉的中心，作家从各个方面寻找他真实的风景"。❸

通常人们习惯性地认为写作基本上是一种内在的经验，

---

❶ Merleau-Ponty, *Le problème de la parole*, résumé de cours, Collège de France, 1952~1960, cité par Michel Collot dans *Merleau-Ponty & le littéraire*, textes réunis et présentés par Anne Simon et Nicolas Cassin, Presse de l'Ecole normale supérieure, 1997, p. 26.

❷ Michel Collot, " L'oeuvre comme paysage d'une expérience. Merleau-Ponty et la critique thématique", dans *Merleau-Ponty & le littéraire*, textes réunis et présentés par Anne Simon et Nicolas Cassin, Presse de l'Ecole normale supérieure, 1997, pp. 23 – 37.

❸ J-P. Richard, *Stendhal et Flaubert*, Edition du Seuil, 1954, le Prière d'insérer.

它只是在语言和意识空间中展开,里夏尔的观点与这种普遍为人们接受的观点是相抵触的,他认为写作不仅是一种内在的经验,而且与外部世界相关。梅洛-庞蒂和一些现代作家也认为感觉经验不是纯粹的内在经验,而是"感觉意义"显现的场所,它与意识密切相关。克洛德·西蒙(Claude Simon,1913~2005)指出"写作者是能够感觉和看见的人"。❶ 梅洛-庞蒂认为文学的观念,不同于智力的抽象观念,从来不完全脱离经验提供的景象,它们来自于对风景、住所、地点、动作、一些人与另一些人或与我们之间关系的一种前逻辑的参与。❷ 写作的任务是要阐释"这未脱离思想的世界的发展",是要让"被感觉到的东西来讲述",并将"语言"变成"思想的风景"。❸ 文学是一种现象学,它试图创造一种可能的语言来表达包含在现象中的逻各斯(logos),但是它不能以哲学所特有的反思形式来完成。

文学所表现的是前反思的我思(cogito pré-réflexif)。若是想表现最隐秘的经验,作家只能通过召唤外部的物来达到目的。克洛德·西蒙通过写他与物接触的经验来表现自己的经验,而里夏尔在对马拉美的研究中发现,"物、身体、物质、心情、滋味是马拉美创造活动的最初载体和表现方

---

❶ Merleau-ponty, "Cinq notes sur Claude Simon", Parues dans Esprit, no 66, 1982. pp. 64-66.

❷ "Cinq notes sur Claude Simon", pp. 64-65.

❸ " Le langage indirect et les voix du silence ", dans Signes, Paris, Gallimard, Folio/Essais, 1960, p. 117.

式"。❶ 这就是主题批评家常常以列出被作家召唤的感觉要素和感觉特点的清单的方式进入创作意识内部的原因，因为对对象物的描写中渗透着精神，作家通过外部事物来讲述内在的感觉。普鲁斯特在写作中经常调动起自己的感官，因为"视觉，它不仅仅和我们的眼睛有关，而且需要更深层的感觉，并支配着我们整个的存在"。❷ 从某种程度上说，是普鲁斯特开启了主题批评的道路，他在《驳圣勃夫》（*Contre Sainte Beuve*）中对被他称作感觉的东西给予了特别的关注，因为他认为在感觉中存在作品的意义。他指出在奈瓦尔的作品《西尔薇》（*Sylvie*）中，对紫色的强调揭示了田园般的假象下隐藏的悲剧的暴力，而司汤达的主人公的贵族气质则表现在"对高度的感觉"中，因此他们偏爱选择高地。

  风景的经验揭示了感觉中的主观成分。司汤达对此作过生动的表达："风景犹如一把在我心灵上拉动的琴弓"，❸ 但是这内部的回响并不等同于印象、投射或联想（association）。对于梅洛-庞蒂而言，这回响就位于感觉结构中。风景总是和主体的移动相关的："我是风景的绝对的源泉"，"因为正是我为我制造存在（faire être pour moi.）……与我存在距离的地平线可能会瓦解，因为这距离不归它所有，在标记我的视域界限的同时，地平线还表明了我对这感知区域

---

 ❶ *L'Univers imaginaire de Mallarmé*, p. 20.

 ❷ Marcel Proust. *Du côté de chez Swann*, *La Recherche du temps perdu*, tomeI, Bibliothèque de la Pléiade, 1987, p. 139.

 ❸ Stendhal. *Vie de Henry Brulard*, Classiques Garnier, 1953, p. 16.

第二章　20世纪60年代里夏尔对主题批评理论的建构

的占有："存在于那里的可见物也同时是我的风景"。❶

　　梅洛－庞蒂还经常使用"视野"（perspective）这一概念，它指的是可见物和主体的视点之间的相互依赖性。从里夏尔对司汤达作品的分析中，我们可以看到在司汤达的作品中世界是被放在前景中的，因此乔治·布林（Georges Blin）❷ 认为，通过一个人物特有的视点来限制视野的技术，也就是被热奈特（Genette）将之称为内视点的方法是司汤达发明的。叙述者通过这样的视点展现出来的不再是"对物的重现"，而是"将他的观点赋予了物"，❸ 这种视角是创造性的，因为它每一次开启的都是观看世界的新视角，它摆脱了已知的形象，因此它召唤着"一种征服的语言，将我们引向陌生的观察点，而不是在我们的观察点中确认我们"。❹ 因为观察者的视角将它构成了一个产生意义的整体。同样，对于梅洛－庞蒂来说，一部小说的意义首先只能被感觉为一个由创造者主体强加给可见物的一个协调的变形。风景这一概念在文学上的应用，依据的是它能够将感性经验的材料重新塑造成一种特殊外形的能力。里夏尔的主题批评欲

---

❶　M. Merleau-Ponty, *Le visible et l'invisible*, Gallimard, 1964, p. 185.

❷　乔治·布林毕业于巴黎高等师范学院，1946~1959年在瑞士巴塞尔大学任教授，1959~1965年在索邦大学任教授，1965~1988年任法兰西学院法国现代文学讲座教授，现为法兰西学院名誉教授，是波德莱尔、司汤达和波德莱尔研究的权威，上文中的观点来自他的 *Stendhal et les problèmes du roman*, José Corti, 1954.

❸　M. Merleau-Ponty, *Signes*, Gallimard, 1960, p. 97.

❹　*Signes*, p. 97.

通过一位作家的风景"描绘在世存在的意向"（directions significatives），"重新标出一种存在的个人坐标"。

在文学作品中，意向和个人的坐标通过感性的风景被勾勒出来，通过身体的加入，观者变成了可见物，具有了世界的肉身的性质："他的身体和遥远的事物具有了同样的身体性和普遍的可见性。如果说对风景的感觉是一种参与的话，它从来不仅仅是视觉的，而是多感官协同产生的联觉，正因为如此，我们能看到深度、毛茸茸、柔软、对象物的密度，甚至是气味"。❶ 感觉调动起整个身体、调动它的所有功能，以及对于物和其他身体的一切可能的行为。"风景"是"被看、被听、被触摸、被闻、被嚼食、被排泄、被进入、或渗入的东西"，❷ 这种感觉（sentir）和感受（ressentir）是分不开的：在与可感物接触时体验到的愉悦和不悦的反应在世界中划出了区分惬意和不惬意的界限，这是构成内在风景意义的原则。因此对于主题批评家来说，在每个人的周围，以及在他的意识中存在一种特有的物的秩序，这个秩序是通过一些表示喜好和厌恶的词来表现的，根据一个人对他周围的物的态度，可以列出一份表现个人好恶的物质清单。"主题批评在作品中发现的感觉世界的形象反映出一种内在的风景，对对象物的描写具有一种精神内涵，外部讲述内部，作家展现给我们的形象构成他的'想象世界'，这个世界呈现

---

❶ M. Merleau-Ponty, "Le doute de Cézanne", Sens et non-sens, p. 26.

❷ J-P Richard, *microlectures*, Avant-propos, Editions du Seuil, p. 8.

第二章　20世纪60年代里夏尔对主题批评理论的建构

了他所接受或拒绝的一切，因为他在其中自我认识并力图从中显现出来。"❶ 在这个世界中，一切感觉都具有物质性：柔软的、平坦的、粘的、低的、高的，等等，在那里，物质材料具有了情感色彩。

然而在风景的构成中，身体的功能不限于对情感的表达，它也参与了意义的建构，身体在空间中所处的位置为确定风景的意义提供了坐标：高低、远近、前后，所有这些对立的概念构成一个真正的语义系统。里夏尔的批评中充满了辩证的思想，他总是在对立的关系中寻找达到统一的交集点，强调它们的对立统一关系，从不强调一方面而忽视另一方面，但是为了达到对作家深层意识的理解，他首先还是强调要进入作品，进入作家的想象世界，从内部去把握作家的视角，为此必须暂时悬置外部的东西。他说："任何深度的阅读都选择从裸露点切入，这些裸露点和诗的表面起伏不相吻合。诗的表面秩序可能会被忽视，甚至被打破。它的表面结构被摧毁了，这种破坏会使人感到惋惜，即便这种破坏最终有益于我们把握作品的内部结构。里夏尔所要的显然不是孤立的作品的真实和客观，在他看来表面的秩序并非真正的秩序，为了深度理解一个作品，揭示其真实的面目，引发表面的混乱是在所难免的。在《马拉美的想象世界》中，里夏尔揭示了马拉美拆解词语，找出词根的方法：找出词根，就是将一种语言中的几个词进行解剖，将它们拆解得只剩下

---

❶ Collot Michel. *Le thème selon la critique thématique.* In: Communications, 47, 1988. Variations sur le thème. Pour une thématique. pp. 79 - 91.

骨头和肌腱，使它们摆脱日常生活的影响，以便让人们发现它们之间隐秘的亲缘关系。若不是将它们从日常生活中抽离出来，进行剖析，就不可能看到它们之间的亲缘关系，也就是说词汇的内部结构。同样的现象在诗中也会重现。词语只有在一些鲜为人知的方面，或者说在对于精神而言，当震荡摇摆的中心活跃时才会被诗意地理解，精神能将它们从投向洞壁的一般序列中辨认出来。此时对词语的理解不再按句子常规进行，而是抽取一些元素将它们重新连接起来，形成二次理解。这也是一种对结构的直觉。这样做并未取消诗歌诗意的秩序，相反是对它的完善。批评行为恐怕也是如此，孤立的形式，如马拉美的某一首十四行诗、四行诗、二行诗和散文诗首先是淹没在《马拉美诗全集》构成的一个能指的连续性中的，这种合并吸收最终将有助于理解和说明看似被它废除了的形式，因为它从内部或者从其他方面发现了形式的必要性。❶

里夏尔认为："这样的批评最初似乎是背离了形式，但最终却又落实到了形式，甚至建构了形式，并通过把它们重新纳入人类的计划而使它们获得了新的尊严，因为批评家从此将它们看成这个计划能够在那里完全实现的唯一对象。形式不再是迫使创造者接受的不可缩减的目的，它们表现为存在达到它真正幸福的理想模式。它们从原始材料变成了解决问题的办法。"❷

可见里夏尔式的主题批评只是打破了表面的秩序，因为

---

❶ *L'univers imaginaire de Mallarmé*，p. 31.
❷ Ibid.，p. 32.

表面的秩序具有欺骗性，而打破这个表面秩序的目的是将真实的秩序揭示出来。

里夏尔在致力于找出作品的真实形式的同时也考虑到了某个主题的含义随着时间的流逝而发生变化的可能，即在一个作家那里同一个主题是否自始至终都包含同样的含义，研究一个具体主题的变化牵涉历时研究。共时性和历时性被结构主义作为一个对立二元提出，所谓共时研究是指对一个从动态的时间过程中抽取出来的片段的研究，仿佛是将一个动态的过程定格在某一时间点上，在这个定格的横断面上，人们可以静态地观察这个面的组织结构，观察结构细部之间的关系；而历时研究则是动态的研究，它有助于人们观察事物的变化发展及其事物运动的规律，"历时性"和"共时性"构成一种辩证统一关系，因为运动通过静止表现出来，静止是相对的，运动是绝对的，如果人为地无限放大某个时间点上发生的事件，使它脱离时间轴，我们将无法了解事件的由来，反之，如果只关注事物的变化，不进入事物的内部，我们就无法了解事物的内在本质。里夏尔注意到了在单一维度上展开研究的局限性，也曾尝试从历时的维度去考察主题的变化，比如，找出马拉美诗歌中一些元素，如蓝色、水、火、目光等主题在马拉美各个时期的作品中表现的形式以及包含的意义是否存在变化，历时维度的加入对于建构马拉美想象世界的主题网络有一定的意义，但也会因此而陷入一些新问题，如如何确定时间段的划分，如何确定科学有效的比较方法等，由于主题变化经历的过程很漫长，而且人们无法确定其变化的界限，所以他最终未对此作专门的考察。

小　结

　　里夏尔在《马拉美的想象世界》中对主题批评的方法论进行了理论建构，并将理论与批评实践紧密结合起来，对马拉美的研究可以被看作是里夏尔对主题批评方法论的生动诠释，这标志着里夏尔式主题批评日益成熟，逐渐形成自己独特的风格，从1957年发表的《夏多布里昂的风景》到1964年发表的《关于现代诗的11篇论文》，从1970年的《关于浪漫主义的研究》到1973年的《塞利那的恶心》，再到1974年的《普鲁斯特的感觉世界》。里夏尔一次又一次以自己独特的文学批评方法揭示出文学想象与创作主体存在中的困扰和顽念之间的关联，外部讲述内部。在这一时期，里夏尔对作家作品的整体分析已经达到了炉火纯青的地步。然而，里夏尔并没有止步不前，他在整体批评达到巅峰的时刻，又转向了微观阅读，在下一章中，我们将着重分析"微观批评"的特点及其与宏观批评之间的关系和差异。

第三章 20世纪70~80年代：从整体阅读到微观阅读

从20世纪70年代后半期到80年代中期，里夏尔的批评从对作家作品的整体分析，转向了微观批评，最具代表性的作品是1979年发表的《微观阅读》和1984年发表的《风景集》（副标题为"微观阅读2"）。这两部随笔集构成微观阅读的两部曲。这种阅读角度的改变是否意味着里夏尔对早期批评的否定呢？在本章中，我们将就此问题展开论述。

第一节 何谓微观阅读

里夏尔在《微观阅读》的"前言"中写道："微阅读：微型阅读？对微型的阅读？也许两者兼而有之。"[1] 微观阅读反映的是批评家在聚焦上的变化，他从之前的全景式评论

---

[1] Jean-Pierre Richard, *Microlecture*, Editions du Seuil, 1979, p. 7.

转向了特写式的聚焦于某个细部的批评。里夏尔形象地称这种阅读为近视阅读，即放大细节的，专注而缓慢的阅读。

微观阅读是对具体主题素的研究分析，如对塞利纳（L-F. Céline）作品中地铁和头盔的分析、对余斯芒斯（Huysmans）作品中的食物这一主题的分析；有的文章着重分析某个场景或者意象在作品中的地位，例如对马拉美作品中独角兽的分析；有的文章则是分析一个作品节选的结构，甚至是分析一个词在作品中的功能，如塞利纳的作品《前线》（Casse-pipe）❶中的口令和密码，奈瓦尔的家谱、圣－琼·佩尔斯（Saint-John Perse）的笔名和职衔。此时，里夏尔的阅读已经不是宏观全景式的了，而是一种近距离的、专注的、缓慢的阅读。这种变化到底是形式上的变化，还是观念的变化？

里夏尔在《微观阅读》的前言中强调，他的批评场域没有改变，阅读的方式也没有改变，他所采取的仍然是有感觉地进入文本的策略，他的感觉来自与文本的接触，进而在感觉的引导下去发现风景（paysage）。他认为风景通过一些突出的对象表现出来，如巴特的恋人的墨镜、普鲁斯特笔下的一张女人的圆脸、奈瓦尔的火红色等。他借用司汤达的一个比喻，把风景比作一根拉动心灵琴弦的弓，因为风景具有激发作用，它能打动读者的心。里夏尔指出，不能仅将这种心灵的颤动归于感性，也不能归结为人的内在（l'homme sous la peau），在他看来，"风景"如同幻象（fantasme），

---

❶ Casse-pipe 是法国作家，路易费迪南德·塞利纳未完成的一本近乎自传的小说，1949年出版。

也就是说如同出现在眼前的某种景象，它是某种无意识的欲望的产物。描写这种"风景"的文章需要一种别样的阅读方式，这种阅读需要读者更投入，更轻盈灵活，更加迂回，还必须重视力比多的特殊性。

里夏尔认为在每个人的周围都存在专属于他的事物，即马拉美称之为"居所"（séjour）的东西，因此可以根据作品中表现的人物对物的偏好和厌恶的态度建立物的秩序，就如同建立一个个人好恶的清单。然而，这种好恶情绪的表现是无意识的，因此对它们的阅读分析涉及感觉和"力比多"两方面，"力比多"在拉丁语中表示欲望，是弗洛伊德将这个词引入了心理学，1905年他在《性学三论》一书中首次提出这个概念，用来指一种与性本能有联系的潜在能量。弗洛伊德提出性的动力是"力比多"（libido），这里的性不是指生殖意义上的性，而是泛指一切身体器官的快感。弗洛依德认为，力比多是一种本能，是一种力量，是人的心理现象发生的驱动力。荣格也用了力比多这个概念，他认为力比多等同于心灵能量，一种本能，是一种力量，是人的心理现象发生的驱动力。精神分析学家的研究首先证明了无意识行为本身的存在，到20世纪70年代，无意识的存在已经为人们所接受，因此，学者们转向从生理方面或象征意义方面探讨冲动的基础，如对身体的研究，研究说话的身体、沉默的身体、与其他身体交媾在一起的身体，里夏尔称之为身体间性的寓言。他说："这种身体间性的寓言难道不也是用别样的词语，在空间、时间和风景的诸特点中讲述自我的寓言吗?"❶ "在文学文本中,某种体位(另一种对风景的可能的定义,以尼采的《看哪这人》❷ 为标志:食物/气候/再创造)与力比多的某种表现是分不开的,当然是通过某种形态表现的"。❸ 他坚信"不是文本操纵着意义或无意义,而是因为在文本以外,在它的创造性以外,在它的萌芽以外,在它的组合以外,在它特殊的乐趣以外不存在意义,因此也就没有风景。如佛朗西·彭日一再重审和证明的那样,一种物的立场需要一种词语的立场"。❹ 换言之,风景由文字来表现,脱离了文本,风景将无法表现,同样风景造就了文本,这里所说的风景是内在于精神之中的风景,它借助于文字而得到外化,然而文字并不能直白明确地将内在的风景铺陈于纸上,因为语词的能指和所指之间并不存在固定的一一对应的关系,诗人笔下的"云"并不等于我们日常所见的天空中的云,因此造成理解的屏障,要想达到深度的理解就必须穿过屏障,透过文字的遮蔽,要达到深度理解的境界就必须细读文本,从文本的字里行间去发现暗藏的关系,并通过揭示暗藏的关系去把握文本的意义,勾勒出风景的轮廓。

在《微观阅读》中,里夏尔的阅读批评常常在两个层面上展开,即在描写肉体感觉的同时评析力比多的作用。里夏尔认为"风景"与情绪的有机根(le radical organique d'un humeur)有密切的关系,"它是可以被看见、听见、触摸、

---

❶ *Microlectures*, p. 8.
❷ 《看哪这人》(*Ecce homo*)是尼采后期思想文集。
❸ *Microlectures*, p. 9.
❹ Ibid.

闻到、吃、排泄、被侵入，或者是具有侵入能力的东西：是出路和结果，也是实践场所，或是简单的和复杂的力比多自我发现的场所。"❶ 在《微观阅读》中，里夏尔在对主题和主题素的分析中融入了阅读理论、诗学理论，并加以发挥，展示了具有里夏尔风格的批评之美，他以分析雨果的《悲惨世界》中冉威这个人物为例回答了什么是小说的人物，他是如何介入感觉系统的。他以阿波利奈尔闪烁的星星为例分析了诗的主题素是如何，以及为什么在一系列的作品中发生变化的。他以塞利纳的作品《战争》中的"头盔"以及"口令"为例，分析了一个萦绕脑际的对象物是如何在一个故事以及一系列叙述中留下印记的，他还分析说明了塞利纳作品中作为强烈的排便梦想之载体的"地铁"这个对象物是如何为整个升华过程，乃至为写作的寓意服务的。里夏尔思索的另一个问题是神话或传奇故事的叙事是如何通过某一种范式或幻想的模式被叙述的。他从米什莱的《巫婆》中发现了内与外，吞与吐这些基本的对立关系的作用。他还就同样的问题从词语和感觉两方面进行了研究，例如，姓氏的不确定性所表现出来的奈瓦尔世界的不稳定性，圣-琼·佩尔斯作品中建立在标题之上的上升或回归等。他通过对不同文本的分析，发现写作是升华和离经叛道的混合物。而这种模糊性只能在文本最细小的结构中被把握。

在《微观阅读》中，里夏尔批评分析的对象是一些作品的片段，这些片段也许不是刻意选择的，但是里夏尔总是能够发现它们的共性，他发现一篇文章中的某些元素会在另

---

❶ *Microlectures*, p. 8.

一篇文章中重复出现,但不是简单的重复,而是有变化的,每一个片段都从不同的角度展开,所以更确切地说是一种不断的重塑。令里夏尔着迷的是这些元素的运动和变化,他试图弄清它们是如何变化的,为什么变化,他要在一系列的文本中识破一种形式如何变成另一种形式。在微观分析中,里夏尔表现出极其细腻的风格,他认为整体可以通过细微,通过那些最不稳定、最难把握之处被言说。

第二节 微观阅读的特点

《微观阅读》第 1 卷和第 2 卷中共集结了 29 篇作品分析,从文章的篇幅来看少到几页,多至十几页,较之此前的批评随笔,篇幅明显缩短,分析都是围绕作品中的某一个表现特征展开的,例如,从探索一个姓氏的词源到姓氏的隐喻,再由此挖掘作家创作中的无意识作用,从人物肖像描写的隐喻和心理分析(对《悲惨世界》中的人物冉威的分析)到对虚空的象征意义的探索等。这些短篇分析极其细致深入,批评家仿佛是拿着放大镜将一些容易被人忽略的细节放大,从字、词、句入手,发现其中的玄机,在人物的肖像描写、行为塑造、文字游戏中发现无意识的踪迹,把对文本意义的阐释从意识层面扩展到无意识层面,力比多、冲动等字眼频频在文中出现,处处可见精神分析的痕迹。

《微观阅读》呈现给读者的是一个个具体的分析案例,分析由点到面,由表及里,兼有穿透力和辐射力。在里夏尔看来细节是潜在可能性的现实化,它总是反映作品的内在需要,是一种暗含规律的产物,所以细节分析是里夏尔主题批评的一个重要特征，在《微观阅读》中，里夏尔似乎只关注细节，而忽略了总体，事实上，微观阅读并不是孤立的，它如同对构成网状组织的一个片段的剖析，从中仍然可见其脱胎而出的那个整体的特征，一个一个的片段折射出整体的不同断面。里夏尔的主题分析呈现出动态的性质，他喜欢用运动的比喻来描写文本的进展。在《微观阅读》和《风景集》中，运动始于一些凸显的词语，即里夏尔所谓的"关键词"或"神经痛点"。动态的分析仍然遵循主题原则，首先是选定一定数量的文本要素，把它们的存在看作潜在结构的需要。结构由许多跟主题相关的主题素构成，因此，在里夏尔看来，主题批评首先是建立关系，或者说是逻辑。批评家根据预设，揭示存在于文本下的关系，或者去构建关系。里夏尔的批评论文是对被批评文本的一种再度写作，其任务就是要证明构成文本的要素的存在，对它们逐一进行论证，并将它们之间的链接精确地呈现出来。里夏尔的主题批评是一种重构，他要重新展开被分析的文本，使之逻辑化。

如果说此前里夏尔关注的只是所指的风景，此时他更注意到能指的风景，他要把文本当作一处能指的风景，即所指风景的另一面来读，叙事学理论、诗学理论、"语法"理论等都在这方面显示出卓越的成效，里夏尔并没有无视它们的存在，而是将一些方法用到了微观阅读中，力图通过一些很短的文本片段来研究文本的能指和所指意义在各层次上的结合，研究微型组织可能的衔接方式。

在《微观阅读》中，主题、力比多和形式三要素交织在一起，构成从表层结构到隐含的主题再到无意识的三层立体交叉分析。关于主题的研究，在前文中已经做了分析，精神分析的运用在《马拉美的想象世界》和《普鲁斯特的感觉世界》中都有所展现,形式分析在里夏尔的总体分析中也一直被看作必要的方面,但是并未得到具体的说明和展现。然而,在《微观阅读》中,形式分析得到了充分的展现,里夏尔说:"我必须要查明诗学的,或者是文本理论的,即所谓'语法学'的成果是如何通过主题或主题素与阅读的成果结合的。"❶

《微观阅读》的第一篇是"姓氏与写作",里夏尔在其中分析了奈瓦尔《幻想的家谱》中姓氏与写作的关系,他首先对让·利科用于分析奈瓦尔《虚幻的家谱》的方法大加赞赏,在前者的启发下,他尝试结合语言学和主题学方法对奈瓦尔的家谱进行分析,他的分析从探索 Labrunie 这一姓氏的词源入手,考察了 Labrunie 一词在能指形式上的扩展和变化,同时将对该姓氏词义的考察扩展到历史、地理和传说领域。他运用精神分析的方法分析奈瓦尔言语的不稳定,并从家庭出身的秘密中寻找根据。里夏尔在阅读中通过一些例子来追踪文本中表现出来的奈瓦尔的言语发展逻辑,并将奈瓦尔的语言逻辑与文本中表现无意识作用的主要象征结合起来。从这篇分析来看,里夏尔的确受到了精神分析理论的启发,如弗洛伊德的性别理论、俄狄浦斯情节、阉割的假设,等等,因此奈瓦尔关于姓氏的文字游戏以及对父亲姓氏的规避,也就很自然地让他想到这实际上也许是为了规避某个戒律。词源学研究有助于了解姓氏的起源及其意义,作为专有名词,姓氏不仅具有外延,而且具有内涵,词源学揭示出它

---

❶ *Microlectures*,p. 9.

的内涵意义。Labrunie 这个姓氏有两个相近的词源,一个是 Bruck,它在哥特体德语中的意思是"桥",另一个词源是 Brown 或 Brunie,意思是"塔"或"干燥器"。于是 Labrunie 便有了两个含义:桥和塔,对这个姓氏进行了词源学研究后,里夏尔又从主题学的角度找到与"桥"和"塔"对应的主题:立柱、凯旋门、金字塔和山,这些主题与塔一样具有阳性的性质,从 Brown 这个词派生出 Brownie,而"桥"与河流则是阴性的象征,从词源到象征主题,到诗人的想象,里夏尔将奈瓦尔《幻想的家谱》中的秘密揭开。

第三节 微观阅读与整体阅读的关系

事实上任何整体分析都离不开微观阅读,里夏尔以前的专题批评其实是一系列微观阅读的集合,是通过对一个一个组成部分的排列展示出一个整体的一致性。在此前的分析中,里夏尔总是习惯性地打破文本表面的秩序,以期实现新的合成,他把孤立的元素放回到它被从中分离出来的那个作品的内部功能中。

那么,微观阅读的意图究竟是什么?它是否说明里夏尔有去总体化的愿望?其实稍加观察后不难看出,微观阅读并不像人们期待的那样是一种突出细节特点的过程,它并不能表明里夏尔试图摆脱总体化的批评。

微观阅读批评如同总体批评中的案例分析,在《奈瓦尔虚构的家谱》❶ 中里夏尔写道："极具个性的，或者说纯属他的方法的'家谱'是奈瓦尔语言实践中最具普遍性的例子。"❷ 他把"家谱"看作奈瓦尔被压抑的无意识中的欲念在写作中的反映。杰拉德·德奈瓦尔是杰拉德·拉布鲁尼的别名，他抛弃自己的真实姓氏，选择德奈瓦尔这个姓氏是因为它高贵，但是，他又潜心于复杂的姓氏研究以证明他的真实姓氏是贵族姓氏，他是贵族的后代，这不能不说是一种悖论，于是他通过资料来挖掘过去。里夏尔受到了弗洛伊德的启发，对无意识语言的机制进行了分析。在《双关语与无意识的关系》❸ 中，弗洛伊德提出双关语是无意识作用在语言上的表现，它会引发一种特别的满足感，因而在精神生活中起着特殊的作用。弗洛伊德在研究癔症时发现，当无意识受到压抑时会转而以一种不为人认识的形式出现，以躲避审查，双关语具有这种伪装的作用，弗洛伊德在该书中研究了无意识的语言机制。里夏尔认为奈瓦尔的《家谱》也是对无意识的一种伪装形式。

　　里夏尔强调作品的内在必然性，他认为作品中的关键因素起着决定性的作用，例如，在塞利纳的《战场》中密码这个主题素决定着整个故事，吉奥诺（Giono）《人世之歌》

---

　　❶ 法兰西学院图书馆的 Spoelberch de Lovenjoul 基金保留了一份文献，人称《梦幻的"家谱"》，在这部手稿中奈瓦尔虚构了自己的家谱，以改变自己的真实身世，这份文献反映了诗人对自己身世的苦恼。

　　❷ *Microlectures*, op. cit., p. 22.

　　❸ Freud, *Le Mot d'esprit et ses rapports avec l'inconscient*, 1905.

(*Le chant du monde*) 的第一句话被定为"萌发文章和风景的种子",❶ 他也常常把作品结尾的一个要素看成对整段的总结,《微观阅读1》《微观阅读2》中的多篇文章都对文本的最后一个词进行分析。我们可以把微观阅读看成网状组织内部切分出的更小的单位,即便将这组织片段再细分下去依此类推,直至切分到最小的微生物,它仍然带有它脱胎而出的那个整体的特质,如同一种不断进行光折射的镜子游戏,或是一幅不规则碎片构成的图,在整体相似的游戏中各自重现同样的结构和同样的主题素。里夏尔就是以一种运动的方式描写内在必然性,因此在他的分析中动词具有优势,在《微观阅读》中"扩张、弥散、扩散、传播、散布"等动词频频出现,它们表现的正是主题的运动和发展。

里夏尔在早期的研究中比较多地用总体的文本分析来展示自己的文学观和批评观,而不是用抽象的语言进行系统化的理论阐释,用展示来代替批评话语从一定程度上反映出他的一种立场,那就是要为感觉体验和想象争得一席之地,他的这种方式确实起到了理论话语无法达到的效果。在通过总体分析向人们展示了一种诉诸感觉的批评观之后,里夏尔便转向了颇似具体的案例分析的微观分析。不论是他的宏观分析还是微观阅读都本着相同的宗旨,从宏观到微观的变化只是出于完整地表达一种批评思想的需要,也是里夏尔试图说明自己的见解所做的一种尝试,在微观分析中他试图打破有感觉的指向作者深层意识的阅读与语言学和精神分析之间不可逾越的界限,寻找两者的契合点,尝试将来源不同,甚至

---

❶ *Pages Paysages. Microlectures II*, p. 194.

看似互不相容的理论方法用到同一个分析中，而且表现得那么游刃有余，他的批评实践是对僵化的思维模式的挑战，表现出他不带成见，在吸纳和扬弃的基础上开创新批评道路的追求。

第四章　20 世纪 90 年代后的批评

在《微观阅读》第 2 卷《风景集》（1984 年）发表后的 6 年中，里夏尔都没有新的论著出版，让人以为这位年逾古稀的批评家从此结束了自己的批评生涯，然而进入 20 世纪 90 年代后，里夏尔再度活跃起来，陆续出版了 8 部著作，它们分别是《物的状态——对当今八位作家的研究》（*L'État des choses*，*Étude sur huit écrivains d'aujourd'hui*，1990）、《斯特凡·马拉美，与概念的联姻》（*Stéphane Mallarmé*，*Épouser la notion*，1992）、《阅读场》（*Terrains de lecture*，1996）、《批评论丛》（*Essais de critique buissonnière*，1999）、《四篇阅读》（*Quatre lectures*，2002）、《罗兰·巴特，最后的风景》（*Roland Barthes*，*dernier paysage*，2006）、《米琼之路》（*Chemins de Michon*，2008）、《杂集》（*Pêle-mêle*，2010）。

里夏尔晚年的批评相对于先前的批评有无变化？其特点是什么？这是本章要研究的问题。

第一节　从物出发

在《物的状态》中，里夏尔评论了雅克·莱达（Jacques Réda）❶、帕斯卡·基尼亚尔（Pascal. Quignard）❷、杰拉德·马塞（Gérard Macé）❸、皮埃尔·米琼（Pierre Michon）❹、皮埃尔·贝古尼翁（Pierre Bergounion）❺、菲利普·迪昂（Philippe Djian）❻、让-鲁·特拉萨尔（Jean-

---

❶ 雅克·莱达（1929~），法国当代最重要的诗人之一，主要作品有《巴黎的废墟》（*Les Ruines de Paris*）（1977）、《碎石堆上的草地》（*L'Herbe des talus*）（1984）、《街道的自由》（*La Liberté des rues*）（1997）。

❷ 帕斯卡·基尼亚尔（1948~），法国著名小说家、散文家和剧作家，是当代法国最具实力和创新性的作家之一。

❸ 杰拉德·马塞（1946~），法国诗人、随笔作家、翻译和摄影家，他的作品包括各种不同的体裁，很难将他归入某个流派。

❹ 皮埃尔·米琼（1945~），法国作家，37岁时步入文坛，1984年他的小说《小人物的生活》（*Vies minuscules*）获得法兰西文化奖。

❺ 皮埃尔·贝古尼翁（1949~），法国作家、雕塑家、文学教授，其著作颇丰，由于受到自传体的影响，他的著作仿佛构成一本巨著，不断重复相同的主题素，不厌其烦地围绕他关注的唯一对象展开。

❻ 菲利普·迪昂（1949~），法国小说家，主要作品有 *Zone érogène*（1984）、《早晨37度2》（*37°2 le matin* 1985）、*Échine*（1988）。

Loup Trassard）❶、米歇尔·沙尤（Michel Chaillou）❷ 八位作家的作品。为什么要写物的状态？里夏尔在前言中说："因为我决定像读以前读过的另一些更加经典的著作那样，从对物质的偏好出发，从它们表现出来的感觉方面去阅读这八部作品。……也许有人会提出异议，他们是否会认为这样的立场会泄露某些更注重于倾听特殊情感或注重于文字表达特点的作品最初的忧虑？在我看来，无法或再也无法将情感的力量、物的力量和米歇尔·沙尤发现的'词语的偶然'对立起来。所有这些能量都服从于相同的反复出现的象征，它们属于同样的世界，也就是我们的阅读从各个角度浏览的世界……在我看来如今是物在表现，而不是诉说。从此，评论不该违背它们的简约性，去替它们说出它们认为是优点，也或许是幸福的沉默，相反，应该二度展示它们已展示的东西，但是展示的方式略有不同，是按照另一种秩序，或许可以说是重新展示，反正不是去说明。评论也应该在另一个层面上，指出今天存在一些迷人的、积极的、值得阅读和沉思的作品，借用莱达的一句话，我认为批评在此情况下具有认识的价值。"❸ 在前言中里夏尔说明了，自己采用不同于作者的方式去展示，而不是去说明物的象征意义。

在《物的状态》中，里夏尔从作品中反复出现的物的意象出发，去发现作家的创作意识，那么，物与创作意识有

---

❶ 让-鲁·特拉萨尔（1933~），法国作家、摄影家，他自称是农业作家，2012年，他的全部作品获玛德莱纳-克鲁泽尔大奖。

❷ 米歇尔·沙尤（1930~），法国作家。

❸ J-P. Richard, *L'Etat des choses*, Gallimard, 1990, pp. 9 – 10.

何关联呢？巴什拉尔认为文学表现的是涌现出来的想象，他在《空气与想象》中写道："为了让想象较为稳定地继续下去以产生一部文字作品，为了使想象不至于成为转瞬即逝的时间的空虚，它需要找到它的物质材料。必须有一个物质元素赋予它实质，赋予它自己的规则和特殊的诗意。"❶

《物的状态》中第一篇随笔题为《草的场景》，里夏尔在其中分析了雅克·莱塔的作品《坡上草》，❷ 在这部作品中，草便是作家用以寄托想象，承载想象的物质元素，里夏尔从这一物质元素入手去探寻作家赋予它的诗意。莱塔的草寓意着人生，它和人一样有着对希望的执着和遗忘的深度。

阿尔贝·贝甘对物与意识的关系也有类似的解说，他说："凡是人能意识到物之存在的地方，就会出现意义，就会产生话语。正是从物出发开始了语言，因为除了它们呈现的一般功能之外，物还有这种能被精神作为居所并表示意义的无限可贵的性能。"❸ 因此，自我的意识首先是在对物的意识中得到确认的。在他看来物是精神的肉身化呈现，象征不是从远处指示一个与人间现实无限疏离的精神实在的符号，相反，它是没有被与世间的物割裂开的精神的标志，因为精神在物的世界中找到了自我表现和显露的适当途径。

在《物的状态中》，里夏尔通过分析《坡上草》中反复出现于不同情境中的"草"这一物质来揭示创作主体的意

---

❶ G. Bachelard, *L'Air et les Songes*, Corti, 1943, p. 283.

❷ Jacques Réda, *L'herbe des talus*.

❸ Denis Clerc,《Pensée critique d'Albert Béguin》, Cahiers du Sud, N0 360, 1961, p. 190.

识，即所谓肉身化的意识，通过"狂热"（fanatique）一词的词源追踪"恐怖"（terreur）、"眩晕"（vertige）、"虚无妄想"（nihilisme），这就是里夏尔的批评阅读寻找的主体的真实性。因此，感觉是主体的抽象本质与其存在的交织。由于感觉既依赖于认识，又依赖于与外在的接触，因而构成存在的基本体验形式：物、身体、形式、实体、情绪、味觉是表达情感的基本的载体和途径，批评家的首要工作是把握想象力这一人类借以表达内心情感的特殊方式。

里夏尔对物质想象的不倦探索源于巴什拉尔的影响，巴什拉尔以文学作品为蓝本从哲学的视角对想象进行反思，建立了物质想象论，将想象与组成宇宙的四种基本元素——火、水、气、土联系在一起，认为诗人的想象源于人类对某种元素的基本心理倾向，并将这些倾向归纳为各种"情结"，并以"情结"为模式，重新解读超现实诗歌中关于各种元素的想象，挖掘诗篇的内在一致性。巴什拉尔所说的情节更接近于荣格的理论，荣格本是弗洛伊德的学生，但他不满老师的泛性欲主义文论而另创新论，荣格认为个人的想象源于一个共同的背景，即集体无意识，集体无意识由一些原型构成，即一些反复循环的主题，一些人们经常在梦中、神话故事中遇到的主要象征性图腾（figures symboliques），如龙、失乐园等，它们在某种程度上构成想象的模子。弗洛伊德的精神分析对情节的挖掘主要在原始层面上，而巴什拉尔则把注意力放在文化类情节的挖掘上，里夏尔则是博采众家之长，在文学批评中加以发挥。

第二节　里夏尔的批评观

里夏尔在 1996 年出版的《阅读场》"前言"中写道："阅读场首先是读者在其间前行的作品本身，总之，凭借文字铺就的地面，风格构成的起伏地形和文字的空间，作品向精神之旅——思想、想象和欲望敞开。某些书却通往另一种场地：它们以一种更加强有力，更加明显的方式建立在一种与梅洛-庞蒂称作'世界的肉身'有着特殊关系的存在之上。这些书，尽管它们看似谈论的完全是另一码事，若是读者缺乏专注，当然是浮动的而又不乏精度的注意力，缺乏对逻辑和内在关联的注意力是无法真正理解它们的，这种注意力应该投向感觉、想象和情感的底蕴。"❶ 在此，里夏尔引用了精神分析法中的一个术语"浮动注意力"（attention flottante）。"浮动注意力"是弗洛伊德对心理分析师提出的一项要求，他要求心理分析师尽量避免选择性地倾听病人的口头叙述，因为分析者所具有的逻辑、情感或理论预设的倾向性会促使他对某些元素特别关注，以至于忽略那些看似不引人注意，却往往是最为重要的东西。里夏尔引用这一术语其实表明了自己的一种阅读态度或者阅读原则，那就是要不带偏见，不抱成见，克服自己的主观倾向性和个人好恶，去倾听作家的叙述，从作品的字里行间去感受作家不同寻常的叙述，从那些最不起眼的，却又在作家意识中萦绕着，以各

---

❶ Jean-Pierre Richard, *Terrains de lecture*, Editions Gallimard, 1996, p. 9.

种方式表现出来的元素入手，将它们作为进入作家意识的入口。

从表面上看，书都是用文字构成的，但是书与书之间却存在巨大的差别，首先吸引读者的也许是书的标题和封面装帧，书的外观引来读者的眼光，这最初的一瞥又引发了打开书本翻看一下的欲望，读者期待着从中发现一些能打动自己，能引起共鸣，能激发自己想象的东西，读者选择什么样的书往往能够反映他的喜好。读者对他阅读的书都有着某种期待，但是这种期待又往往是说不清道不明的。当代的一些表现独特的感觉，有着深刻内涵的作品往往不是凭外观来吸引读者的，选择这类书的读者需要比一般的读者更多的耐心和毅力去翻越文字构筑的山岭，跨过许多沟壑，穿过许多屏障，才能看到绮丽的景色。里夏尔就是这样的读者，他把作家的创作比喻成精神的历险，而他的阅读则是精神之旅，作品向他敞开的同时，他也主动打开自己，接纳他者的邀约，让他者的意识借助自己的想象来得到显现，这种阅读显然不是对创作意识的一种简单的重现或还原，而是一种基于作品，又不同于作品显现方式的二度表现，它必然带有作为特殊读者的批评家的风格特征，里夏尔的每一篇批评随笔都仿佛是被批评的作品的另一种版本，不同之处在于原著中隐藏至深的、不易被读者理解的东西，在里夏尔提供的版本中被一一揭示出来并得到深刻的阐释。

《阅读场》汇集了里夏尔对皮埃尔·米琼（Pierre Michon，1945~）、克里斯蒂安·罗宾（Christian Robin，）、米歇尔·奥塞尔（Michel Orcel）、雅克·塞雷纳（Jacques Serena）、欧仁·萨维茨卡亚（Eugène Savitzkaya）、帕特里克·德尔维（Patrick Drevet）、让·胡沃（Jean Rouaud）、玛丽·迪亚耶（Marie Ndiaye）八位作家作品的阅读批评，他选择的这八位作家在当代具有一定的影响力，虽然他们的作品风格各异，但是，在里夏尔看来他们都属于力求表现与"世界的肉身"有着密切关联的存在的那一类作家，他们都试图在作品中表现事物背后的感觉、想象和情感，他们的作品反映的是某种写作经历和欲望的创造力。因此，阅读这样的作品时读者应力求排除个人的偏见，采取同情的态度，将理解和同情放在第一位。里夏尔采用的方法就是在作品组织中找出明显带有表现兴趣、喜好或厌恶的感觉元素，然后将它们分类，并在彼此间建立关联，他说这种方法类似于瓦尔特·本雅明在它的著作《巴黎，19世纪的首都》中所说的"文学的蒙太奇"，里夏尔1993年在以"文学蒙太奇"为专题的法国《文学》期刊第92期上发表了题为《欧仁·萨维茨卡亚，对混乱的表现》的论文，该文以本雅明的话作为导语："我没什么可说的，只需展现。我不会把一些宗教用语占为己有，也不会盗用宝物。但是，那些破衣烂衫、垃圾；我要表现它们而不是描写他们"。❶ 本雅明的著作通常表现为一些不完整的片段和碎片，如同电影制作中采用蒙太奇的手法将一些不同时空中的画面拼贴在一起，达到增强表现力的效果，里夏尔在作品分析中也采用类似的做法，他注重的是展示，将作品中散在的一些细节，或者说是主题素拼

---

❶ Jean-Pierre Richard, *Terrains de lecture*, Gallimard, 1996, p. 10.

接起来，用这种方式来展示作品深层的结构。在《欧仁·萨维茨卡亚，对混乱的表现》一文中，里夏尔分析了欧仁·萨维茨卡亚的第一部小说《撒谎》，这篇论文后来收入《阅读场》。里夏尔从该作品中叙述者总是修正说过的话这一现象入手，分析了欧仁·萨维茨卡写作中的一个显著特点，这一特点与"更改"的动作紧密关联，叙述者不断对前言加以更改的动作使人对所叙述的内容有一种不可信、不确定的感觉，这种特点在后来的小说中仍以不同的方式得到表现，里夏尔把它看作是欧仁·萨维茨卡亚的"谎言原则"，他认为这一方面反映现代作家想摆脱所指对象的束缚，欲与之对抗，在持续的涂改中获得对文本完美纯粹享受的诉求，另一方面撒谎也许能够赋予自己不同于欲望创造的前景的另一种更加丰富、更加特别的前景，这种前景既不被保证也不具合法性，一种矛盾的说法为成千上万种别的说法提供了可能，如果没有什么是真实的，那么一切又将可能成为或重新成为可能。于是小说的发展成为一连串简短的想象的变奏，一种基本的象征得到了发展，在一次一次被接近的过程中又一次一次被遗失，里夏尔面对一些看似毫无头绪的材料时，总是能够找出内在的逻辑，通过拼贴巧妙地将这种逻辑展现出来。

在另一篇论文《一个肉身的风景》中，里夏尔分析了帕特里克·德尔维的作品，他认为该作家在它的作品中创造出一种非常特别的身体的经验并使之理论化，那就是他者的身体——他体，身体的本质相异性。他说："对于作者主体而言，这个迅速被看作一切感觉存在（être sensoriel）模式的身体（花、河流、石头、鸟鸣）既具有魅力，一种令人嗔目、让人无法摆脱、令人惊愕的吸引力，又是缓慢、细致、反复研究的对象，研究有时是分析性的，有时是诗意的，我们不知道这种研究是为了延续一种诱惑的奇特效果呢，还是相反，为了消除危险，使惊愕的意识从中摆脱出来，亦或两者兼而有之。"❶ 在里夏尔看来，帕特里克·德尔维的作品都与某种肉身的显现之影响和难解之谜有关。他从德尔维的一部题为《论看的欲望的八个短篇研究》的著作中看到了作者对"看的欲望"的执着探索，正是德尔维作品中特有的肉身的风景引起了里夏尔的研究兴趣，他力图区分肉身的风景的主要面貌："地势的起伏""情感倾向""细节""特质和喜好的本质"。❷ 在里夏尔的论述中，花、河流、石头、鸟鸣被看成他体——他者的身体，他者与作者主体有着本质相异性，如果以自然的眼光来看，它们不过是一些物，传统的认识论把它们看作客体，看作认识的对象，但是，以现象学的眼光来看，精神与身体不是二元对立的，而是不可分割的统一体。他认为对于作者主体而言，花、河流、石头既是被迷惑者，又是吸引者，作者主体和他者之间相互吸引，这是感觉存在的基本模式，他者深深吸引着作者主体，使他不由自主地想接近它，去了解他，另一方面作者主体又要设法避免被他者完全控制，这里的他者并非是一个客体，一个意识的对象，而是另一个主体，他们彼此吸引，构成一种主体间的交流。

　　里夏尔认为在这些本质中，最直接可以被感知，同时也

---

❶ *Terrains de lecture*, p. 117.
❷ Ibid.

第四章 20世纪90年代后的批评

是最古老的、最依赖于原始身体空间本质的是"广度"(le vaste)。任何真实的相遇都会产生一定的广度。"他者和世界在那里被给予，并掩藏在宏伟（grandeur）的持续扩张中。在目光的注视下，这宏伟不断扩大，但从未真正敞开，也不迎接指向它的欲望的冲击。'他者肉身的巨大'，'他的躯体的无限'，这就是原始的给予（la donnée originelle），因此，对于读者而言，这是最特别的。它向读者表明任何真实的在场都留下了进入的印记：它将呼唤导向一个过大的空间，流露出一种过分的需求和对形式禁闭的拒绝，给人以自生的巨人症的强烈印象，由此在欲望主体身上引起既欣喜又痛苦的反应。因为他无法感受，甚至无法想象自己与一个如此巨大的事物处于同一水平。梦幻中他体的无限巨大将始终具有某种'令人从内心惧怕'的东西，它所包裹的要'比他者告诉我们的更多'。不论人们如何吹嘘自己用的方式已经把它征服或者驯服，它始终还是保留着威严宏伟的样子：这是让人惊厥的原因，同时，在宏伟中，在它的背后，是一种孤独。不时得到彰显，重新变得可见的原初的身体，或确切地说是它的在场的强大和张力终于表现出，也许是不可战胜的特异性，并且迅速用相遇来填补空洞，甚至是分离的沮丧。"❶ "我们还应注意，即便这里提到的欲望处境改变了，就算这境况被反过来了，比如被其构成元素的价值或地位颠覆了，与之相连的情感反应仍在，它没有改变。因为肉身延展的想象可重新变成一个梦，逆向的、强烈的，却未因此而失去它令人惧怕的能力。这是因为密度是巨大的一个团，广

---

❶ *Terrains de lecture*, p. 118.

度在那里收缩为一个内部的空间,由此,悖论地,凭着与向外扩张相同的力量吸引和包抄欲望。体积变成了质量,带着各种不明的暗示,其中还有禁止的暗示,但也有能量潜藏的暗示。我们在此唤醒了对一种特殊的压力,对肉身的密度,对一种在场的神秘沉重的直觉。某种东西在此保留,积蓄,它召唤,但并不同意献身。"❶

里夏尔的话语中其实隐含了他对阅读批评的看法,阅读批评不是一种简单的认识活动,批评家不可能单凭自己的主观愿望和自然科学的方法就能理解作品,因为作品不是客体,而是另一个主体——他者,他者也是一个他体,他体具有一定的空间纬度和深度,他呈现给批评家的仅仅是外表,他者可以表现为风情万种,也可能给人山高仰止的感觉或望而生畏的感觉,但是批评家并不能仅从他者的外表来判断其本质,只有通过两个主体之间的充分交流、互相同情才能达到真正的理解。里夏尔对批评的理解充分体现了主体间性思想。传统的主体性哲学建立了一种主客二元对立的关系,在主客二元论的框架内,客体无法被主体把握,于是就出现了认识何以可能的问题。主体间性的提出"体现了哲学从近代(modernity)的主体中心的一元理性到当代的交往对话是多元理性的过度,体现了哲学从纯粹'我思'到生活世界、从终极理性到境遇合理性、从先验自我到世俗自我、从

---

❶ *Terrains de lecture*, p. 119.

反躬沉思到交往对话、从天上到人间的转向"。❶ 文学与哲学虽然对象不同，表达的方式也存在差异，但是从19世纪以来两者之间建立了密切的联系。梅洛－庞蒂的身体理论及其身体主体间性美学思想对法国的文学批评产生深刻的影响。梅洛－庞蒂虽然是一位哲学家，但对文学情有独钟，在他的哲学著作中常常穿插着对文学作品的分析，文学阅读对于他来说，不仅是一种交谈，一种将身心加入到一个共同世界中的活动，还意味着一种增值的对话，它使读者逐渐进入一个内部世界，为读者与他者的世界发生关系提供了可能，因此，阅读好似一种理想的主体间交往的形式。

梅洛－庞蒂在《行为的结构》中探讨了意识与自然的关系，他很早就意识到人的感知离不开身体和意识，进而从现象学的角度拒绝传统的二元对立模式，"试图在主体间性的视野中探讨人及其行为、思想和行为的问题"。❷ 随后，他在《知觉现象学》一书中系统地探讨了"身体"（le corps），认为"身体是'在世存在'的真正矢量标志（le corps est le vcteur de l'être au monde），而世界对于身体而言，并不是被身体'认识'，而是作为它的动机可能性的极限表现出来的"。❸ 梅洛－庞蒂所说的身体不是解剖学意义上的

---

❶ 高秉江："从'先验自我'到'主体间性'"，见倪梁康等编著：《中国现象学与哲学评论》第四辑，上海译文出版社2001年版，第119页。

❷ 高宣扬：《当代法国哲学导论》（上卷），同济大学出版社2005年版，第213页。

❸ 同上书，第215页。

身体，而是处于生存活动中的"现象存在"。❶ 在梅洛－庞蒂的知觉现象学中知觉的主体是身体，即肉身化的主体，关于肉身，他是这样解释的："我们不能够把身体分割成两部分，说'这里是思想、意识，那里是物质、客体'在身体中有一种深层的循环。我把这称之为肉。自此以后，身体所栖息的世界获得了另一种意义。"❷ 传统认识论把世界看成由纯粹意识构造的结果，认为世界是透明的、一览无余的，而事实上，我们对世界的认识受制于我们的生理构造和视觉角度，世界和物体不可能同时呈现在我们的面前，它们只能是随着我们身体的移动一点一点地呈现。梅洛－庞蒂说："我的身体的各个部分，它的视觉面、触觉面和运动面不只是协调的。……身体的各个部分只有在它们的功能发挥中才能被认识，它们之间的协调不是习得的。同样，当我坐在桌子旁边，我能立即使被桌子遮住的我的身体部分显形，当我收缩在鞋子里的我的脚时，我看到了我的脚。这种能力能使我支配我从来没有看到过的我的身体部分。……身体不能与自然物体作比较，但可以同艺术作品作比较"。❸ "一部小说，一首诗，一幅画，一段乐曲，都是个体，人们是不能区分其中表达和被表达的部分，它们的意义只有透过一种直接

---

❶ ［法］梅洛－庞蒂著，杨大春、张尧均译：《行为的结构》，商务印书馆 2005 年版，第 235 页。

❷ Merleau-Ponty, *Parcours Deux* 1951～1961, Éditions Verdier, 2000, p. 304.

❸ Merleau-Ponty, *Phénoménologie de la perception*, Paris：Gallimard. 1945, pp. 173－177.

联系才能被理解,当它们向四周传播其意义时,它们并不离开其时间(le temps)和空间(l'espace)位置的存在。正是在这个意义上说,我们的身体可以同艺术相比拟。"❶ 里夏尔式的主题批评就是对梅洛-庞蒂主题间性美学理论的最好诠释。

第三节　批评家的创作之维

里夏尔多次强调,他的批评不是要对作品进行解释或阐释,而是对文学的风景进行描写,对作家特殊的感觉领域进行描写。里夏尔后期的批评表明了这种倾向,他用散文式的评论代替了阐释学的方法,这与现象学的方法不谋而合,"现象学方法不允许对研究对象进行任何的'解释'和'分析',而只是要在它的显现中把它'描述'出来,这样就可以避免偏见,真正看清研究的对象。"❷ 当然,里夏尔对作家想象世界风景的描写并非如同照相式的对自然风景的客观描写,他所说的描写是建立在对作品的深度理解基础上的,文学作品展开的不是客体世界,而是人的生活世界,里夏尔说过,写作是"一种体验""一种自我的实践""一种领悟和创生的训练",在这个训练过程中,作家试图既自我把握又自我完善。里夏尔的批评又何尝不是一种体验,一种自我

---

❶ 高宣扬:《当代法国哲学导论》(上卷),同济大学出版社2005年版,第218~219页。

❷ 刘连杰:《身体主体间性美学研究》,人民出版社2013年版,第137页。

实践、领悟和再创作过程呢？为了达到对他者的理解，批评家只能设身处地，站在他者的角度去思考他者之所思，看他者之所见，然后再以自己的方式将我之所见和我之所思以有别于作者的方式描述出来，里夏尔的批评实际上是对作家的创作的延续，是一种意义的增值，是对他者的应答。这种批评方式体现了批评家对创作主体的尊重，体现了批评家与创作主体的平等地位，同时也赋予了批评家二度写作的权利，批评家不是作者的传声筒，作品呈现给读者一种言说方式，这种言说方式并没有规定一成不变的意义，相反，读者可以从不同的角度去接近作者想象的风景，因为作品的意义始终是开放的，因此，任何批评家对作品的理解都不是唯一的，正因如此，批评才能不断地丰富作品的内涵。乔治·布莱《在批评意识》中说过，书在被人阅读之前是作为物的存在，一旦有人开始阅读它，它就会自告奋勇打开自己。书具有开放性，而不是封闭在自我的轮廓内，一旦阅读开始，书与读者之间的壁垒就倒塌了，大量的思想从书里跑出来，被读者的思想抓住，此时读者便意识到手中的书不再是一个简单的物了，甚至不再是一个"单纯活着的人"了，而是一个"有理智有意识的人"，他人的意识是对读者开放的，并使读者将目光直射入它的内部，甚至使读者能够想它之所想，感它之所感。书成了我的意识对象，不再是一个纸做的物了，它变成一连串符号，这些符号开始为它们自己而存在，它们存在的地点就是读者的内心深处。它们变成了纯粹的精神实体，完全依赖于读者的意识。一旦阅读开始，书从物质实体变成了精神的实体，书借助于语言将读者吞没，由语言组成的内部世界与思考这个世界的读者之间不存在根本的对立,那个由语言构成的内部世界使读者从人通常感受到的意识与对象不相容的感觉中解脱出来,于是读者思想的对象是来自书的另外一些思想,是另一个人的思考,读者成为另一个人的思想的主题,一个主体取代了另一个主体,阅读中的我取代了本来的我,这就是布莱对阅读的理解。[1] 只有当阅读行为结束时,批评家才开始批评行为。布莱指出,读者面对一部作品,作品所呈现的那种存在虽然不是他的存在,他却把这种存在当作自己的存在一样加以经历、思想和体验,读者的自我变成另一个人的自我,阅读活动中产生了在读者和作为隐藏在作品深处的有意识的主体之间一种共用的"相毗连的意识",并在读者一边产生一种惊奇,而这感到惊奇的意识就是批评意识,即读者意识。读者主体与作者主体形成包容或同一的关系,但是在读者主体和创作主体的交互作用中,阅读主体并未完全丧失自我,而是继续着自身的活动,只不过是两个主体共用一个毗连的意识。里夏尔的批评观与乔治·布莱的批评观基本上是契合的。他在写作中充分发挥了阅读主体的理解力、想象力和创造力。他的批评是对作者想象的延伸,他的写作常常以作品中的一句话开始,又以作品中的一句话结束,正是这种写作使批评话语和被批评的文本交织在一起,无法将彼此完全分开,拉开距离,对于那些主张用客观冷静的态度对待作品,把作品仅仅看成一个分析对象的批评家而言,里夏尔的批评是主观的,因为他强调感觉和体验而不是用事先已经确定好的一套标准

---

[1] [比]乔治·布莱著,郭宏安译:《批评意识》,广西师范大学出版社2002年版,第237~268页。

来对文本品头评足,将它归类,对号入座,他以内心的体验为依据,从细微处入手,去揭示作品中不易为人发现的东西,因而他的批评写作总是能够让人见识到别样的风景。我们很难把里夏尔的批评简单归入某个流派,事实上他从来都不拘泥于一种理论和方法。

小 结

里夏尔重视感觉体验,用寻找主题的方法揭示创作意识,回到创作的第一时刻,他的批评话语不露锋芒却极具穿透力。里夏尔的批评实际上是对作家创作的延续,是一种意义的增值,是对他者的应答。他用散文式的评论代替阐释学的方法,这种特点在后期表现得尤为明显,他用展示代替了言说,而且是以一种别样的方式去展示。在他的批评中明显可见现象学的影响,特别是梅洛-庞蒂身体理论的影响,里夏尔式的主题批评可谓是对梅洛-庞蒂主题间性美学理论的最好诠释。从里夏尔式主题批评的发展变化历程来看,他的批评方法灵活多变,并不是一种单一的,可以用一种方法、一种原则就可以概括的批评方法,而且很难将某个流派的标签强加给他。从本质上说,里夏尔是一位独立不羁却谦逊平易的批评家,他兼收并蓄,不断超越,批评的个性、批评的深度和批评之美是他不断追求的目标。在后面的章节中我们将探讨主题批评的哲学基础和方法论资源。

第五章 里夏尔的主题批评与比较文学的"主题学研究"辨析

说到主题批评,人们很容易将它与比较文学中的主题学研究相混淆,因此有必要先对两者进行辨析。"主题批评"对应的法语名称是"la critique thématique",或"la thématique",但是国内有学者把它翻译成"主题学批评",笔者以为主题学(la thématologie)和主题批评是不同的,作为比较文学的一个分支,"主题学"早已被引入中国文学研究领域,然而里夏尔的主题批评对于中国文学界而言还很陌生,为了避免将两者混淆,本书还是把里夏尔的批评称作"主题批评"。

主题批评的开创者是20世纪法国著名科学哲学家、新认识论奠基者、诗学理论家和诗人加斯东·巴什拉尔,他在20世纪三四十年代发表的《火的精神分析》《水与梦:论物质的想象》《空气与幻想》《大地与意志的梦想》《大地与休息的梦想》为人们展示了一种新的批评方法,为文学批评开辟了一条新的道路。主题批评家力图通过对想象、无意识和象征在作品中的表现来寻找作家作品中表现的主题,主题批评关注的是出现在文本中的意象、思想及形式与意义的关系，因此主题批评家经常借助精神分析的方法挖掘隐藏在文本中的隐义，即"主题网络"，他们认为主题网络与作家的我思是密切相关的，它反映了作家在世的存在方式。

20世纪50年代，让－皮埃尔·里夏尔从巴什拉尔的理论中汲取养料，并继续在前人的基础上对主题批评理论和实践不断向前推进并加以完善，使之成为20世纪文学批评中的一种重要的方法，被广泛地应用于小说及诗歌研究。20世纪60年代主题批评的发展达到巅峰，与语言学批评、结构主义批评和心理分析批评等流派一起被誉为"新的批评"。然而，随着科学主义的抬头，结构主义风靡全球，主题批评曾一度被结构主义的强劲势头淹没和遮蔽，失去了昔日的光芒，但是里夏尔并没有因此而沉寂下去，而是以开放的心态，博采众长，使主题批评获得不断创新的源泉。20世纪70年代末，里夏尔凭借《微观阅读1》（1979）和《微观阅读2》（1984）以及其他著作使主题批评再度焕发出新的活力，也唤起了人们对主题批评价值的重估。

那么，"主题批评"究竟是怎样一种文学批评方法呢？在法语中，"thématique"一词通常用作形容词，意思是"与主题相关的"，简单地说，主题批评就是以"主题"为研究线索，进入作家的我思，建构作品深层主题结构的批评方法。"thématique"和另一个同族词"thématologie"非常相像，很容易混淆，"thématologie"的词缀"-logie"是"学"的意思，如："biologie"生物学、"géologie"地质学，"thématologie""主题学"，顾名思义，是以主题为研究对象的学问，它属于普通文学和比较文学的范畴，其理论前提

第五章　里夏尔的主题批评与比较文学的"主题学研究"辨析

是：各个国家不同时期的文学都从共同的想象物中提取素材，每个作家写作时，都会用到集体主题库中的一些主题，因此主题学研究的内容之一就是各国文学之间的相互影响。主题学产生于19世纪，兴起于德国，是民俗学的产物，民俗学家们热衷于研究民间传说和神话故事的演变，试图描绘出故事的谱系图，随着研究的深入，渐渐形成主题学研究这样一门学问。随着主题学研究在欧洲的流传以及比较文学研究地域的扩大和研究方法的变化，主题学与比较文学结下了不解之缘，并被用于研究不同民族文学中出现的共同主题或相同题材的流传与演变，使主题学成为比较文学中的一种重要的研究方法。

梵·第根（Paul Van Tieghem）在《比较文学论》中将"主题学"定义为对各国文学互相假借着的"题材"的研究。❶ 美国学者弗列特里契（W. P. Friedech）和马龙（D. H. Malone）把"主题学"定义为"研究打破时空的界限来处理共同的主题，或者，将类似的文学类型采纳为表达规范"。❷ 陈淳、刘象愚在《比较文学概论》中对主题学概念的界定则具体地说明了主题学的研究对象，根据他们的描述，"主题学研究的对象，并不是个别作品中的题材、情节、人物、母题和主题，而是不同作品中，同一题材、同一人物、同一母题的不同表现以及它们之间的联系。因此，主

---

❶ ［法］梵·第根著，戴望舒译：《比较文学论》，吉林出版集团有限责任公司2010年版。

❷ 转引自李达三：《比较文学研究之新方向》，联经出版社1982年版，第190页。

题学经常研究同一题材、同一母题、同一传说人物在不同民族文学中传的历史，研究不同作家对它们的不同处理，研究这种流变与不同处理的根源。"❶

第一节 比较文学中的"主题"(thème)和"母题"(motif)概念

在比较文学中主题和母题的概念经常被混用、陈淳、刘象愚在《比较文学概论》中指出："主题学"这一术语与德文的 stoffgeschichte（题材）和 otivgeschichte（动机史）、法文的 thématologie（主题学）有关，德文的 stoff 通常指作品的题材或材料，相当于英文的 subject, matter 和法文的 matière，而 motiv 着重指作品的主题或动机，相当于英文的 theme 和法文的 thème。theme 和 thème 来自希腊和拉丁词源 thema。thema 原本指修辞学上的命题，或者一篇文章的论点，甚至是讲演者选定的题目，或者是老师布置给学生的作文题目。德文的 stoffgeschichte 着重强调对题材作历史的研究，而 motivgeschichte 则强调作品的主题和动机的历史。法文的 thématologie 兼有两者之意。❷ 然而在英文和法文中也存在与德文的 motiv 形态形似的词，英文的 motive 指动机、目的、主旨、主题，法文的 motif 是个多义词，可以指动机、理由、原因、（绘画的）主题、装饰图案、（音乐的）动机

---

❶ 陈淳、刘象愚：《比较文学概论》，北京师范大学出版社 1988 年版，第 5 页。

❷ 同上书，第 243 页。

第五章　里夏尔的主题批评与比较文学的"主题学研究"辨析

等,在文学中 motif 一词被音译为"母题",来自希腊词源,源于 topoï 一词,该词在希腊语中指的是主题和论据库,讲演者从中提取他们演讲的主题和论据,在文学中"Le topos"指在多部作品中都可以找到的特殊母题。也许就是因为"主题"和"母题"这两个词在不同语言中其含义存在交错,才造成使用中的混淆,而事实上两者是有区别的。

在比较文学研究领域,人们对主题的定义不尽相同,托马舍夫斯基(Tomaszewski)将主题定义为"作品具体要素的意义统一",❶ 胡亚敏认为:"主题是文学作品中的题材、人物所体现的思想,是故事中所蕴含的意义"。❷

2011 年,法国阿尔芒·科林出版社出版的《法国文学词典》是这样定义"主题"的:"在文学批评中,主题(thème)指的是一种观念,一种思想,如爱情、死亡、创造、自然等,它们在一部作品中以不同的形式得到呈现。人们可以说圣-琼·佩尔斯作品中的流放主题,波德莱尔笔下的城市主题等。作品中的主题经常是隐含的或间接表达出来的,不像作品的标题(sujet)那样直截了当。主题是抽象的和普遍的,体现在具体的、特殊的形式中,通过语言材料、词语和形象得到表现。这些词语中有些会复现,并且那些在作品中出现频率最高的词还有可能构成'主题词'

---

❶ [俄] 托马舍夫斯基著,方珊等译:"主题",载《俄国形式主义文论选》,三联书店 1989 年版,第 107 页。

❷ 胡亚敏:《比较文学教程》,华中师范大学出版社 2011 年版,第 103 页。

(*mots-thème*)。"❶

在主题学研究中，人们一般认为"主题"是通过人物和情节被具体化了的抽象思想或观念，是作品的主旨和中心思想，而"母题"则是较小的、具体的主题单位，一连串母题的结合就构成了作品内容的框架，从中可以抽象出主题，"主题"包含"母题"，主题可以从母题的结合中抽象出来。❷ 斯蒂·汤普森（S. Thompson）在《世界民间故事分类学》中把所有的民间故事分为类型和母题，并且指出："一个母题是一个故事中最小的，能够持续在传统中的成分。"❸

乐黛云提出："母题是文学作品反复出现的人类的基本行为、精神现象以及人类关于周围世界的概念，诸如生、死、离别、爱、时间、空间、季节、海洋、山脉、黑夜"。❹ 陈鹏翔认为"母题是由两个以上不断出现的意象所构成，因为往复出现，故常能当作象征来看待"。❺ 弗兰采尔提出"母题这个词指明的意思是较小的主题性的（题材性）单

---

❶ Joëlle Gardes Tamine, Marie-Claude Hubert, *Dictionnaire de critique littéraire*；Armand Colin, 2011, pp. 216 – 217.

❷ 陈淳、刘象愚：《比较文学概论》，北京师范大学出版社1988年版，第244页。

❸ ［美］汤普森著，郑海等译：《世界民间故事分类学》，上海文艺出版社1991年版，第499页。

❹ 乐黛云：《中西比较文学教程》，高等教育出版社1988年版，第189页。

❺ 陈鹏翔编：《主题学研究论文集》，东大图书公司1983年版，第24页。

元,它还未形成一个完整的情节或故事线索"。❶母题通常由反复出现的词语或意象构成。"意象即富有某种特殊含义和文化意味的具体形象,它可以是自然现象(如日月星辰、雷电山水),也可以是动物或植物(如狮虎狼狗、松柏兰竹),还可以是想象中的事物(如天堂地狱、神仙魔鬼)等,同样的意象在不同的文化可能具有不同的内涵。"因而人们认为母题表现了人类共同体(氏族、民族、国家乃至全人类)的集体意识,并常常成为一个社会群体的文化标识。

以上各位学者给"主题"下的定义中明显存在矛盾,有的认为"母题"由两个以上反复出现的意象构成,有的认为"母题"是最小的主体性单元,这种矛盾显然也是由于"主题"(thème)和"母题"(motif)这两个概念在不同语言中不对等造成的,由于大家参照了不同语言的参考文献,又没有对中文定义进行统一,自然也就无法准确地加以定义。

第二节 主题学中"主题"与"母题"的关系

从前文中我们得知德语的 motiv 指作品的主题或动机,相当于英文的 theme 和法文的 thème,那么,我们不难看出主题学的"motif"(译作"母题")源自德语的 motiv,它相

---

❶ [美]乌尔利希·韦斯坦因著,刘象愚译:《比较文学与文学理论》,辽宁人民出版社 1987 年版,第 136 页。

当于主题批评中的"主题",法国比较文学理论家图松"'把主题称作母题的一个特殊表达,母题的个人化,或者从一般到个别这一过程的结果。'他认为母题通常与情势(如爱、恨、嫉妒、吝啬鬼、撒谎者)有关,而主题与人物(唐璜、浮士德、俄狄浦斯、拿破仑等)有关。母题从情势中来,是写抽象的概念,相对上数量有限,而主题是通过人物具体化的,数量却是无限的。"❶由此可见主题学的母题是抽象概念,内涵较丰富,而"主题"是具体的意象,内涵小。然而主题批评的主题则相反,它是抽象的,其意义是非明示的。主题学的母题经常由一些含有固定寓意的词构成,即所谓的惯常意象,即古代修辞术中的"topos","topos"最初指的是主题和论据库,演讲者借此来赢得听众的认同,渐渐地该词泛指一切主题、情境等,不断重复的 topos 成了惯用语、老生常谈,一见钟情、求爱、舞会、戏剧中的争斗、传记中对出生的叙述等都是比较典型的 topos,它可以是为文化共同体的成员熟知的情节、场景、人物或事物,当它们出现在文学作品中时,人们马上就会将它们和某种意象联系起来,理解其喻意,例如,"陈世美"这个名字会让人想到负心郎,包青天成了秉公办案不徇私情的审判官的代名词,丘比特的箭让人想到两个人相爱等,这里的陈世美、包青天、丘比特的箭都属于文学中的惯用语。主题学对母题的研究,比较侧重于母题的历史流变,因为很多母题不是一个民族或国家的文学中特有的,它们是不同国家文学之间可

---

❶ 冯寿农:"漫谈法国主题学批评",载《厦门大学学报(哲社版)》1989年第2期。

以找到共同的义素,通过比较可以发现共性和个性。

第三节 主题批评中的主题概念

"主题批评"研究的主题并非普遍意义上的主题,而是具体作家作品中被赋予了特殊精神内涵的主题,主题并不是主题批评家研究的对象,主题批评家寻找某位作家作品中反复出现的主题,只是一种进入作品,进入作家深层意识结构的途径。

"主题批评"家对主题概念的阐述更具有哲学色彩。里夏尔认为"主题"是一种"表达内涵意义的个人的形式"。怀宇在《批评:方法与历史》这本书的译者序中指出"主题"的概念用于文学评论中,指作品中无意识出现的与创作主体"对世界的看法直接有关的事实"。❶ 杜博维茨基(S. Doubrovsky)认为主题是一切人类关系的情感色彩,它与存在的基本关系,即每个人看待他与世界、与他人和上帝之间关系的特殊方式有关。❷ 这里所说的主题体现的是个人的世界观、个人存在的方式以及个体与世界的关系。

主题批评家所说的主题的表现方式常常比较隐蔽迂回,往往是通过一系列指向同一种思想倾向、情感色彩的意象和围绕一个核心语义形成的语意场表现出来的。例如普鲁斯特

---

❶ [法]罗杰·法约尔著,怀宇译:《批评:方法与历史》,百花文艺出版社2002年版,第10页。

❷ Serge Doubrovsky, *Pourquoi la nouvelle critique*: *critique et objectivité*, Mercure de France, 1970, p. 103.

的《追忆似水年华》中,"时间"可以看作一个外在的、先于作品被设定的主题,而作品中出现的某些物质,比如某种食物(一种叫玛德莱纳的小饼干)和某种气息,它们已经不再是一般意义上的物质,而是承载着失去的时间留下的印记,被赋予了特殊的情感元素,每当普鲁斯特遇到一种熟悉的东西,闻到一种熟悉的气味,或触到某种物质的手感都能引起内心的情感波澜,这种感觉完全是个人的,这些物质被普鲁斯特赋予了特殊的情感意义,即对逝去的时间的追忆,这个主题变换着方式反复出现,它们可被看作构成作者意识结构的主题的具体显现方式,或者可以被看成是主题要素,作者对这些物质的特别爱好以及这些物质给人物带来的特殊感觉表明人物与世界的关系,主题批评所研究的就是这样一些具有情感色彩的主题,并将一系列主题联系起来,揭示构成作品深层意识结构的主题网络。可见,主题批评所说的主题的意义是非明示的,没有明确的能指和所指的对应关系,主题已经被作家赋予特殊的含义,具有个人的特点,它们所包含的意义并非通过文化传承下来,为语言共同体成员所熟知的一般意义。

我们通常所说的主题是文章的中心思想,可以根据一般的认知经验,通过概括,从文章中抽象出来,一般意义上的主题类似于前文所举例子中的《追忆逝去的时间》(*A la recherche du temps perdu*)这个标题中的"temps"(时间)这样的主题。由此可见,主题批评中的主题和一般意义上的主题是不同的。

主题是一个非常抽象的概念,它不是客观的、外在的、可以直接观察到的具体实在。对于这一抽象概念的把握就必

第五章　里夏尔的主题批评与比较文学的"主题学研究"辨析

须借助于一些较为具体、客观的表现形式。这些较为具体的表现形式就是"motif",长期以来中国的文学界一直采用"母题"这个音译来对应"motif"这个概念,这个译名不但不能表达主题批评中"motif"的真实含义,还会让人望文生义,对此冯寿农先生早在20世纪80年代就对"thème"和"motif"两者的关系做了清晰的界定,并提出将"motif"翻译成"子题",❶ 说明"motif"是主题之下的子元素,笔者以为这样翻译非常准确地翻译出"thème"和"motif"之间的层级关系,但是考虑到用"主题"和"子题"凸显了上下所属关系,有可能会让人以为主题是由子题的相加构成的,每个子题代表一个子项,而实际上,不同的"motif"中包含与主题相同的因子,因此,笔者认为可以把它译作"主题素",故后文中一律采用"主题素"来对应主题批评的"motif"。

第四节　主题的表现方式

主题批评家对文本的分析有赖于对主题素的把握,他们所关注的并非是那些由惯用语或惯常意象演变而来的一般意义上的被称作母题的"motif",而是一些看似平常,不易引起人联想,不具普遍性的主题素"motif",❷ 它们出现在某个作家的作品中,被赋予特定的含义。一个主题可以通过不同的

---

❶ 冯寿农:"阅读乃是批评的关键的第一步",载《文艺理论与批评》1989年第2期。

❷ 在本书的第二章中,笔者提出把主题批评中的motif翻译成"主题素"。

主题素表现出来，由于它们包含同样的主题因子，所以可以把它们排列在同一个聚合轴上，它们相当于主题的能指，这些能指都指向同一个恒定的所指——主题，然而两者之间的关系是比较隐蔽的，要想确定主题的意义，仅仅观察聚合轴上的能指是不够的，还得观察能指出现的语境，也就是在组合轴上的位置。例如，在福楼拜的作品中，"欲望"是一个重要的主题，而"欲望"可以通过人的各种行为得到体现，它可以表现为物欲、性欲、食欲等，而食欲可以通过各种吃的场面、丰盛的食物、食客面对事物时的动作和表情体现出来，这些体现食欲的意象就是"欲望"这一主题的主题素。里夏尔通过对福楼拜作品里人物形态的描写中反复出现的一些主题素，洞察困扰着众人物的中心主题——欲望，进而建构起由这一中心主题生发出来的主题网络，达到对作品的一种深度理解。这就是主题批评与主题学最大的区别。

在福楼拜的作品中，"水"具有重要的象征意义。小说中最熟悉的场景都可见到水的萦绕，如小说中水、浴、鱼和蛇、手汗、水滴、淹死这些 motif 都和水有关，里夏尔认为"水"这种物质所具有的流动性、无固定形状的特征恰恰就是福楼拜作品中那些永远找不到平衡的人物的生活写照，里夏尔将福楼拜笔下人物软弱、怠倦、缺乏稳固性，永远处于变幻中的特点称为"包法利主义"，水象征着女人，水象征着死亡和再生，水具有活力，带来变化，无数新的形态不断地在漩涡中孕育和消失。这种不平衡、不稳定就是小说的主题，里夏尔把《包法利夫人》比作"淫荡汗湿"的小说。

由此可见，主题的表现具有一定的特点，通过语义结构分析，语境元素的分析都可以找到主题的线索。

第六章 主题批评的哲学基础和方法论资源

20世纪被誉为"文学批评的世纪",出现了精神分析文论、直觉主义文论、现象学和存在主义文论、俄国形式主义文论、解构主义文论等,流派繁多,更迭迅速,这说明20世纪是一个充满变革的时代。这种变革显然有其外在的社会历史原因。经过启蒙运动和资产阶级民主革命,西方进入了一个迅猛发展的时代,不仅科学技术突飞猛进,而且层出不穷的新思想交织成一幅既宏伟壮观又错综复杂的景观。科学技术的发展在给人类带来种种便利的同时,也在战争中发挥了极大的威力,成为杀伤人类的工具,两次世界大战给人类带来了巨大的灾难,随之而来的是空前的人道危机和信仰危机,从而引发了人们对科学技术带来的进步的质疑,"上帝死了",原来的价值体系遭到怀疑,这为新思想、新观念的产生提供了土壤,也催生了人类的自然观、宇宙观、社会观、人生观、伦理观和审美观的巨变,文学批评流派的层出不穷正是人类各种思潮在文学领域的反映。

20世纪的西方文论在人本主义和科学主义两大哲学主潮的影响下形成了相应的具有人本主义倾向的文论和科学主义

倾向的文论。前者主要有精神分析文论、直觉主义文论、现象学文论、马克思主义文论等流派，后者主要有俄国形式主义、布拉格学派、英美新批评文论、结构主义文论等。人本主义文论重视个性、直觉、个体的心灵活动以及"无意识"在人的心灵活动中的作用，重视主体的审美体验和创造想象力，而科学主义文论则试图以科学的方法研究文学的内在问题，找出文学的内在规律，揭示文学之为文学的文学性。

两大文论主潮在20世纪并驾齐驱，有相互的对立和冲突，也有相互的借鉴与吸收，构成了文学批评史上的蔚然奇观。值得注意的是，在这两大主潮之间还活跃着一些兼有两者特点的文学批评方法，无法将它们简单地归入两大主潮之一，以法国批评家让-皮埃尔·里夏尔为代表的主题批评就是这样一个文学批评流派。对于主题批评这个名称，国内学者恐怕比较陌生，一方面因为国内出版的文论专著中对它的介绍甚少，另一方面恐怕是因为该批评流派没有一个统一的名称。人们或因为它以现象学哲学为理论基础，而称它为现象学批评，或因为里夏尔与日内瓦批评家有着共同的旨趣，与他们有相似的文学批评观，而冠之以"日内瓦学派"的称谓，除此以外，该流派还常常被称作"意识批评"，因为该流派非常关注文学中的感觉、经验和潜藏在作品中的意识行为。然而在法国文学史和文论著作中"主题批评"始终被看成一个独立的流派，里夏尔则被看成是主题批评家和法国主题批评的集大成者。

主题批评的产生和发展并非一种孤立的现象，而是在一个特定的时代大背景下，在各种思潮的碰撞和作用下形成的。主题批评是如何产生的，它有着怎样的哲学基础，有着怎样的思想根基和方法论来源？应当如何来对它加以定义，其主要的代表人物有哪些，主题批评的大致发展情况如何？本章将进行探讨。

第一节 哲学基础

主题批评家对"主题"的定义明显带有浓郁的哲学色彩，事实上主题批评的产生有着深厚的哲学基础，其方法论中渗透着对20世纪哲学和人文社会科学产生重大影响的哲学家的思想，生命哲学、现象学哲学和现象学美学为重视个性、直觉、个体的心灵活动人本主义文论提供了思想基础，为主题批评的产生奠定了哲学基础，以下的分析将分别从以上三种哲学思潮对主题批评的影响展开。

一、生命哲学

生命哲学是19世纪末20世纪上半叶在德、法等国流行的一种具有非理性特征的哲学思潮。其主要代表人物是德国哲学家狄尔泰（Wilhelm Dilthey，1833～1911）、齐美尔（Georg Simmel，1858～1918）和法国哲学家柏格森（Henri Bergson，1859～1941），他们把世界看成是一个具有活力、能动性和创造性的生命存在，他们所说的生命不是自然科学所研究的物质性存在，而是一种富于创造性的，可以自由释放的能量。柏格森认为生命和世界是连续的整体，是不可分的，是有激情的蓬勃发展的绵延的存在。生命哲学从对生命意义的揭示出发，来探讨精神生活、文化、历史和价值问题，柏格森反对用实证科学的办法对人的精神生活进行研究，因为生命不同于无生命的物质，不能像对待对象物一般来对待生命体。生命处于运动中，其运动变化体现为时间的绵延，柏格森在《时间与自由意志》中提出了"绵延"的概念，这是他理论中的核心概念，他用绵延这一概念描述了人的意识活动的特征，他把意识看成是不断变化着的"流"，持续不断的意识活动过程就是绵延，在伯格森看来，真正的实在是无法依赖自然科学的方法从外部去把握的，它只能通过体验才能达到，纯粹绵延表现为不可分割的质的变化流，它如同一条绵延不断的河流，生生不息。在柏格森看来，对绵延的把握只能在意识中凭借直觉来进行，因为他把绵延看成是意识之流。要达到真正的实在的直觉，必须摆脱理性思维的习惯，抛弃一切概念、判断、推理等逻辑思维形式，超出感性经验和理性思维的范式。

柏格森特别强调了直觉的重要性，认为直觉是一种生命的本能，直觉就是把自己置身于对象之内，以便与其中独特的、无法表达的东西相符合。柏格森的绵延对文学艺术创作产生了重大影响，他认为文艺的目的是表现意识深处的"自我"。他强调文艺创作中直觉想象的重要性，强调表现个性。在《时间与自由意志》里，柏格森提出文艺的美感在于表现自在的意识流。他把诉诸于感觉的艺术看成是劣等艺术，因为这种艺术不能使人发现超出感觉本身以外的东西。文艺家只有打破时间与空间在艺术家与我们的意识之间所造成的疆界，美感所具有的连贯强度才能和我们内心发生

的变化状态相一致。❶

在《形而上学引论》里,柏格森以小说为例,论证说明了只有非理性的直觉才能认识实在。他承认小说家可以用分析的方法来描写主人公,"堆砌种种性格特点","尽量让他的主人公说话和行动"。但是,"这一切根本不能与我在一刹那间与这个人物打成一片时所得到的那种直截了当、不可分割的感受相提并论"。❷ 就是说,只有仰仗刹那间的直觉,才能对文艺作品有完整的领会。他主张艺术家应该把表现的立足点从客观转向主观,从外在的观察转向内心的体验和发现,从而艺术的性质从反映转向表现,艺术的对象从客体转向主体,艺术方法从观察转向直觉。柏格森还一再强调艺术创新同绵延具有同一性。绵延的创造是永不休止的,他的理论为西方现代派文艺的转变奠定了基础。受其影响最大的是"意识流"文学,普鲁斯特的《追忆似水年华》是意识流小说的代表作,从中便可找到柏格森的印迹。

除了柏格森之外,狄尔泰的哲学理论也对文学批评新方法的产生起到了重要的作用。文艺复兴和启蒙运动后,自然科学和技术的长足的进步使人类得以摆脱自然的统治,走向认识自然和把握自然,同时,也导致了人类对科学技术的崇拜以至于自然科学的地位无限攀升,而人文科学,包括哲学却日益失去自身的独立性,自然科学的方法被大量运用到人

---

❶ 伍蠡甫主编:《现代西方文论选》,上海译文出版社1983年版,第93页。

❷ 陈卫平、廖志伟:《柏格森和他的哲学生命的冲动》,上海三联书店1988年版,第128页。

文研究中，实证主义和科学主义大有要取代哲学和人文学科的认识论和方法论之势。狄尔泰非常清醒地意识到了这一问题，试图建立一门崭新的精神科学将研究人的问题的不同学科包容进来，并使之与自然科学加以比较和区分。狄尔泰所说的精神科学这个概念含义广泛，相当于人们常说的"人文科学"，这门科学适用于哲学、文学、宗教学、心理学、历史学、人类学、政治学、社会学等。狄尔泰对自然科学和精神科学的区分具有重要的意义，使精神科学获得了独立性，使人文科学方法的合法地位得以确立。在狄尔泰试图建立的精神科学中，各门具体学科不仅互相关联，而且还具有共同的哲学认识论和方法论的基础，他一方面允许精神科学的各门学科涉及各种各样的内容，满足不同的具体学科，承认其内容的丰富性和多样性，另一方面，对历史和社会的整体进行必要的归纳，以求从科学研究的整体上认识和把握社会和历史的真实性，以构造精神科学的大体系。在他看来精神科学主要涉及体验、表达和理解这三个基本概念及其关系。狄尔泰把体验看作是其全部认识论的基石。"唯有通过体验，才能使被认识和被诠释的对象成为自我的诠释对象，成为有可能融入自我诠释生命过程的精神因素。所以，体验并非从外面作为外来的因素而'被给予'，而是在我们自身的内省中体验到的内在精神力量。正是通过体验的内在性和精神性，才使我们有可能通过认识和诠释而把握它。通过体验，一切认识和诠释对象，成为'为我之物'而与我们相互沟通、相互渗透。由此，狄尔泰也预告了他对于主客二元对立模式的批判态度……'我'对'你'的理解，就是在不同的主体的精神世界中的对话活动，也是不同的文化的相

互渗透。"❶

　　主题批评的产生得益于生命哲学的代表人物柏格森和狄尔泰的理论贡献，主题批评家们将体验、感觉、同情和理解作为批评的基础，把作品看成是另一个主体，而不是没有生命的物质，他们超越了传统的认识论的局限，没有把生命看成是凝固不变的认识对象，而是努力进入作品，在与另一个主题的对话中达到对他者的理解。

　　主题批评家乔治·布莱说过，文学作品最初的状况只是一个纸做的东西，它是以无生命的在场表明它作为物的存在。书等待着人将它从静止的物质性中解脱出来。书不同于一般物的是它的开放性，当它被人阅读时，书中的语词、形象和观念会将读者"抓住"，书与读者发生了交往，此时，书不再是一样东西，而是一个有理智的人的意识，这个他人的意识是向读者开放的，它召唤着读者，使读者能够"想他之所想，感他之所感"。"文学的本质，即自由的语言、不受阻碍全面运用力量的语言本质，是不理会任何客观的现实、任何确实的事物以及任何被证实的事实。"❷ 也就是说文学是由语言来构成的，语言将现实转化为想象的等值物，"由语言组成的内部世界与思考这个世界的自我并不是根本对立的"❸这个语言组成的内部世界是精神物，是主观化的物。布莱认为，语言的介入使一切在读者身上都变成了精神

---

　　❶ 高宣扬："狄尔泰：生命及人文社会科学逻辑的探索者"，http://acmilanzhu.blog.163.com/blog/static/10664356120114493 20990/。

　　❷❸ [比]乔治·布莱著，郭宏安译：《批评意识》，广西师范大学出版社2002年版，第240页。

性的，因此，主体与其对象之间的对立就大大减弱了。这就使读者主体对作品的理解成为可能。可见主题批评家对作品的认识，理解和阐释的方法中渗透了柏格森和狄尔泰的思想。

二、现象学哲学

德国哲学家胡塞尔试图通过排除一切偶然的非本质的东西达到绝对真理，而建立一门作为严格科学的哲学——现象学，"胡塞尔认为，现象学研究的对象，既不是客观世界，又不是与客观世界联系的各门具体科学，而是人的意识中的'现象'。'现象'这一术语在胡塞尔那里有着独特的含义，它是指能呈现在意识中的一切可能的东西：精神的或物质的，实在的或不实在的，总之，凡是由意识活动所构成的对象即是现象。胡塞尔认为这种现象就是哲学研究的领域，他把这叫做'面向事物本身'，这里的"事物'即是'现象'，就是说要返回到现象，即返回到意识领域。"❶

为了揭示纯粹现象，胡塞尔提出了一整套"现象学还原法"的学说，即将一切事物的存在悬置起来，放入"括号"，悬置的目的是让人的意识不再受到物理的自然主义态度和经验的心理主义态度的影响，使意识进入一种"纯粹意识"，从而达到不抱偏见的现象直观，现象直观要求"将精神高度集中于被直观的对象上，而不要被它同化以至于再

---

❶ 王路平："胡塞尔人本主义现象学探析"，载《华中师范大学学报（哲社版）》1995年第4期。

也不能批判地观察它。"❶ 胡塞尔批判了建立在主客对立的二元论基础上的认识论,主张用"现象学一元论"取代主客二元论,用现象学的理性直观取代"自然的思维"。

意识的意向性是胡塞尔现象学的中心概念中最为重要的一个前提,"意识是'意向的',这是指:意识在其所有行为中都是关于某物的意识。""意向表明一种有意图的追求","意识想达到明证性,它制定它的目标、它的目的。"❷ 胡塞尔意向概念的第二个特征是相关性先天的思想,德国学者克劳斯·黑德尔在为胡塞尔的《现象学的方法》所写的导言中指出:"人们不能把意识想象为一片空泛的海滩,大海可以把随意的内容推送给它;意识不是一个容器,对它被何物充实抱无所谓的态度;意识是由多种多样的行为组成的,这些行为的特征都各自受到对象的相应种类的规定,而这对象仅仅在与它相适合的被给予中显现给意识。(……)意向意识自身包含与对象的联系。这样,意向性的概念原则上便解决了近代'认识论'的古典问题,即一个起初无世界的意识如何能够与一个位于它的彼岸的'外部世界'发生联系。"❸ 意识总是要超越自身指向某种东西,不存在赤裸裸的意识,不存在把自己封闭起来的意识,"意识总是对某物的意识",意义的显现和感觉是直接相关的,

---

❶ 王路平:"胡塞尔人本主义现象学探析",载《华中师范大学学报(哲社版)》1995年第4期,第14~21页。

❷ [德]埃德蒙德·胡塞尔著,倪良康译:《想象学的方法》,上海译文出版社1994年版,第17页。

❸ 同上书,第17~18页。

主题批评家也肯定了意识的意向性,他们认为文学意义的建构依赖于这构成材料并且作为创作经验之土壤的意义的原始层面。由于它旨在恢复作品中感觉要素构成的整体面貌,也有人把主题批评看成是意义的考古学。❶

为了避免唯我论的嫌疑,胡塞尔首先提出主体间性概念,但是他仍然是在先验主体构造意向性对象的前提下谈论先验主体之间的主体间性关系,而不是主体与对象之间的主体间性关系,因此这种主体间性只是认识论的主体间性,而不是本体论的主体间性,只有在海德格尔晚期的哲学思想中,主体间性才具有了本体论的意义。❷ 现象学如同一场革命,它提出了一种思考人与世界关系的全新角度和方法,现象学哲学观念渗透到了整个西方文化的精神领域,在现象学哲学的基础上产生了现象学美学和现象学文论。海德格尔在本体论上采用了现象学还原的方法,将艺术作品与一般的物、器具以及关于物的一般观念区别开来,提出了艺术品的本原是艺术,诗的本质在于诗性,诗语言是一切言说的本源。他提出语言是本真的,它能在自身的存在中显现。海德格尔的存在论观点和他的语言观对现象学美学和现象学文学批评产生了很大的影响。英伽登把作品分为语词、声音、意群、系统方向和意向性客体所体现的世界四个层次。

第二次世界大战爆发后,现象学的重心转向了法国,涌

---

❶ Collot. M. Le thème selon la critique thématique. In: *Communications*, 47, 1988. pp. 79 – 91.

❷ 杨春时:"中国美学的主体间性转向",载《光明日报》2005年2月22日。

现了萨特、梅洛-庞蒂、马塞尔等存在主义大师，形成了法国现象学独特的方法，并且使现象学方法与文学紧密结合。推动法国现象学发展的主要人物梅洛-庞蒂对主题批评的形成有直接的影响，在《形而上学与小说》中他指出："现象学哲学或存在主义哲学给自己提出的任务不是解释这个世界或揭示它的可能性的条件，而是系统阐述这个世界的经验，阐述与世界的联系，而这个世界是先于一切有关这个世界的思想的。这也意味着，哲学与形而上学是无所不在的……因此文学的任务与哲学的任务再也不能分开了。"❶

在《知觉现象学》中，梅洛-庞蒂对先于任何科学说明而被给予的世界的体验进行了考察和分析，他所说的世界实际上是我们的经验场，是我们对世界的某种视景，他指出，知觉是人所特有的进入这个体验场的通路，他对世界将自己呈现给知觉的方式做了具体的观察和描述，在梅洛-庞蒂看来内部与外部，主观与客观是不可分的。

和"意向性"密切相关的"视域"也是现象学中非常重要的概念。

视域（horizon）本意是指一个人的视力所及范围，它是一种与主体有关的能力。horizon 也有地平线的意思，视域的最大范围就是天地相交的地方，即地平线，一方面，视域的范围是有限的，但另一方面"视域"又是无限开放的，

---

❶ Merleau-Ponty, "Le roman et la métaphysique" dans *Sens et non-sens*, Gallimard, NRF, collection "Bibliothèque de philosophie", 1996, pages 34 à 52. 后文凡出自同一著作的引文只在脚注中表明 "Le roman et la métaphysique" 加页码。

随着主体的运动,"视域"可以无限地延伸;对于主体来说,"视域"的边界是永远无法达到的。视域反映了主体的视角,是主体在其中进行领会或理解的构架或视野。每个人作为一个历史的存在者都处于某个传统和文化之中,并因此而居于某个视域之中。一个视域就是一个人的生活世界。不可能有纯客观的、与人的特殊视域无关的理解,因此一个文本的意义是在某个领域中被确定的。

胡塞尔将视域分为内视域和外视域,从空间上说,每一个感知体验都具有"内视域"和"外视域"。我们看到一个物体的时候总是看到它的一个面,而无法同时看到所有的面,但是我们的意向却是指向整个物体,例如,我们面前有一座房子,尽管我们只能看到它的一部分,我们却可以凭借意识活动把我们所有的感觉材料统摄为具有各个未被我们感知到的面的一座完整的房子,实际上,房子作为意识对象本身所包含的东西要比在被统摄之前的感觉材料更多。胡塞尔认为,对空间事物的外感知无一例外地服从于这个规律。实际上,在对房子的感知中包含着本真被感知的一部分和未被本真感知的看不见的部分,它们构成了与房子有关的一个感知视域,这个视域叫做"内视域"。而"外视域"则是一种不处于我们的直观范围之内的可能性。由于我们还没有一个确定的意向指向这个视域,因此其范围是不确定的,随着我们身体的运动,我们会不断地获得新的视域,外视域会不断地转变成内视域,在时间和空间上对视域的不断获得、不断积累和不断扩展,使一个在时间和空间上连续伸展的"世界视域"对我显现出来。胡塞尔在这里所说的世界视域实际上不是某个人的视域,而是一个匿名的、对多数人有效的

第六章 主题批评的哲学基础和方法论资源

世界视域。胡塞尔所说的视域不是一个僵化的界限,而是一种随你一起流动,并且邀请你进一步向前进展的东西。我们可以看到,直接直观的视域是出发点,视域是由内向外进行扩展,由直接性达到间接性、由个体性达到普遍性,也就是说视域是由意识活动的主体构造的,但是各个意识活动的主体所构造的视域并不是完全相异、互不相通的,否则人际间的交往和沟通便无从谈起。

在诗学领域,视域的概念有助于人们更好地理解主体与客体、可见物与不可见物,想象物与实在、确定的结构与无限的边缘的开放的不确定性在诗中的结合。现象学使主题批评家得以通过观察语言所表现出来的不同的主体所具有的不同的意向性活动的模式,说明遣词造句的方式是对主体及世界经验的表现。视域构成了感知能力的边界,然而它却具有超越简单的被给予的倾向,将风景构建成一个连续整体的视域,同时也有益于其他的无限多的可能的结构的形成,它是结构的起源。以知觉为出发点的视域的不确定性随着它的延展而缩小,而同时一个新的不确定的视域在形成。通过视域的套接,一事物不仅和他事物发生了关系,而且也和作为最大视域的世界发生了联系,对包含了世界、主体和语言元素的诗的世界的感觉也表现为视域的套接。正是通过将一个物体置于它的关系网中,视域结构帮助我们理解事物,并赋予它意义。

主题批评家的阐释不是以事物呈现给我们的那一面为唯一的依据,他们更关心看不见的部分,它们借助于感觉和想象不断地探寻和建构未显现的部分,诗学的现实不是科学努力建构的客观现实,它是被认识和经验的世界,这个现实从来都只是被表现为视景，它通过主体的特殊观点被表现出来，并将感知和未感知的东西联系起来，这个视域的动态变化具有无限的不确定的边界，人们可以从已有的经验出发去理解诗的语言。

视域构成一幅整体关联的风景，同时又使无数新的风景的构成成为可能，它建立了一种结构的原则，但同时又具有开放性。这种开放性使人可以冲破封闭的语言系统的束缚，使人朝向开放的、待创造的意指视域，在"看"与"说"的结合中，现代诗可以发掘结构的可开放性。对于梅洛－庞蒂而言，阅读提供了进入内部世界以及与他人世界关系的可能，阅读成了达到主体间交流的方式。文学和诗被梅洛－庞蒂看作哲学描写场中突出的部分，他在《意义与无意义》中写道"长久以来存在的看法使哲学和文学不仅表达方式不同，而且对象也不同。然而自 19 世纪以来，两者建立了密切的关系。从此文学的任务和哲学的任务便无法分开了。"❶ 梅洛－庞蒂也常以作家的作品为例来说明内与外的关联，比如在普鲁斯特那里，写作调动起一种视觉，它不仅仅和眼睛有关，而且还需要更深层的感觉，它支配着我们整个的存在，在梅洛－庞蒂看来，在这方面无人能够超越普鲁斯特。从某种意义上说，普鲁斯特可以被看作主题批评的先驱，在《驳圣勃夫》中，他特别探讨了被他称为感觉的东西，他认为在感觉中存在着他要询问的作品的意义，他将奈瓦尔在《希尔薇》（*Sylvie*）中对紫色的强调看作是对田园般的假象下隐藏的悲剧暴力的揭示，而司汤达作品中主人公

---

❶ *Le roman et la métaphysique*, p. 52.

对高地的优先选择表现的是一种贵族气质。

莫里斯·梅洛-庞蒂虽然是一位哲学家,却与文学结下了不解之缘,在他的哲学思考中不乏诗意浪漫的文学色彩,在他的著作中常常穿插一些对文学作品的分析,或者提到一些作品,与其说文学作品被梅洛-庞蒂用来阐明自己的哲学观点,倒不如说梅洛-庞蒂对文学情有独钟,并且对文学有着独特的感觉。正如法国学者米歇尔·科罗所言:从蒙田到普鲁斯特,从克洛岱尔或瓦莱里到米肖,以及与哲学家萨特和波伏娃的复杂关系,长长的清单足以证明梅洛-庞蒂对文学的酷爱。文学对于他而言除了对话或对于共同世界的默契的肉身的参与以外,还提供了逐渐进入他人的内心世界和关系的可能性。阅读仿佛是理想的、现实化的主体间性范式,是引向对真理的发现的积极模仿。❶ 梅洛-庞蒂在哲学和文学之间架起了桥梁,直接在文学中进行哲学思考,找到了哲学思辨与诗学想象,作家与读者,我与他之间对话和交融的途径,从而对主题批评在法国的蓬勃兴起起到了至关重要的作用,对主题批评家产生了深刻的影响。

在现象学哲学的影响下,文学批评关注的主体已经不是完全自我封闭的主体,而是由对象物以及与他者之间关系确定的主体。世界是由主体构建的,物作为被个体知觉的现象存在于一种文化、一种个人历史中。让-斯塔罗宾斯基指出:"如果不能使一个它与之不可分离的世界显现,这种前

---

❶ Merleau-Ponty et le littéraire, textes réunis et présentés par Anne Simon et Nocolas Castin, Paris: Presse de l'école normale supérieure, 1997, p. 9.

反思的意识是不可能出现的。"欲表现最隐秘的经验的作家只能通过召唤外部的物质达到目的。梅洛-庞蒂在说到克洛德·西蒙时写道："他只写他与物的接触"，里夏尔认为在马拉美那里"物、身体、物质、心情、滋味，这些就是表现他自我创造活动的载体和最初的表达方式"❶ 主题批评家试图通过列出被作家召唤的感觉要素和感觉特点的清单进入创作意识的内部，即所谓的"外部讲述内部"。

20世纪五六十年代，法国的主题批评家加斯东·巴什拉尔和让-皮埃尔·里夏尔以及日内瓦批评家马塞尔·莱蒙、阿尔贝·贝甘、乔治·布莱、斯塔罗宾斯基等主题批评家都自觉地将现象学理论应用到文学批评实践中，出版了大量的批评著作。他们强调文学作品是人的意识的一种集中表现形式，文学批评是通过对人的意识的"现象学还原"而达到一种"本质直观"，并在这种意识批评中获得还原之后的"纯粹意识"。它们认为意识不是被反映的东西，相反，意识总是与意识的对象、意识的客体紧密相关。因此，在批评中主体和客体不是对立的，而是交融合一的存在。文学作品是作者的精神意识的还原以及对历史事件的根本性把握，在这个意义上，批评就是要通过对文学作品的层层深入去揭示这种经验的意识模式，批评家通过阐释人的意识模式去掌握作家把握世界和言说世界的方式，并通过作家与世界的这种现象学关系，揭示出人与物、心灵与作品的最为内在的现实意识模式，主题批评就是为了达成这样的批评而产生的一种文学批评方法。

---

❶ *L'Univers imaginaire de Mallarmé*, p. 20.

第六章 主题批评的哲学基础和方法论资源

在《梦想的诗学》的前言中,巴什拉尔写道:"现象学的方法在促进我们有步骤地观照我们自身,并对诗人所提供的形象努力做出明确的意识顿悟时,将我们带入了与诗人的创造意识进行交流的尝试中。崭新的诗的形象——一个极简单的形象!——因此自然地成为一种绝对的起源,一种意识的开始。在诗人做出宏伟的发现时,一个诗的形象能够成为一个世界的萌芽,一个呈现于诗人的梦想前的想象天地的萌芽。"❶

要达到与他者视域的交融,只能依靠感觉和体验,因此主题批评家们拒斥科学实证的方法,反对将写作中的作者与日常生活中的作者混为一谈,他们认为对作品的阐释不能依赖于来自外部的材料,而是应该从作家的想象世界中寻找作家独特的想象结构,通过作品表层的意义去捕捉深层的意义,因此,主题批评是一种深度的批评。批评家们为了区别创作主体与现实的主体,常用自我、主体、存在等词来代替作者,如达尼埃尔·贝尔热所说,在主题批评家们那里"认识的方式常常获得一种实在,这种实在反映出认识的方式在艺术家的'在世存在'中的重要性。因此,在里夏尔那里,粗糙、柔和、大理石斑纹、凋谢、釉质等已经失去了表语的性质,而完全成了实体。同样,斯塔罗宾斯在《运动中的蒙田》(Montaigne en mouvement)中指出:在蒙田那里虚与实、轻与重这些物质特性的重要性,因为它们与运动的画面是不可分的。主题批评家们对作品的批评鉴赏不再仅

---

❶ [法]加斯东·巴什拉尔著,刘自强译:《梦想的诗学》,生活·读书·新知三联书店1996年版,第2页。

仅针对一种意识、一个物或一个人，而是将它们联系起来，找出它们关联途径和模式。于是感觉印象和反思有了同样重要的地位"。❶

　　主题批评家认为在一个艺术作品中，感知和创作是不可分的。因此，人们不能把作品看作是对先前经验的描摹，在主题批评家看来艺术家在其作品中得到反映，同时他也被作品所创造。主题批评家提出了一种主客体之间、世界和意识之间、创作者和作品之间的双向互惠的关系。巴什拉尔在《空气与梦》中写道："我们自以为在看着蓝色的天空，而突然蓝色的天空也在看着我们。"斯塔罗宾斯基也在《批评关系》中从指出"在对对象物的阐释和对自我的阐释之间需要一种关联"。因此，主题批评特别关注文本中那些推动写作的东西，他们通过进入作品，随着作品的展开来寻找作家的自我，通过创造活动去把握他。

　　主题批评家们将现象学哲学的方法论运用于文学批评的实践活动，他们的批评的共同特点是，重视审美经验领域读者与作品中表现的作者内在意识的认同。他们强调文学作品是人的意识的一种集中表现形式，文学批评是通过对人的意识的"现象学还原"而达到一种"本质直观"，并且通过批评获得还原之后的"纯粹意识"。在他们看来意识不是被反映的东西，相反，它总是与意识的对象、意识的客体紧密相关。因此主体和客体在文学批评中不再对立，而是成为交融合一的存在。文学作品是作者的精神意识的还原以及对历史事件的根本性把握，在这个意义上，批评就是要通过对文学

---

　　❶ *Introduction aux méthodes critiques sur l'analyse littéraire*, p. 93.

作品的层层深入去揭示这种经验的意识模式，批评家通过阐释人的意识模式，去了解作家把握世界和言说世界的方式，并通过作家与世界的这种现象学关系，揭示出人与物、心灵与作品的最为内在的现实意识模式。

主题批评家认为，阅读所追寻的是作为创作者的作者而不是社会生活中的作者，作品应该是作为创作者的作者的纯粹意识的体现，只有通过阅读来发现作者的纯粹意识。因而阅读就是对作者隐含在作品中的意识的探寻和认同。事实上，读者所探寻到的作者意识始终是他根据文本层面上所呈现出来的作者意识，而不是由作者的传记和作者本人所陈述的意图。读者通过阅读回到作品本身的生命意识中。主题批评家重视审美经验领域读者与作品中作者内在意识的认同，并通过凝结在文字上的作者经验模式去揭示作者全部生活风格和世界。里夏尔所关注的是由主体和客体的关系以及主体与另一个主体的关系确定的主体性。在探寻属于每个作者的想象世界的同时，他以自己的批评来验证世界是由主体建构的，物是作为现象被处于一种文化和个人历史中的个体感知的。正如在里夏尔的每一个分析中可以看到的那样，"我"在世界中的地位、作用和权力从此不能再被理解为简单的彼此对立的、界限分明的关系。

三、现象学美学

现象学美学是现代西方以现象学为基础研究美学问题的一种美学学论，其方法论特征源于现象学哲学。现象学美学把文学作品视为意向性审美客体，即人为了具体目的而有意识地创造出来的创造物，它既不是纯粹的实物，也不是纯粹的意识,它构成了一个独立的世界,这个世界与现实世界有联系,却不是与之同一的世界。现象学美学重视作品的存在方式和结构分析。英伽登把作品分为四个层次:语词——声音、意群、系统方向和意向性客体所体现的世界,他认为这四个层次前后依次相互制约,前一层次为后一层次的基础,每一个层次都在整体中起作用,构成了一个统一体。现象学美学强调读者的参与和创造,认为作品虚构的世界和现实世界不同,它包含了许多"不确定点",留下许多"空白",因此审美主体的审美不应该是被动的,而应当是一种积极地参与艺术创造的活动,审美主体应发挥其再创造的作用。在阅读作品时,要对"不确定点"和"空白"进行"具体化"和"重建",以完成作品并实现其潜在要素。现象学美学提出的读者的概念不同于我们日常所说的读者,英伽登要求读者具有审美态度,杜夫海纳要求将旁观者和抱有实用目的的读者与发生审美知觉的读者区别开来,布莱要求将参与阅读的"我"与"我自己"区别开来,伊塞尔将"隐含的读者"与理想读者、超级读者、普通读者区别开来。他们这样做的目的是将读者的日常经验以及个体的情趣、态度、知识修养等暂时"搁置"起来,还原成一个现象学意义上的纯粹审美知觉或意识,以便不带任何偏见地直接面对艺术作品,保证忠实、客观地阅读艺术作品使审美得以完全实现。此外,现象学美学主张依靠直觉去把握审美对象,而不是用传统美学的演绎法,或者是心理学美学的归纳法。

  现象学哲学原理和现象学美学为文学批评方法的创新奠定了理论基础,因此主题批评的产生不是偶然的。是现象学的影响导致人们对文学作品的本质及表现形式、读者的地位和作用、读者与作品以及作者关系重新思考后发生的批评角度的变化。如王岳川先生所言"批评家们把更多的注意力放在了作品上,他们努力地从作品中追寻作家深层的生命意识和内在的文化意蕴,将作品看作生命体验和审美意识的根源,并通过自己的批评语言深入到作家所创造的世界中去,批评家的精神与作家的精神历程相遇合,使阅读之维上升为文学的主线,打破了作家和作品的单一模式,使作家、作品、读者、批评成为一个综合的整体结构"。❶

第二节 主题批评的方法论资源

主题批评流派的源头在法国,其开山鼻祖是加斯东·巴什拉尔,核心人物是让－皮埃尔·里夏尔,但主题批评方法的影响力早已跨越了国界,日内瓦学派的阿尔贝·贝甘、乔治·布莱、让·鲁塞、让·斯塔罗宾斯基都是主题批评的实践者,尽管他们各有特点,却有着共同的旨趣,他们认为文学是经验的对象而不是认识的对象,经验是精神的实质。他们都把目光投向了诗,对自浪漫主义以来诗所承担的对存在的表现极为敏感,主题批评也因此被看成是浪漫主义之女,此外,主题批评还吸收了丰富的思想资源,创造性地继承和发展了前人的成果,形成了独具特色的批评方法。主题批评的方法论资源大致来源于以下几方面:

---

❶ 王岳川:"日内瓦学派的文学批评",载《文艺研究》1998年第6期,第31~42页。

一、巴什拉尔的物质想象论

里夏尔的批评明显受到巴什拉尔的影响。作为哲学家、科学家、批评家和作家的加斯东·巴什拉尔分别围绕火、水、气、土四种物质元素进行了一系列的比较阅读，探究"物的感觉"的源泉和创造，他写了《火的精神分析》(*La Psychanalyse du feu*, 1938)、《水与梦》(*L'eau et les Rêves*, 1942)、《空气与梦幻》(*L'Air et les Songes* 1943)《土地与意愿之幻想》(*La terre et les Rêverie de la volonté*, 1947)、《土地与休憩之幻想》(*La Terre et les Rêverie du repos*, 1948)。《火的精神分析》集中体现了巴什拉尔从科学认识论出发在诗学理论方面的创新与发展，他认为，诗学批评就是要在每个诗人那里揭示关于空气、水、火和土这四种物质的想象，巴什拉尔通过对火的精神分析，希求把知识与对物质的想象统一起来，把诗的遐想与科学的理解结合起来。更重要的是巴什拉尔把物的实在性引入到哲学思辨中。通过对物质的凝视，发现"存在"就在人的身边。他所谈论的经验不是被理性认知了的"经验"，而是建立在感官基础之上的"经验"，它包含着身体的欲望和无意识的深层经验。巴什拉尔通过《空间的诗学》(*La Poétique de l'espace*, 1957)和《梦想的诗学》(*La Poétique de la Rêverie*, 1960)继续发展作为想象科学的现象学，在他那里现象学被定义为："对个体意识中意象发端的研究。"❶ 诗的意象构成了巴什拉尔主要的研究领域，他在《空间的诗学》中指出："为了用哲学的方

---

❶ G. Bachelard, *La poétique de l'espace*, PUF, 1957, p. 3.

第六章 主题批评的哲学基础和方法论资源

法来说明诗的意象问题,必须回到一种意象现象学。这种现象学指的是诗学现象学。它指的是对涌现于意识,作为心灵,人的存在及其现实的直接产物的意象进行的诗的意象现象学研究。"❶

所谓意象,就是客观物象经过创作主体独特的情感活动而创造出来的一种艺术形象。简单地说,意象就是寓"意"之"象",就是用来寄托主观情思的客观物象。简而言之,意象是主观的"意"和客观的"象"的结合,也就是融入诗人思想感情的"物象",是赋有某种特殊含义和文学意味的具体形象,也就是人们常说的借物抒情。❷

加斯东·巴什拉尔认为,主体形成的对客体的意象不仅仅是记忆或者是感觉的再现,它具有想象的性质,带有梦幻的成分。他建立在对四种元素研究基础上的意象现象学的初衷并非是研究它所引用的文学文本和它们的美学价值,而是辨别和说明想象在认识中默默无闻的工作,说明被同一个文化共同体的成员共同分享的文学意象表现为描绘世界的普遍和个别的原型。

巴什拉尔在《空气与梦幻》中指出,"为了让幻想较为稳定地继续下去以产生一部文字作品,为了使幻想不至于成为转瞬即逝的空虚,需要找到它的物质材料。必须有一个物质元素赋予它实质,赋予它自己的规则和特殊的诗意"。❸

---

❶ *La Poétique de l'espace* 1957, p. 2.

❷ 互动百科 http://www.hudong.com/wiki/%E6%84%8F%E8%B1%A1.

❸ G. Bachelard, *L'Air et les Songes*, Corti, 1943, p. 283.

让-皮埃尔·里夏尔的批评显然受到了巴什拉尔的影响，在《诗与深度》的前言中，他把自己的研究对象定义为"对物的感觉"，在他的许多随笔中，读者都可以找到四种元素，里夏尔在一些公开场合也明确地承认巴什拉尔对他的影响，1966年，在塞利西拉萨勒（Cerisy-la-salle）召开的议题为"批评的当下道路"的研讨会上，里夏尔说过"我从巴什拉尔那里吸取了精华。一些在他之前没有意义的东西由于他获得了意义。以前，文学中探讨感觉世界（风景、背景、肖像等）的那一部分构成了一些人们无法将它们和任何个人计划联系起来的中性部分。有了巴什拉尔这些东西才获得了意义。巴什拉尔将意义引入了事物"。❶ 里夏尔从巴什拉尔那里找到了分析意识的工具，他被看作是巴什拉尔的继承者，但是与巴什拉尔不同的是，他把研究的中心放在了作品上，而不是放在构成写作并在写作中得到表现的普遍的类型上。在前者身上现象学家的特点多于文学家的特点，后者则是从前者那里借用了一些概念和方法来进行文本分析，他的阅读是感性的。里夏尔探索的想象世界每次都被冠以一位作家的名字，如《马拉美的想象世界》，文学文本在他那里不是一个特许的范本，或明显的症候，它本身是批评的对象和批评话语。

尽管里夏尔与巴什拉尔的追求有所不同，但不可否认的是，他的批评方法仍然是以巴什拉尔奠定的方法论为基础的，这主要表现在以下几个方面。

---

❶ *Les Chemins actuels de la critique*, sous la direction de G. POULET, Plon, 1967, p. 389.

第六章　主题批评的哲学基础和方法论资源

巴什拉尔的方法论具有以下特点。

1. 不带偏见的直观

在《梦想的诗学》❶的导言中,巴什拉尔特别探讨了现象学方法在诗的意象研究中的价值。他认为现象学的方法有助于领悟诗的意象,现象学的方法可将读者带入到与诗人的创造意识的交流中,崭新的诗的形象是一种绝对的起源,是我们对诗的意识的开始,一个诗的形象能够成为一个世界的萌芽,面对诗人所创造的世界,惊奇赞叹的意识油然而生。巴什拉尔对心理学家描述观察对象的方法,以及哲学家总是"处于哲学的情境"中,以为有权利将自我封闭在他选择的体系中的做法提出了质疑,因此他选择了用现象学的方法来重新探讨诗的形象。现象学为诗的形象的探讨提供了新的视角,那就是对诗的"开源"功能的强调,他试图从源自于原型的诗的各种不同形象中发现诗的独创性。但是他反对"将诗看作是为受压抑的本能而打开的宣泄之门",认为通过诗的意象来寻求先于它的潜意识活动是徒劳无益的,他认为意象现象学的建立意在把诗的形象的本体存在视为对言语的不容置疑的征服,而与先于此的存在断然决裂,他认为诗的形象以它的新颖开辟了语言的未来。虽然他在分析诗的形象时运用了精神分析的方法,但是他有意识地克服精神分析学的成见。他不是追究过去,而是优先重视现实性,全神贯注于诗人提供的崭新形象,而不是去追究诗人的"情节",或者去搜寻诗人的生活史。

---

❶　Gaston Bachelard, *La poétique de la rêverie*, Presses Universitaires de France, 1999, 5ᵉ édition.

2. 强调读者创造性的参与

巴什拉尔指出，读者对意想不到的形象产生惊喜和赞叹之情是很正常的，但是这只是一种被动的体验。意象现象学要求读者更积极地参与创造性的想象活动，他认为不存在消极被动的现象学，现象学不是对种种现象的经验性描述，"经验性的描述意味着主体对客体的屈从，并作茧自缚地使主体保持被动的状态。现象学应当把心理学家的描述所提供的文献资料置于意向性的轴线上"。巴什拉尔追求的是"在诗人的协助下，亲身经历诗的意向性"。❶他认为意识是一种活动，他通过语言来研究这种活动，用他的话说是"扩展语言，创造语言，使语言增值，热爱语言，这些就是语言意识自我扩展的活动"。❷

巴什拉尔强调他所研究的梦想是诗的梦想，是笔墨写下来的梦想，他说："所有的感官都在诗的梦想中苏醒，并构成相互间的和谐。诗的梦想所倾听的，诗的意识应记录的正是这种感官的复调音乐。现象学者应努力去体验的是想象力的冲动。"❸梦想是可以传达的，能给人灵感。在想象现象学中，想象力作为心理变化的直接激发机制而被置于它应有的首要地位，想象力致力于展示未来，充满诗意的梦想是对生活的遐想，这些遐想拓宽了我们的生存空间。

一个世界在我们的梦想中形成，这个梦幻的世界向我们

---

❶ ［法］加斯东·巴什拉尔著，刘自强译：《梦想的诗学》，生活·读书·新知三联书店 1996 年版，第 6 页。
❷ 同上书，第 7 页。
❸ 同上书，第 8~9 页。

揭示出拓展我们生存空间的可能性。梦想不同于做梦,梦想是一种自然的精神现象,具有诗意的梦想能赋予我们最美好的世界,"它赋予我一个非我,正是这非我使梦想者无限欣喜",这是诗人让我们与他共同分享的世界。"面对真实的世界人们能在自己身上发现忧虑的本体存在,我们的现实技能使我们不得不去适应现实,但是梦想把我们从现实的机能中解放出来,我们通过想象回到信任的世界"。❶

张闳指出"巴什拉尔对物的观照,回到经验的层面上,使物的辉光照亮了主体的经验世界,而'直观'也并非通过被理性所认知了的'经验',而是包含着肉身欲望和无意识的深层经验"。❷

乔治·布莱、让·斯塔罗宾斯基和让-皮埃尔·里夏尔进一步发展了主题批评,特别是里夏尔,对主题批评方法论的建构做出了不可磨灭的贡献,使主题批评充满生机活力。他将巴什拉尔的理论加以发挥和创新。

二、主题批评对浪漫主义的继承

法国学者达尼埃尔·贝尔热等在《文学分析批评方法导论》中指出:浪漫主义,特别是德国浪漫主义发展了一种艺术作品理论,一个世纪后,被主题批评继承。德国的耶

---

❶ [法]加斯东·巴什拉尔著,刘自强译:《梦想的诗学》,生活·读书·新知三联书店1996年版,第18页。

❷ 张闳:"物之梦与巴什拉尔的诗学",载《中国图书评论》2006年第9期。

拿派❶认为：艺术作品不再被看成是一种按照预定模式的再生产，它反映一种创作意识，反映一种使作品的形式和偶然的因素服从于个人的内在创作意识。阿尔贝·贝甘、乔治·布莱、让-皮埃尔·里夏尔等都对浪漫主义进行过深入的研究，并发表了一系列的著作，如阿尔贝·贝甘的《浪漫主义之魂与梦》，❷乔治·布莱在1985~1990年发表的三卷本《未确定的思想》❸的第一、二卷都涉及了浪漫主义，此外乔治·布莱还发表了《关于浪漫主义神话随笔三篇》，❹里夏尔写过《关于浪漫主义的研究》❺和《夏多布里昂的风貌》，❻他们从浪漫主义的文学观中找到了共鸣，"不论浪漫

---

❶ 耶拿派是德国浪漫主义文学最早的的一个流派。这个流派的作家最早提出了浪漫主义的概念，较为详尽地阐述了浪漫主义的文学主张。他们反对古典主义，要求创作的绝对自由，放纵主观幻想，追求神秘和奇异。理论奠基人是施莱格尔兄弟，代表成员还有诺瓦利斯、蒂克等。

❷ A. Béguin, *L'Âme romantique et le rêve*, José Corti, 1939.

❸ G. . Poulet, La pensée indéterminée, tome 1：De la Renaissance au romantisme, PUF, 1985, La pensée indéterminée, tome 2：Du romantisme au XXe siècle, PUF, 1987, La pensée indéterminée, tome 3：De Bergson à nos jours, PUF, 1990.

❹ G. . Poulet, *Trois Essais De Mythologie Romantique*, French & European Pubns, 1966.

❺ J. -P. Richard, *Études sur le romantisme*, Seuil, 1970.

❻ J. -P. Richard, *Paysage de Chateaubriand*, Seuil, "Pierres vives", 1967.

第六章 主题批评的哲学基础和方法论资源

主义作家的终点有多么不同，他们的出发点必然是意识行为。"❶ 斯塔罗宾斯基指出："假如脱离了（阅读和阐释的）经验，阐释者的世界和生活得不到意义的拓展，这样的历险还有意义吗？"❷ 让·鲁塞在《形式与意义》中也提出过类似的思想，认为在关乎读者和作者的双重经验中，不能仅仅研究作品的形式，因为在这形式下还同时存在和发展着一种结构和一种思想。因为作者在语词的表达中不仅自我言说也自我创造。浪漫主义认为作品是精神命运的历险，这种历险贯穿着生产活动，这与主题批评家们的关注点不谋而合，主题批评家们从直觉出发，反对把文学文本看成是一个可以通过科学研究来穷尽其意义的对象。认为文学主要是经验的对象而不是认识的对象，在这一点上他们继承了德国浪漫主义的思想，这也许就是主题批评家特别热衷于研究浪漫主义作家的原因。

三、普鲁斯特思想的影响

20世纪初普鲁斯特在《反对圣伯夫》中提出文学批评应该在作品内部寻找作家的自我，使文学批评从外部批评转向内部批评。他对当时在文学批评界占据统治地位的、以圣勃夫（Sainte-Beuve）为代表的传记式批评提出了质疑，说

---

❶ G. . Poulet, *Entre moi et moi. Essais critiques sur la conscience de soi*. Paris, Corti, 1977. Cité par D. Bergez- P. Barbéris; etc. , *Introductionaux méthodes critiques pour l'analyse littéraire*, Paris, Dunod, p. 87.

❷ J. Strarobinski, *La relation critique*, Gallimard, coll. Tel. 1961. Cité dans Introduction aux méthodes critiques pour l'analyse littéraire, p. 87.

明了超越传记批评的必要性。他反对把创作活动完全看成是工匠似的劳动,以及把艺术视为对风格的模仿的观点,提出风格不是技巧的事,而是一种眼光,作品中包含了一种特殊的世界观,它与构成它的材料成为一体,因而应该在语言创造和感觉世界这不可分割的双重现实中确定风格,这为主题批评提供了一种新视角,为新的文学批评开辟了道路。

普鲁斯特指出:"一本书是另一个自我的产物,不是我们在习惯中在社会中在癖习中表现的我。这个我,假如我们设法了解,就要到我们心灵深处设法重新塑造,才可以办到。需要我们的心灵做出努力,舍它莫属。"❶ 他批评圣勃夫"没有明白灵感的特殊性和文学创作的独特性,混淆了文学工作视线""圣勃夫始终弄不明白诗人灵魂这个独特的世界,这个封闭的世界,他坚持认为别人可向诗人说长道短,可激发可贬抑。"❷ 普鲁斯特在《驳圣勃夫》中充分表达了自己对文学批评的认识,以自己独特的方式阐明了艺术作品理论,他的理论给主题批评家以启发。大部分主题批评家都有着与普鲁斯特类似的看法,他们认为"自我"是动态可塑的。让－皮埃尔·里夏尔在《马拉美的想象世界》的卷首引用了一句马拉美的话:"在纸张前,艺术家被造就",这与普鲁斯特的想法何其相似!斯塔罗宾斯基也认为作家在自己的作品中否定自己,超越自我,改变自己,他在《让－雅克·卢梭,透明度与障碍》中承认他对批评家、对

---

❶ [法]普鲁斯特著,沈志明译:《一天上午的回忆——驳圣勃夫》,北京燕山出版社 2006 年版,第 62~63 页。

❷ 同上书,第 68 页。

第六章　主题批评的哲学基础和方法论资源

作家所作的心理学和医学调查不感兴趣，他把那些批评家比作将尸体放在解剖台上，试图从受伤的机体组织中找出隐藏的玄机的解剖师，在他看来这样的分析是不可能发现真正的艺术的。"主题批评既否定作家完全是他的计划的掌控者这一古老观念，也否认将作品归结为先于它的一个内在精神产物。主题批评既没有遗忘主体，也没有遗忘无意识的成分，而是将作品的真实还给了一个正在形成的能动的意识。"❶普鲁斯特的《追忆逝水年华》正是一部对主体内心经历的记录，它展现了叙述者的主观世界，记录了叙述者对客观世界的内心感受，表现了主体与世界之间的关系，主体存在的方式以及他对世界的看法，通过叙述者的视野，读者看到了各种各样的风景，也是通过这些风景的呈现方式，通过其色彩的明暗，读者感受到描绘风景的主体所处的时空和他的心境，也许正是这部作品所特有的"物从我出，物中有我，物我合一"的艺术境界与主题批评家的文学观不谋而合而成了阐释主题批评方法论的最好素材。

小　　结

产生于20世纪40年代的主题批评不是一种孤立的批评方法，它有着深厚的哲学基础和丰富的方法论资源，它从现象学哲学中得到了启示，找到了文学批评的新角度和新方法，他从柏格森的生命哲学，狄尔泰的阐释学中找到了方法论基础，浪漫主义文学更是为之提供了养料，因而主题批评

---

❶ *Introduction aux méthodes pour l'analyse littéraire*, p. 90.

被看作浪漫主义之女也就不足为怪了。产生于这样复杂背景下的主题批评不免带有对其产生过影响的思想理论的印记，同时也存在与同时期出现的其他一些批评流派之间的交集和相互影响。

但不论怎样它仍然是一个独立的批评流派，我们之所以探讨其产生的背景，不是为了说明某些理论与主题批评之间的因果关联，而是为了更清楚地说明主题批评在文学批评中的地位、特征，以及与其他流派的关系。在下一章中，我们将通过分析里夏尔式主题批评与其他学派之间的关系来说明里夏尔批评的本质以及里夏尔批评研究在中国语境中的意义。

第七章 里夏尔主题批评与结构主义批评的互动

20世纪以来，西方文学理论的发展与西方哲学的人本主义和科学主义两大主潮时而并行，时而交互碰撞、相互影响，人本主义和科学主义两大主潮为各种文学批评流派的产生和发展提供了思想资源、理论架构和研究方法。受人本主义影响的人本主义文论强调对审美活动中主体审美经验的研究，将人的体验、感性和直觉放到本体论的地位加以考察，而科学主义文论则强调科学性和实证性。20世纪初，瑞士语言学家索绪尔的语言学理论引发了"哥白尼革命"，这场革命波及人文社科的各个领域，同样也引发了文学研究和批评的语言学转向，显示了科学主义的巨大影响力。

俄国形式主义与布拉格学派将索绪尔关于语言符号系统的理论贯彻到了文学批评中，试图以科学方法研究文学的内在问题，认为文学批评的对象应该是文学作品本身，应该以探索文学自身的特性和规律为己任，将文学研究的视角从作家或作家的心理、社会、历史等方面转向了作品本身。他们把研究的重心放在了语言、风格和结构等形式特征上，把文学看成是内容与形式两部分构成的整体。他们不仅赋予形式以独立自主性，而且把它的地位提升到内容之上，提出内容既不能决定形式也不能创造形式，相反形式可以决定内容、创造内容，内容是形式的内容，从而把文学定义为形式的艺术。❶ 他们要考察的是一个文学文本区别于普通文本的"文学性"。在他们看来语言的文学性不在于材料，而是在于语言的功能结构，只有深入文本结构的研究才有可能揭示出文学的特殊本质。

　　索绪尔语言学理论与文学研究的结合还产生了结构主义文论及其相关的符号学、叙事学。文学批评的语言学转向带来了文学从外部批评到内部批评的转向，这种转向是对那些用外部因素来解释文本，以作家的生平来解释作品和作品根源的外部批评的反拨，动摇了外部批评在文学批评界长期形成的主导地位，把批评的视角转向了内部。但是这种反拨的强劲势头，在把人们的注意力引向作品的结构和文学性的同时，却武断地斩断了内部与外部的联系，从一个极端走向另一个极端。让·斯塔罗宾斯基曾在《让－雅克·卢梭，透明与障碍》❷ 中非常形象地将这种割断作品与外部联系的批评方法比作手术台上的尸检，因为试图从切开的组织（作品）中找到作品秘密的批评家对有关作家的心理和医学调查丝毫不感兴趣，仿佛艺术家留给人们的只是一具死尸，如此的批评方法永远也别指望在死尸的皮囊下找到艺术。斯塔罗宾斯基的批评一针见血地指出这种将内部与外部、作品与

---

　　❶ 朱立元主编：《当代西方文艺理论》，华东师范大学出版社 2003 年版，第 42 页。

　　❷ J. Starobinski, *Jean-Jacques Rousseau, la transparence et l'obstacle*, ParisGallimard, 1976.

第七章　里夏尔主题批评与结构主义批评的互动

社会、作品与作家割裂开来,把作品简单地当作一个客体、一个语言事实加以研究的做法的盲目性和危害性。然而所幸的是,文学批评始终受到来自人本主义和科学主义两方面的影响,随着两种势力的此消彼长,与之相应的批评理论和方法也会占据上风或处于低谷,这种运动变化是没有终结的,因为两种势力的相互牵制,必然会不断地在打破旧的平衡之后建立新的平衡。因此,对于平衡失去后出现的种种倾向也不必过于苛责,任何一种批评方法都有其存在的道理,有其所长,也有其所短,但是它可以在与其他批评方法的碰撞、对话和相互的借鉴中向前发展,重新建立平衡。里夏尔式的主题批评已经走过了半个多世纪的历程,它在发展中经历过高潮也经历过低谷,已经从年轻走向稳健成熟。里夏尔的批评中既有对人的关怀,也有对外在客观的尊重,他拒绝依附于任何理论,但是从未否认它们的存在,也从未对新的批评方法视而不见,而是有选择性地吸收、消化和创新,正是这种开放包容的心态使里夏尔的批评道路越走越宽。

里夏尔在接受《微观与宏观》杂志采访❶时说,他最初受到过三种影响,首先是从萨特的著作《波德莱尔》和《存在与虚无》中受到了萨特的精神分析方法的影响,其次是发现了加斯东·巴什拉尔,再就是与乔治·布莱的相识。1946~1949年他在英国的爱丁堡结识了布莱,并结下深厚友谊。在批评写作过程中他渐渐地感到了批评活动提出的实践和理论问题,并在与文本的接触中,在他喜爱的文学阅读

---

❶　郭宏安:《从阅读到批评——"日内瓦学派"的批评方法论初探》,商务印书馆2007年版,第15~16页。

过程中渐渐形成了阅读文本的方式。他坦言，是上述三位哲学家兼文学批评家为他提供了可以阅读其他作者的工具，并且在不断的、大量的阅读中获得教益。大约在20世纪60年代中期到20世纪70年代中期之间，结构主义、语言学和精神分析等方法又为里夏尔提供了新的分析文本的可能性，甚至出现了他与这些建立在不同哲学基础上的流派之间的互动。在本章中，我们将要分析里夏尔式的主题批评方法与结构主义批评之间的互动关系。

第一节　里夏尔主题批评与结构主义的交集点

从表面上看，主题批评与结构主义文论似乎应该分属两个不同的阵营，前者在批评中主张感觉、体验、同情，坚持主体间的对话和交流。后者则是借用语言学的方法来挖掘存在于其中的抽象结构，以抽象推演的方式来对文本的形式逻辑进行分析，试图建立一个包罗万象的描写模式，作家已被排除在他们的批评分析之外。差异如此明显的两个批评流派似乎不应该成为同路人，20世纪60年代他们却成为了同盟，他们都被看作是"新批评"。

这里所说的"新批评"并不是指人们熟知的英美"新批评"流派，而是法国文学批评界对20世纪60年代活跃于法国的一些新锐批评流派的泛泛之称。说到"新批评"这个名称的由来，还得追溯到发生于20世纪60年代上半叶的新旧批评的论战。1963年，罗兰·巴特发表了《论拉辛》(*Sur Racine*)，这是他运用精神分析法分析拉辛喜剧作品的

第七章　里夏尔主题批评与结构主义批评的互动

一次尝试,然而就是这样一件看似平常的事情,却引起了轩然大波,罗兰·巴特的批评方法遭到了拉辛研究权威、巴黎大学教授莱蒙·毕卡尔的抨击,后者于 1965 年撰写了《新批评还是新欺骗》(Nouvelle critique ou nouvelle imposture) 对巴特的分析进行尖锐的批评,罗兰·巴特从容应战,发表了《批评与真实》(Critique et Vérité),对以毕卡尔为首的学院派给予了有力的还击,一场所谓的"新旧批评的论战"就此拉开了序幕。传统派批评家指责新批评派的著作"在学识上空洞无物,在文字上故弄玄虚,在道德上危殆人心"。❶

传统派认为文学是对生活的反映,要理解作品,就必须先弄清作品产生的外部条件,即作品产生的原因,在这种文学观的指导下必然会把注意力放在对作品形成的外部因素的考证上,作家的传记和个人生活经历也成了阐释文本的依据,批评家的阐释活动受到了极大的限制。

传统的大学批评一味地从探寻作品与作家之间的秘密关系入手去解释作品的做法遭到了存在主义批评,马克思主义批评,精神分析批评,结构主义批评和主题批评这些批评流派的一致反对。罗兰·巴特提出批评不是科学,没有一定之规,批评的任务不是要告诉人们作者的意图,不是要确定作品的意义,而是要通过批评产生意义,批评不能企图翻译作品。批评所能做的是通过形式——即作品演绎意义时孕育出某种意义,构思一个意义网。批评者不能"信口雌黄",不能随意捏造意义,要把作品中的一切都看成有意义的,要构

---

❶ [法]罗兰·巴特著,温晋仪译:《批评与真实》,上海人民出版社 1999 年版,第 4 页。

建意义体系必须具有完整性和高度的普遍性，对于这一观点，上述批评流派基本上是认同的，也正因为他们提出了与强调因果关联，强调所谓作品真实性的传统批评相对立的批评观而获得了"新批评"这一称号。相对于传统的批评方法而言，它们的批评方法确实让人耳目一新，如果从这个意义上称它们为"新批评"未尝不可，但是这个提法还是显得过于笼统，不免引起人们对不同流派的混淆。尽管被看作是"新批评"的批评家们一致反对传统的批评观，但这并不代表他们就是同路人，他们之间有共识，但是他们的差异却是不容忽视的。对于上述现象，我们不妨把它理解为不同流派之间的互动，互动可以促进彼此的了解，形成交流，达成一定的共识，互动并不以同化为目的，而是为了更好地保持多样性。我们不妨看一下里夏尔与早期以罗兰·巴特为代表的结构主义之间的互动。

第二节　里夏尔对结构主义理论的借鉴

20世纪50年代的里夏尔对文学作品的形式并未给予充分的关注，他的批评基本上局限于对创作意识的探索。受现象学哲学的影响，他认为意识是对某物的意识，因此可以通过分析作品中有关物质的想象，以及通过分析人物对物的态度回溯到作家的意识。他试图通过寻找作品中反复出现的反映个人困扰的主题，在它们之间建立关联，来揭示出作品深层的主题结构，或者说把握创作主体的意识结构。最具代表性的作品就是《文学与感觉》《诗与深度》。

在里夏尔的批评话语中不乏结构、系统、能指、所指等

第七章 里夏尔主题批评与结构主义批评的互动

结构主义语言学的词汇,由此可见结构主义对他的影响。结构主义理论强调整体性,给予整体以优先的地位。结构主义把任何事物都看成是一个复杂的统一整体,对整体中任何一个组成部分的性质的把握都不可能脱离整体,只有把它放到一个整体的关系网络中,把它与其他部分联系起来才能被理解。

在早期的批评中,里夏尔研究的大都是一些作家作品全集,他关注的也是整体一致性,因此他致力于总体的研究。他认为在一个作家的生活中不可能存在断裂,一些恒常的主题会反复出现在一个作家不同的作品中,通过寻找出不同作品中反复出现的主题就可以揭示出一个总的主题结构网络,从具体可以抽象出一般。

虽然里夏尔要建构的只是某个作家的个体意识结构,而结构主义批评家要揭示的却是更具普遍意义的、抽象的文本结构,虽然他们研究的目的不同,但是原理却很相似。里夏尔建构主题结构的方式和思路与结构主义如出一辙,由此可见结构主义的研究方法为里夏尔提供了方法论的指导,使他与结构主义批评有了交流互动的基础。不过里夏尔对结构主义的借鉴仅限于一些方法步骤,他一贯坚持的文学批评的核心内涵并未改变,其本质是文学文本的现象学。

里夏尔主题批评的方法步骤是进入文本→寻找主题→描绘出创作主体的意识风景,因此,里夏尔总是以物质对象作为切入点,最终落实到人,他把作品看成凝结着创作主体思想的准主体,批评是批评家经由作品找出创作主体的意识结构。对他者的理解必须采取同情的方式,如果用认识的方法,把另一个主体当作客体来观察,批评家得到的对客体的认识必然会受到他的立场和观点的影响，他会用自己的价值观，既往的经验去衡量他者的行为，这样就不可能达到对他者的理解。因此，在批评的最初阶段必须先"泯灭自我"，把作品看成另一个主体，与之对话，继而以自己的方式去再现作家的风景，因而主题批评是两个主体的对话。主题批评不排斥作者，而是区分了现实生活中的作者和写作中的作者，把揭示创作主体的意识结构作为己任，因此主题批评是指向另一个主体的批评。

结构主义批评寻求批评的恒定模式，强调文学研究的整体观，追踪文学的深层结构，在文学符号学和叙事学上有深入研究。❶ 结构主义批评一般是先提出一个假设的结构，或者从其他学科中借用某一模式，看它能否说明文本。结构主义的整体是指打碎文本之后重新将一些元素组合成的整体。结构主义强调批评应该关注的不是作品的真实，而是应该把注意力放到语言上来，罗兰·巴特说："自从人们发现了语言的象征性之后，一切与语言有关的，都被以某种方式重新评估：哲学、人文科学、文学都是如此。"❷ 文学批评的语言学转向导致了批评重心从外部转向了内部。在以巴特为代表的早期结构主义批评家看来，既然文学作品是文字构成的，批评的对象是语言构成的对象，那么用语言学的方法从形式层面开始分析作品，通过分析"语言"的结构而获得

---

❶ 朱立元：《当代西方文艺理论》，华东师范大学出版社1997年版，第232~233页。

❷ [法]罗兰·巴特著，温晋仪译：《批评与真实》，上海人民出版社1999年版，第49页。

对"语言"所再现的世界和"语言"所塑造的人类心灵之本性的认识自然是合乎情理的事。

第三节 两种批评话语特征

结构主义批评对写作的语言和批评的语言作了区分,罗兰·巴特在《批评随笔》中指出,反映批评家所处时代的观念和原则的批评话语相对于作品的话语而言是第二语言,或称元语言,批评的对象不是"世界",而是话语(discours),批评是关于话语的话语,它施加在第一语言上。批评活动必须处理两种关系:一是批评话语与被观察的作家的话语的关系,二是这个话语对象与世界的关系。正是这两种语言的相互"摩擦"确定了批评,并使它与另一个心理活动具有很大的相似性,赋予它逻辑,这逻辑也完全是建立在语言对象和元语言之间区别的基础上的。可以说批评的任务纯粹是形式的,它不是为了在作品中发现隐藏至深的、至今尚未被发现的秘密,而只是把它的时代赋予它的语言(存在主义、马克思主义、精神分析)与作者根据自己的时代所使用的语言,即起着逻辑制约作用的形式体系装配在一起,就像一个高明的木工聪明地摸索着将家具的两块木头对接起来。批评的"凭证"不在于"真实性"而在于逻辑。批评的"凭证",假如存在的话,它依赖于一种才能,不是去发现被调查的作品,相反,应该是尽可能完全地用自己的语言去覆盖它。❶ 结构主义批评赋予第二语言，即批评话语打乱第一语言的合法权利，如罗兰·巴特所说：假如第二语言没有扰乱或解放"语言的确定性"，那就没有文学了。这是对批评话语的地位的肯定。因为语言并不是单义的，"文学著作所依附的象征语言在结构上来说是一种多元的语言（整个作品），具有多元意义……实用语言可以凭借其出现的语境而减少误解……但文学作品却并非如此，没有任何即情即景使其意义彰显"，❷ 因此"任何现实人生都不能告诉我们作品应有的意义"。既然没有固定的语境，作品便可供读者去探索，这就为文本阐释的多元化提供了依据。

　　里夏尔在对文本的阅读阐释中也采用了类似的打破文本表面结构，然后按照一定的主题关系重新建构主题网络的方法。但是里夏尔所关注的并不是形式结构，他所采取的方法也不是客观的分析和观察，而是感觉、体验和交流。里夏尔的批评话语首先具有交流的特点，他把批评话语看作是进入另一个文本的通道而不是进入自身的途径，批评话语是对一个世界的建构而不是建构自己，批评话语是通往一个特殊世界的向导。他的批评话语经常由作品中的一段话开始，或者以作品中的一段话结束，两种话语相互印证，互为补充，少了火药味，多了一般批评中少有的诗意和美感。

　　里夏尔的批评话语在他的阅读批评中并非占据着中心

---

　　❶ Roland Barthes，*Essais critiques*，Ed. Du Seuik，1964. pp. 255－256.

　　❷ ［法］罗兰·巴特著，温晋仪译：《批评与真实》，上海人民出版社1999年版，第54页。

第七章　里夏尔主题批评与结构主义批评的互动

的、反思的地位，阅读他的著作时，读者会任由自己徜徉在里夏尔所勘察的想象世界中，忘记了自己在阅读评论文章，因而浑然不觉里夏尔式批评的严谨性和连续性。他的批评话语在作品和它的读者之间建立起沟通，而批评话语本身却因隐身于对作品的发现和赏析中，有可能使读者暂时性地忽略它的存在。他的批评话语从不是用来阐释理论或证明其理论实践的合法性的，在他的批评话语中方法论既不是主体也不是对象，因此，从文艺理论的角度来看，里夏尔的批评话语是非典型的。因此在某些理论家们看来这不是真正意义上的批评，因为批评家除了对作家、作品和相关的文学现象进行分析和阐释之外，还须作出判断和评价，然而，里夏尔却刻意地回避直接的评价，他用展示代替了言说，而且是一种有别于作家的展示方式的重新展示，他让事物自己来展示，而不是喋喋不休地在画外担任解说，画外的解说虽然在一定程度上有助于理解，但与此同时也限制了读者的理解，破坏了审美的意境。

不直接评价不等于没有评价，以表现的方式展示自己的观点正是当代艺术发展的一种趋势，里夏尔的批评极具画面感，给人以无限遐想的空间。既然语言不是单义的，能指与所指之间也没有一成不变的固定关联，试图用语言去凝固意义实为枉然，倒不如为新的意义的产生留下空间，因此，里夏尔反复强调，他的阅读方法只是无数途径中的一种。既然文本的意义是开放的，那就意味着任何一位批评家都只是作家创作意识风景的观光客，重要的是体验观赏的过程以及分享观赏的感觉，又何必要留下某某到此一游这样大煞风景的纪念呢？

第四节　对待理论的态度

　　结构主义批评流派非常注重理论建设，而且充满着科学理性精神，巴特提出，应该建立文学的科学，并对这门科学进行定义，他将文学科学定义为一种"关于内容的状况的科学，即形式科学，它关心的是作品产生的生成意义的变异。"它的对象不是作品的实义，而是负载着一切的虚义。并且提出把语言学的描写方法运用到文学作品的分析中，因为语言学家已经建立了一套假设的描写模式来描写无限句子的生成过程。他说："语言学可以把一个生成的模式给予文学，这模式适用于一切科学的原则，"❶ 文学科学的任务是要努力描写作品的可接受性，而不是它的意义，为了建立文学科学就必须把该科学的研究对象——作品抽象出来加以观察和研究，这样作者就被排除在了文学科学的研究之外。文学科学探索的范围小到句子以下的符号，大到超过单句的符号，即话语部分，包括作品的叙事结构、诗章和议论文章。❷

　　从巴特的这段表述可见结构主义语言学、乔姆斯基的生成语法理论对他的影响。同时罗兰·巴特的理论雄心也昭然可见，他要建构的是一座能够包容一切文学文本研究的理论大厦，要通过文本研究抽象出一套具有普遍意义的模式，因

---

❶ ［法］罗兰·巴特著，温晋仪译：《批评与真实》，上海人民出版社1999年版，第58页。

❷ 同上书，第62页。

第七章　里夏尔主题批评与结构主义批评的互动

此他反复强调批评的逻辑，也就是批评话语的合理性，批评不是对作品内容的真实性进行判断，而在于用合乎逻辑的批评话语对语言对象给予评说。既然文学作品是文字构成的，批评的对象是语言构成的对象，那么用语言学的方法从形式层面开始去分析作品，通过分析"语言"的结构而获得对"语言"所再现的世界和"语言"所塑造的人（类）心灵之本性的认识自然是合理合法的。以罗兰·巴特为代表的早期结构主义文论充满了理性的思辨。

相比之下，里夏尔作为法国主题批评的集大成者却显得非常低调，他并未将自己的批评方法发展成一种文本理论，事实上，他的批评实践已远远超出一种明确的、自主的学说立场。

里夏尔自始至终都保持着一种谦虚的姿态，对理论始终采取审慎的态度。他反对空谈理论，拒绝以理论为先导的批评模式，他的批评首先表现为一种特别的阅读方式。在阅读中，作品中的意象会使他产生无限的遐想，进而萌生倾诉的欲望和与他人分享的冲动，然而，作为批评家，他又不同于一般的读者，他能发现一般人不易发现的东西，而且能说出普通读者想说却说不出来，或者是不知如何说的感觉。在这方面加斯东·巴什拉尔表现尤为突出，他对物质想象的描绘和分析的生动细腻程度是一般的批评家望尘莫及的。里夏尔传承了巴什拉尔的细腻和深邃的洞察力，但是两者关注的重点并不相同，巴什拉尔关心的是一个极特别的意象是怎样集结全部心理现象的，他要知道"一个出其不意地出现的、特殊的、昙花一现的诗的意象是如何冲破一切普通意义的障碍，冲破人的一成不变的理智的思考而对他人的思想和心灵产生作用的"。❶ 他认为自由的、转瞬即逝的想象需借助物质元素获得其实质，因此他的批评是建立在与物质元素关联的想象基础之上的。里夏尔也将"物的感觉"作为自己的研究对象，但是他并没有全盘继承巴什拉尔的思想。他们的不同在于，作为科学认识论和诗学想象理论的创造者的巴什拉尔更关注普遍性，专注于研究幻想的普遍类型，而不是对某一个具体文本的阅读与赏析。然而里夏尔却拒绝普遍性，他所探索的想象每次都被冠以一个名字，集在一部专著中，自成一个关注的中心，文学文本在他那里不是专用的范本，或明显的症候，里夏尔关注的是独特性，是创作主体看待世界的方式和在世存在的方式，这是里夏尔与结构主义批评家之间存在的明显差异。

但是，在理论至上的时代，一位批评家如果不热衷于理论，不把自己的批评方法上升为一套严密的理论，并留下几部理论专著，还是会被看作是一种缺憾。伊夫·塔迪埃在《20世纪的法国文学批评》中指出："里夏尔并没有比巴什拉尔（或乔治·布莱）前进一步，他也没有区别同一作家的不同作品，似乎司汤达或福楼拜只写过一部书，只要打破它理性的表面，将其重新组合就行了。"应该说塔迪埃的批评并非没有根据，但是他忽略了里夏尔后期的变化，里夏尔在20世纪五六十年代的批评的确都是围绕作家展开的总体批评，他打破了作家不同作品的界限，通过在不同作品中反复出现的意象来找出作家创作意识中的顽念，在反复出现的

---

❶ G. Bachelard, *La Terre et les Rêverie de la volonté*, Corti, 1947, p. 3.

第七章 里夏尔主题批评与结构主义批评的互动

主题之间建立起关联，编织出一张反映作家内在意识风景的总体网络。他相信这是深入全面把握作家创作意识的有效途径，他相信构成这个总体网络的基本主题在每一部作品中都能找到。对里夏尔的总体批评提出过质疑的不止塔迪埃一人，因此，当里夏尔在20世纪70年代从整体批评转向微观阅读时，便被看作是对之前人们的种种责难的有力回应。他确实一次又一次以特别的方式展现了主题批评方法在微观阅读中的灵活性和有效性。此外，自20世纪80年代后，他三次对法国作家皮埃尔·米琼的不同作品进行过批评，在法国文坛产生重要的影响，因此，以上对里夏尔的评论只适用于20世纪五六十年代的里夏尔式的批评。说"里夏尔并没有比巴什拉尔（或乔治·布莱）前进一步"，这个评价也略显笼统，我们或许可以把它理解为里夏尔在理论上的贡献未超越巴什拉尔或乔治·布莱，这一点恐怕难以辩驳，因为里夏尔确实没有潜心将自己的批评方法总结成一套严密的理论，写出大部头的学术理论专著。但若是论及将理论转化为创造性批评的能力恐怕很少有人能超越里夏尔，说他是一位诗意的批评家一点也不过分，他的批评写作本身就是一种创作，充满了批评之美。

里夏尔式的批评也广泛影响了与他同时代的其他批评家，"日内瓦学派"中的同道中人自不必说，即便是罗兰·巴特和米歇尔·福柯这样的有世界级影响的文论家也对他充满敬意，为他辩护，甚至还将主题批评的方法用于批评实践。《马拉美的现象世界》发表后引来了结构主义批评家和心理分析批评家两方面的批评，前者认为里夏尔企图通过深度的隐喻，通过片言只语捕捉到"下面的反光"是一种心理主义的表现，认为里夏尔式的批评是模糊的存在心理学，认为他混淆了作品与生活，将结构变得越来越臃肿，认为他在能指和所指之间犹豫不决，而他的"主题"概念更是集中了各种不确定；后者认为里夏尔仅仅把类似弗洛伊德精神分析的方法用于分析马拉美的语言的原则和关联，仅仅从心理和精神分析角度去分析语言与马拉美及其内部网络的关系是对精神分析方法的简化，认为这样的精神分析是没有意义的。然而福柯却认为里夏尔的主题批评并未摇摆不定，在方法上，他实际上给文学批评提出了一个新的目标，他认为里夏尔一贯坚持的批评话语体现了文学批评的一个新维度，一个到此为止还几乎不为人知的维度（除了斯塔罗宾斯基），人们可以将它与文学的"我"和心理学的主体对立，而只把它看做说话的主体。❶ 可见里夏尔式的批评早已超出了某一个学派的立场，因此无法用对号入座的办法去评判他。其实，20世纪的流派之间相互影响、相互渗透已经成为不争的事实。一成不变、不能与时俱进的批评家是不可能有长久影响力的。在这方面巴特也表现得非常开放，他对各种批评方法兼容并包，他在《米什莱》中尝试过巴什拉尔的主题批评方法，在《论拉辛》中运用过精神分析，他和里夏尔都不是简单的模仿别人，而是为了超越。多种流派的共存、互动和争论为文学批评理论的创新提供了条件。

从以上的分析我们看到，尽管结构主义对里夏尔产生了一定的影响，这种影响不但没有改变他的批评的本质，反而

---

❶ Foucault Michel. Le Mallarmé de J.-P. Richard. *In*: *Annales. Économies, Sociétés, Civilisations.* 19^{e}année, N. 5, 1964. pp. 996 – 1004.

丰富了其内涵。可见不同流派之间的相互借鉴可以给批评带来新的活力。任何一个流派都不能固步自封,结构主义批评到了后期也从其他流派那里汲取养料。张寅德先生的观点印证了这一点:"70年代,尤其发展至80年代,早期的偏激理论转变为较全面的观点,早期的总体性研究也逐渐为深入的小范围探讨所取代。80年代较显著的演变是认识上的社会历史观点的引入和实践上与其他方法结合形式的确立。"❶这种从单一的批评方法转向与多种方法结合的批评逐渐成为一种趋势。

---

❶ 张寅德:"法国结构主义文论的擅变",载《华东师范大学学报》1988年第3期。

第八章　主题批评与精神分析的互动

　　里夏尔认为文学文本是建立在一些个人的困扰、冲动、恐惧、幻觉之上的，反复出现于作品中的主题所表现的就是困扰。在早期的批评中，里夏尔关注的是主题要素，确定主题要素的方法之一是语义分析，找出语词中包含的相同要素可以发现较为明显的主题复现，但是主题的复现并不仅仅表现为相同语义要素的简单复现，主题要素可以通过动作、眼神、意象、气味、人物的好恶表现出来。他认为要在看似毫无关联的要素之间建立起关联就得从感觉入手，通过作家感知和建构世界的方式来发现那些不易察觉的主题。寻找主题的目的，是为了在主题之间建立起关联，或者说找出它们的内在一致性，从而建立起一个主题结构网络，将文学作品中隐而不彰的作家意识的"风景"揭示出来，在他看来作品就是由质量因和感觉网络构成的总体。

第一节　主题批评与精神分析的结合

　　作家虽然在作品中有意识地描写个人的直觉和经验，但

第八章 主题批评与精神分析的互动

在写作中也常常带有不被"自我"承认的那个无意识的痕迹，所以在批评阅读中还必须倾听困扰着主体的无意识的声音。正是注意到了无意识的作用，在里夏尔的批评分析中渐渐加入了精神分析，在《文学与感觉》中，精神分析这样的字眼还仅仅是出现在注释中。在《马拉美的想象世界》中已经可以看到对精神分析理论中的一些术语的使用，20世纪 70 年代后，里夏尔对风景中"欲望的特质"❶（singularité libidinale）给予了关注。在 1974 年出版的《普鲁斯特与感觉世界》中，里夏尔挖掘了普鲁斯特对物质的特别欲望，他在该书的前言中指出："普鲁斯特在《女逃亡者》中的那句话：'我们的一点点小小的欲望，即便是一个赞同也包含着某种基调，我们的生活就建筑在这些基调上。'这句话不是为我们指明了阅读其作品的可能的方式吗？"里夏尔认为阅读普鲁斯特的作品就是重新倾听这些构成基本旋律的音符，他的目的就是描写每一个"最小的欲望"，以便从中抽取出那些主要的，可感觉的比多的意象，勾勒出在世存在的一致方向，描述出个人栖居的坐标。里夏尔在《普鲁斯特的感觉世界》中充分展现了他的对无意识的挖掘过程。他通过对作品中有关的物质、感觉和形态描写的分析，发现了普鲁斯特对物质的一种特别的欲望。他通过分析《追忆似水年华》中的一些章节证明在普鲁斯特那里，物质有着非常神奇的威力，某种物质的气味或味觉能够平复他不安的情绪，舒缓焦虑，使他获得快感，比如一种叫做"玛德莱纳"的小饼干给他带来的特殊感觉，里夏尔认为这

---

❶ Jean-Pierre Richard, *Microlectures*, p. 8.

种满足感反映的是一种持续的欲望要求。

在《微观阅读》中，精神分析批评则是被充分地运用于对无意识的倾听。作家作品中的一些文字游戏、化名都被看成是无意识的痕迹，里夏尔就是从这些微不足道的、不为一般读者注意的标记入手，展开层层细致的挖掘，直至将作者的内在意识和无意识构成的精神结构揭示出来。

里夏尔在《微观阅读》的前言中提出的一些方法论原则标志着他在批评实践方面的发展。在这个时期，里夏尔已不再局限于运用心理分析提供的分析模式去破译文本，从中找寻无意识的痕迹，而是把文学创作当作无意识的能动作用所产生的部分结果来把握。

在《微观阅读》中里夏尔对形式也给予了特别的关注。尽管他一直把形式研究看成是总体批评的必要方面，却从未在先前的作品中特别加以说明。在《微观阅读》中主题、欲望、形式三要素才真正得到了结合。

在《微观阅读》中里夏尔将主题学、心理分析、语言形式这三种方法同时运用到分析中，使得他的分析产生了一种透彻、全面的效果。尽管《微观阅读》中收录的都是很小的作品片段的分析，如"姓氏与写作""一个人物的肖像"，分析文章的篇幅虽小，却是对他早期总体研究的发展和补充，因为他相信在任何一个整体的构成部分中都能找到这个整体的结构中的核心要素，细节分析同样有助于说明总体。

第二节　主题批评与精神分析结合的基础

主题批评和精神分析是建立在完全不同的思想基础上的

批评流派，那么为什么里夏尔的主题批评会走向与精神分析的结合呢？两者结合的基础是什么？

回顾20世纪文论发展的过程便可发现，法国主题批评的开山鼻祖加斯东·巴什拉尔早在20世纪30年代就已经受到了精神分析理论的影响，如发表于1938的《火的精神分析》中"性化的火"一章对性化的火的分析，以及书中频频出现的"情节"一词都可以证明这一点，加斯东·巴什拉尔早就在他以四种物质命名的研究物质想象的著作中证明了幻想和意象与个人的或集体无意识的冲动之间的密切关联，说明了想象具有无声的性质，与身体、家庭神话、沉默的历史和虚构有关。他从作品中的意象追溯到语言和形象思维的起源，并揭示出意象所表现的"凝聚于事物内部的情感世界"，巴什拉尔受到的精神分析理论的影响主要来自荣格，他所关注的无意识主要还是集体无意识，因而他对潜意识、作家的童年时代、俄狄浦斯情节并不感兴趣。精神分析为巴什拉尔提供了分析的方法，但是他的主要目的却是要构建一种研究物质想象的现象学。

从客观上来看，主题批评理论的建构在20世纪三四十年代尚未成型，而精神分析批评却正处于鼎盛期，正显示着它在文学批评中的重大作用，此时的主题批评借鉴精神分析的方法完全可以被看作理论探索过程中的一种正常现象。从主题批评发展的轨迹来看，这一流派始终在努力使自己与其他被称作新批评的流派保持距离，以建构自己的理论，获得自己的独立性，以摆脱"新的批评"这顶帽子强加于它的隶属关系。在一些学者看来，笼统地把一些不同的批评流派称作新批评其实是不恰当的，他们认为"新批评"应该是指在语言学、结构主义和精神分析影响下形成的批评流派，把存在主义文论和主题批评归入其中是一个错误。[1] 经过了一个时期的历练和积淀之后，主题批评逐渐形成了自己的理论和方法。20 世纪五六十年代乔治·布莱、让·斯塔罗宾斯基和让-皮埃尔·里夏尔等发表的一系列重要著作奠定了主题批评及其方法论的基础，使该流派与精神分析的差异更加明显地表现出来。这一点在巴什拉尔后来的著作中也有所反映，自《水与梦》起，他已经不再采用纯粹的精神分析，1960 年 3 月，在《诗与幻想》的前言中，他明确地将现象学方法与文学心理分析中还原和逆推的倾向对立起来。从此，主题批评便与精神分析批评分道扬镳，以捍卫自己的独立地位。

然而，到了 20 世纪 70 年代，它们又有了交集，这主要表现在让·斯塔罗宾斯基和让-皮埃尔·里夏尔对精神分析成果的吸收。有着不同哲学基础的主题批评和心理分析批评之所以又能够找到交集点，这在一定程度上得益于梅洛-庞蒂的身体理论。在梅洛-庞蒂看来，主体不是一个实体，而是一种关系：这种关系是借由身体和语言向物和世界开放来确定的，他通过强调主体的肉身化，排除了主体能够拥有对自我的充分完整的意识的可能性，既然意识既属于世界又属于一个身体，它就不可能属于它自己，它一方面不断地被地平线超越，另一方面又受地平线限制。对于梅氏的知觉现象学而言，任何知觉都是由被真实感觉到的东西以及伴随它的

---

[1] D. Bergez, P. Barbéris, etc. *Intrduction aux méthodes critiques pour l'analyse littéraire*, Paris, Dunod, p. 85.

那个不被感知的边缘和它称之为地平线的东西决定的，肉身化的意识只是对世界局部的看法，它受到身体的盲点和视野范围的双重制约，意识只有通过世界和它无法完全理解的身体本身被把握。正是在这构成现象学意识盲点的无法克服的昏暗中，有了无意识存在的可能性。梅洛-庞蒂1960年为A.艾斯纳（Angelo Louis Marie Hesnard）的著作《弗洛伊德的著作及其对现代世界重要性》一书作的序中写道：现象学与精神分析并非是两条没有交点的平行线，情况好得多：这两者都走向了同样的潜在性。❶

1936年，拉康提出"镜像理论"，这一观点的提出颠覆了弗洛伊德的精神分析理论中所主张的心理发生和人格历史建构逻辑，他认为，个人主体不能自我确立，它只能在另一个对象化了的他人镜像关系中认同自己，在后来的梅拉尼·克莱因和勒内·施皮茨的理论中客体概念得到了提升，出现了主客之间的互动，主体建构他的对象，反过来对象塑造了主体：例如投射/内投这对概念就证明了主客间的互动。由此看来建立在现象学哲学基础上的主题批评与精神分析并不是两条永远不能相交的平行线。

此外，主题批评和精神分析批评都非常重视从文本理论和诗学理论的发展中汲取营养，使他们原来只关注作品内容，不重视文学形式研究的偏差逐渐得到纠正，由于这两个

---

❶ Préface au livre d'A. Hesnard, *L'Œuvre de Freud et son importance pour le monde moderne*, Paris, Payot, 1960. 转引自 Michel Collot, "Thématique et psychanalyse", *Territoires de l'imaginaire. Pour Jean-Pierre Richard*, Paris, Éditions du Seuil, 1986, pp. 213–233.

流派都努力通过吸纳他者之所长来完善自己,这就使两者之间的交流、互动以及互补成为可能。事实上里夏尔的主题批评与克莱因的投射和内投互动的理论有着相似之处,他们以不同的方式证明了"外部讲述内部",反之亦然。❶ 里夏尔在《微观阅读》中写道:"在我们每个人的周围,在他身上也一样存在这某种属于他的物的秩序,它构成了马拉美所说的栖居。这秩序可被分门别类地用喜好的和厌恶的词语描述,如同一个完全反映个人好恶的册子,但是它的建立显然是无意识的:它是长期形成的固定的、符号化的整体的产物,该整体将欲望与某个部分或身体的特殊部位,某种材料,某种形式联系在一起。"❷ 他从现象学和精神分析理论中得到了启发,认识到前意识的感觉体验和无意识的本能可以相互补充、互为依托,因为两者都以主体的身体为依托,身体表现为主体与客体交往的介质。从而他展开了"对象征秩序或附属世界的本能的,甚至是生物学基础的探询"。❸ 他注意到了从各种各样的性关系和符号的起源中考察与对象发生关系的最原始的方式(口腔、肛门、生殖器)的必要性。主题批评和精神分析的结合有助于理解身体在文学文本中的投入方式及其复杂性和丰富性,因为写作的身体同时也是感觉着的身体和产生欲望的身体。

"如今风景表现得与一种情绪的有机根的关系越来紧密,它是看得见、听得见、摸得着、闻得到、可以吃、被排

---

❶ J-Pierre Richard, l'Univers imaginaire de Mallarmé, Paris, Éd. du Seuil, 1961, p. 20.

❷❸ Microlectures, p. 9.

泄、吸收和被吸收的东西：出口和结果，也是实践的场所，或者是复杂的和单个的利比多自我发现的场所"。❶

第三节　里夏尔对精神分析的创造性吸纳

在20世纪五六十年代的研究中，里夏尔常常是在发现了支配一位作家想象世界的主要意图之后，说明风格影响着作家的选择，是某一种风格引导着作家作出选择，从而说明作家写作的方式与在世存在的关联，把风格看成是对某种先于写作的存在的反映，这或多或少带有传统模式的痕迹，因为写作被看作是一个有意识的计划，并以此来阐释作品。20世纪70年代后，里夏尔对风格的研究不再被放在主题调查之后进行了，而是与主题批评同时进行，例如在《普鲁斯特的感觉世界》中，文本分析与主题分析相伴而行。在《微观阅读》中精神分析与主题分析结合更加紧密。

对无意识在写作中的作用的认识，使里夏尔越发重视对能指的研究，而且发现能指所表现出的无意识功能具有某种独立性。对能指的研究为他的阐释提供了新的可能性，在《微观阅读》中，我们看到了他在能指分析方面的功力，对能指的分析成了他进入主题结构的一个突破口。从此，文字和主题不再被分别对待，不再被看成是互不相关的因素，而是被看成是相互依赖、相互影响的方面。他意识到文字和风景之间保持着一种既相互启发又相违背的互助关系。❷ 换言

---

❶ *Microlectures*，op. cit.，p. 8. 10. Ibid.，p. 8.
❷ *Microlectures*，op. cii.，p. 254.

之，他认为写作风格带着作家某种世界观的烙印，同时它也将一种形式赋予该世界观，但形式与内涵可能并不一致，甚至存在着冲突。正因为有时文字所显现的东西与作者想要表达的思想之间存在着不一致，对文本的阅读和理解就更应该注意意义的播散和乔装打扮，里夏尔发现塞利纳的小说《射击场》（*Casse Pipe*）中的"头盔"（casque）不论是从拼写形式和意义上来看都象征着掩饰（cache）、打碎（casse）和进攻（attaque），于是他认为 Casse-pipe 就是 cache-pipe，也是 casque-pipe。说明文学形象的塑造也存在着精神分析所揭示的无意识的乔装表现。

在早期的批评随笔中，里夏尔关注的是主体对物的态度，如喜好/厌恶，仿佛从每位作家的好恶清单中就能准确把握他在世存在的方式，构筑起他的意识结构，如《马拉美的想象世界》，而事实上，以这样的方式并不能反映想象过程的复杂性。精神分析的引入，使里夏尔在关注合乎逻辑的主题表征方式的同时也开始重视主题的迁移，对主题意象的变化进行了极其细致的研究。总之，对精神分析的运用，使里夏尔的批评超越了一致性的逻辑限制，使自己的研究走向多元化。此前，里夏尔的主题批评是建立在一个较为单一的、线性的方法论原则之上的，其预设前提是：不论是在想象层面，还是在形式层面上，作品都是对一种在世存在的表现，一位作家的不同作品包含着一致性，以至于有人批评里夏尔，仿佛司汤达一生只写过一部作品。与精神分析的碰撞将里夏尔引向了一条更注重写作的复杂性和多样性的研究道路。从此，他便致力于说明文学作品中主体与他的世界的具体关系被表现的方式，以及说明这种关系在被压抑的无意识

第八章　主题批评与精神分析的互动

欲望，以及有着自身规律的写作的能动性的推动下发生的变化。他认为主题意象变化之所以复杂，是因为它受着两个方面的影响，一方面是原始想象物，另一方面是具有一定独立性的能指结构。

由此我们可以发现里夏尔对精神分析的运用不是简单的照搬。主题批评和精神分析批评虽然有着不同的哲学基础，却不是井水不犯河水、老死不相往来的两个批评流派，它们同时存在于一个文学批评极其繁荣的时代，在这个大背景下，每一个流派都不可能是孤立封闭的。相互的参照，借鉴是各自不断发展的源泉和动力，对于里夏尔式的主题批评而言，将无意识和本能在作品中的表现及其作用列入自己的考察范围极大地丰富了主题批评的内涵。其实我们不能把这两个流派间的影响理解为精神分析批评对主题批评单方面的影响，事实上他们的影响是相互的，起初，精神分析批评家对里夏尔对想象物的分析不以为然，一味地按照精神分析方法的标准对其提出批评，然而到了后来他们也不得不承认其存在的合理性，可见差异可以导致对立，同样差异也是彼此的相互借鉴提供了可能。

第九章　里夏尔式批评对中国文学批评的借鉴意义

　　里夏尔式的主题批评充满了热情、活力和深度，更重要的是它唤起人们对直觉体验的重视，因为把握人和把握物的方式是不同的，对后者我们可以采用逻辑和归纳等一般的科学方法去认识，而对前者只能采用人文科学的方法去认识。乔治·布莱对此也有明确的阐述，他认为批评家的任务是发现作者的我思。他指出，这里所谓的"发现"不是通常意义上的发现，即寻找某物而最终找到，因为思想寻找的目标并不在"思想之外"，"'我思'乃是一种只能从内部被感知的行为"，所以，"既然批评家的任务是在所研究的作品中抓住这种自我认知的作用，那么，他就必须要做到把呈现给他的那种行为当作自己的行为来加以完成。"❶ 正是基于这样的批评观，里夏尔对作为文学作品写作主体的作者给予了充分的尊重和同情，并且在阅读和阐释作品的过程中逐渐丰富自己的经验，他的批评过程实际上就是批评家主体和作家

---

❶ [比]乔治·布莱著，郭宏安译：《批评意识》，广西师范大学出版社2002年版，第6~7页。

第九章 里夏尔式批评对中国文学批评的借鉴意义

主体间的对话和交流,他们的地位是平等的。批评家不再把文学作品当作一个客体,也不再把作者看成被批评的对象,而是把作者看成思想着的主体,这种批评方式是对那些只关注作品的结构、技巧和语言运用的、冷漠的、无视文学精神的批评方式的反驳。里夏尔的批评理论和实践为文学批评提供了一种有效的途径。

国内对"日内瓦学派"的研究已经取得了不少成果,最为突出的当属郭宏安先生主编的《从阅读到批评——"日内瓦学派"的批评方法初探》,作者不但对"日内瓦学派"的共性进行探讨,而且也特别注重个性的研究,其中涉及人们经常提到的六位代表人物中的五位个案研究,唯独没有介绍让-皮埃尔·里夏尔,尽管他是该学派第三代的代表人物,即乔治·布莱所说的新一代批评家中的佼佼者。至今为止,里夏尔对于国内学界来说还很陌生,对他的了解也停留在早期,在人们的印象中里夏尔的批评是一种主观批评,在人们长期形成的思维定式中,客观往往与真实、真理产生关联,而主观则与片面不实画上了等号,客观是保证研究成果可信、有价值的前提条件,因此,凡是被贴上主观标签的事物,获得认同和信任的概率便大大降低,即便是在文学研究领域也存在着同样的风气。说里夏尔式的批评基本带有主观色彩,也就意味着他的批评缺乏科学的客观公允,但文学批评毕竟不是科学,文学作品也不能等同于一般的物质对象,在批评中不应把客体和主体对立起来。罗兰·巴特对此提出过自己的看法,他说批评面对的并不是作品,而是它本身的语言。关于批评的主观性,他认为主体不是一个个别的实体,而是一个虚无的周遭,作家编织一个变化无穷的语言（纳入一个转换锁链中）……语言并不是主体的谓项，具有不可表达性，或者用它来表达别的事物，它就是主体本身。❶ 批评家把他的语言加在作者的语言之中，把他的象征加到作品中去，他并不为表达而"歪曲客体，他并不以此作为自己的谓项。他不断把符号扯断、变化，然后再重建著作本身的符号，信息被无穷地反筛着，这并非某种主观的东西，而是主体与语言的融合，进而批评和作品永远会这样宣称：我就是文学。他们齐声唱和，正好说明文学向来只是主体的虚无"。❷ 巴特的说法不无道理，不论写作也好、批评也好都需要通过语言，但语言并不是一个实在的客体，作家和批评家跟语言的关系并不是主客体的关系，他们把自己的思想诉诸于语言，写作或批评是主体与语言融合的过程，换言之也是主体虚无化的过程。但是这样的解释并没有从根本上说清楚批评家与作品的关系，只有主体间性理论才说清楚了审美活动的本质，以及审美何以能够成为可能。主体间性理论提出"审美作为对世界的最高把握，不是科学的认识，而是人文科学的理解。审美作为自由的实现，不是客体支配主体，也不是主体征服客体，而是自我主体与世界主体的互相尊重、和谐共在、充分同一"。❸ 批评也是一种审美活动，因此，只有通过两个主体的对话和交流，批评才能得以

---

❶ [法]罗兰·巴特著，温晋仪译：《批评与真实》，上海人民出版社1999年版，第71页。
❷ 同上书，第71~72页。
❸ 杨春时："中国美学的主体间性转向"，载《光明日报》2005年2月22日。

第九章 里夏尔式批评对中国文学批评的借鉴意义

实现。

在中国当代的文学批评界理论话语一直占据着主导地位,"中国文学批评史上的任何一个时期都没有像当代文艺理论和批评场景中那样拥有那么多理论和批评语汇",❶ 当代批评话语的西方化,对西方理论资源的直接挪用,新名词、新术语充斥了批评话语。人们热衷于用西方的各种理论来解读文本,将文学文本作为理论演示的试验场,似乎理论是第一位的,阅读是第二位的,理论先给阅读定好调子,然后再到文本中去寻找证据来印证预先提出的假设。在批评繁荣的景象背后却让人隐隐感觉到批评个性的缺失。相当一些批评不是以阅读为基础,而是以理论为基础,一些从事文学批评的人唯恐因为文章中少了引经据典,少了各种术语和抽象的概念而被看成没有学术性,于是,直觉和体验都被作为不可靠的经验或想象加以排斥,这种本末倒置的做法扼杀了批评的个性,造成了批评方法的雷同和批评话语的雷同,使批评也成了一种有固定模式的、可以不断复制的生产过程,这样的批评完全背离了批评的初衷。用作品以外的理论框架、描写工具和文本理论来对照作品,其结果无异于追逐影子而舍弃猎物。

里夏尔式的批评给我们的启示是多方面的,首先他以自己的批评实践告诉我们批评的真谛是什么。其次他告诉我们不存在先于批评而存在的计划,是作品为我们提供了打开它的钥匙。再者,他告诉我们各种批评方法只是为批评提供了

---

❶ 李建盛:"影响的焦虑:西方话语资源与当代中国文学批评",载《中国文学研究》2000 年第 4 期,第 74~80 页。

用途不同的分析工具，用什么样的工具必须依据文本的特点，里夏尔如同能工巧匠一般得心应手地使用各种工具，却从不为工具所左右，工具本不应有门派之分，自当物尽其用，但是工具的使用方法不同仍然会产生不同的效果，是使用者赋予它们灵性，它们在使用者匠心独运的运作中成就了作品，因此作品具有怎样的本质特点其决定因素不在工具本身，而在于创作者。同样，批评家的批评意识也不是由他的批评方法来决定的，方法只是批评家呈现其批评意识的途径，所以我们不能简单地将批评方法作为区分批评流派的标准。对理论的运用不是为了标榜自己的学识，表明自己的学术立场，而是为了更深刻地揭示文学作品的内在意蕴。里夏尔是一位能够随心所欲地使用工具而不被工具左右的批评家，他总是能借助于各种方法打开进入作品的通道，激起洞壁的回声，借着投入洞穴的微光缓缓前行，直至发现其中隐藏的奇异风景。

任何一种批评都不应成为一种范式，不要希冀通过模仿一位批评家的方法而成为真正的批评家，批评是一种创造活动，是一种二度的写作，批评家的创造除了需要理性和逻辑之外，还需要敏锐的洞察力，对文学语言的感知力，以及对各种在世存在方式的体认。杨春时先生指出，"所谓存在不是主体与客体的对立，而是主客不分、物我一体的'生活世界'。这个世界不是现实的、已然的世界，而是可能的、应然的世界；不是异化的存在，而是本真的

第九章 里夏尔式批评对中国文学批评的借鉴意义

存在。"❶ 存在的主体间性本质只有在审美中才得到充分的实现。审美的主体间性是最充分的主体间性,它克服了人与世界的对立,建立了一个自我主体与世界主体和谐共存的自由的生存方式。

批评家若是把自己凌驾于作家主体之上,或者反之,把自己看作是创作主体的附庸都不能从根本上理解作品,那么深度的批评也就无从谈起了。批评是一种审美活动,是两个主体间的对话,是一种平等的、自由的、本真的活动,美不是实体的表现,也不是一种理念。审美作为自由的实现,并不是主体认识客体的结果,也不是主体征服客体的产物。建立在主体间性思想之上的伽达默尔的现代解释学消除了审美活动中审美主体与审美对象之间的对立,认为文本不是客体,而是另一个主体,解释活动的基础是理解,而理解就是两个主体之间的谈话过程。阐释者和文本在解释中失去了主体性与客体性,而融合为交互主体,解释活动既不是对文本原初意义的再现,也不是解释者原有意见的表现,而是主体的当下视域与文本的历史视域的融合。

每一次批评的结束都只是一次对话的结束,新的对话还会层出不穷,每一次对话都会因对话者的不同而不同,因此每一次对话都不是简单地重复,具有不可复制性,但是不同的对话之间并非毫无关联,前面的对话可能会启发出后来的对话,对话与对话之间既有承接和互补的关系,又是不断超越的活动。每一次对话都不可能像演戏一般事

---

❶ 杨春时:"中国美学的主体间性转向",载《光明日报》2005年2月22日。

先写好台词，安排好情节的前后秩序，它需要对话双方根据所处的场景，对方的身份来采取恰当的对话语言和对话策略，共同来推进对话，完成对话，每一次对话都是一次新的体验，都可以带给人们新的经验和新的思考。在此意义上说，文学批评就是不断的创造，同时也是一种历险，会遇到意想不到的状况，陷入困境，抑或看到奇异的景色，正是这种不确定性，不可预知性才使批评变得永无止境。因此，进入文本，去感觉、对话和理解才是第一位的。理论和方法并不能代替阅读体验，任何一次阅读批评都不可能是对文本的全面的阐释，同样任何理论和方法都不能保证它在任何时候都是可靠的和有效的，新理论的层出不穷就是一个明证。新理论可以在某些方面超越旧的理论，但并不意味着新理论可以全盘否定旧的理论，因为现代和传统是相对而言的，文学批评家如果在理论上赶时髦、随大流，虽然能给批评披上靓丽的外衣，却不能掩盖内在的空洞，对于推动文学批评的创新并无实际意义。用郭宏安先生的话说，"批评主体和批评对象是一个互动的关系，不可心中先横着一种观念，然后在批评对象中找相应或相反的东西"，"批评和作品一样，也应力求展示批评家个人的人格和思想。展示一种批评之美"。郭先生认为"任何一种批评，都不可能囊括作品的全部，任何批评方法都有遗漏的地方，而且批评家本人的性情、学养、政治和社会的关系等因素也会影响批评的角度，全面的、理想的、人人满意的批评是没有的。批评必然是片面的、有局限性的，如果它是美的、深刻的、精到的，它就是一篇好

第九章　里夏尔式批评对中国文学批评的借鉴意义

文章。"❶ 对于什么是好的批评恐怕没有标准答案,但是好的批评一定是独到的,深刻的,也是美的。"

里夏尔的批评道路是一条追求深刻、独特和批评之美的道路,他为我们提供的不是一种刻板的模式,而是一种对批评的最好诠释。

---

❶ 参见郭宏安、任昕:"从阅读到批评——访中国社会科学院外国文学所研究员郭宏安",载中国文学网 http://www.literature.org.cn/Article.aspx?id=27456.

结　　语

　　通过对里夏尔著作的阅读和分析，我们对里夏尔批评的发展脉络及其特点有了比较清晰的认识。在里夏尔的批评生涯中，主题批评始终是他坚持的批评方法，我们发现，他的"主题批评"（La critique thématique）与比较文学中的主题学（la thématologie）研究有完全不同的本质，因此不可将两者混为一谈。主题学研究是从"主题"和"母题"入手，研究同一主题思想在不同国家文学中的表征，研究这些表征的异同以及在不同作家手中的处理；而里夏尔的主题批评是从作品表面反复出现的意象、重复出现的语义要素入手，去探索隐藏在作品深层的作家的创作意识、感觉或想象世界。那些以不同形式反复出现的意象和语义要素就是主题的表现形式，它表现出萦绕作家意识的某种顽念。主题通过主题素表现于文本的表层，批评家可根据一些反复出现的意象或包含相似或相同现实化意义的语词的复现来确定主题素，进而抽象出属于特定文本的主题，这种主题是非常个性化的，不是普通意义上的主题，因此，这样的主题被里夏尔看作是个人内存在中的困扰的一种反映，通过在主题间建立关联便可构成一个主题网络，这个网络也可被看作是作家的创作意识结构。

里夏尔早期的批评文笔优美，风格清新，犹如一股春风，让人感受到了生命的气息，他独特的批评风格和深度令人惊叹。虽然里夏尔接受过系统的学术训练，深谙学术思维模式，有着深厚的理论功底和知识积淀，但是他的批评风格却完全不同于一般的大学批评。法国文学批评家蒂博代把文学批评分为三种：自发的批评、职业的批评和大师的批评。他所说的自发批评是那些不带功利目的，具有鉴赏力的读者为获得精神享受，与人分享快乐而写的品评他人作品的文章。大师的批评指的是已获得公认的大作家（诗人、小说家、剧作家等）的批评，他们的批评无拘无束，是具有某种独立性的批评。"职业的批评"指的是大学教授的批评，在法国也称作"大学的批评"，这种批评给人的感觉是刻板的，高高在上的，难以亲近的。郭宏安先生对大学教授的批评做了相当生动的比喻："这是一片教堂耸立、宫殿巍峨、有看得见和看不见的围墙围拢来的土地，竖立着一座座由卷轶浩繁的文学史、砖头一样的专论和精细得近乎烦琐的考证组成的纪念碑，上面刻着数十位大作家和数百部名著的名字。人们可以带着崇敬的心情前来瞻仰，却很少能带着愉快的笑容与之亲近。它们太高了，累得普通人脖子疼。"

大学批评追求学术性，讲究体裁和规则，通常是写给圈里人看的，一般的文学爱好者不免望而却步。而且大学教授们批评的对象往往是已故的经典作家的经典之作，而非时下人们感兴趣的作家和作品。身为大学教授的里夏尔的批评论文中却难以找到大学批评通常带有的冷峻高深、术语堆叠、旁征博引的特征，他的每一个批评阅读所展现的都是别样的风景，然而他的批评又不是无拘无束、无章法可循的，因而，要想用三言两语来概括他的批评特征实非易事。

通过对里夏尔作品的分析以及对其批评方法的研究，笔者认为里夏尔的主题批评具有现象学一元论的特征，里夏尔对待理论、对待作品、对待批评的态度，特别是他的批评实践充分展现了他个性的独立和批评方法的独特。里夏尔的确称得上是当代文学批评界的一棵常青树，他深深地植根于法国文学这片深受人文、社会科学思想滋养的沃土中，汲取着丰富的营养，形成了他博大的胸襟和繁茂的枝叶，并孕育出散发着独特芬芳的果实，这棵大树带着树木共有的性质，然而其纹理却很独特。

通过对里夏尔主题批评的形成和发展过程的研究，我们大致可以做出以下结论：

其一，主题批评是建立在现象学基础上的文学批评。胡塞尔的现象学虽然具有先验唯心主义的特征，但是他提出的对客观与主观事物实在性的问题存而不论、将一切存在判断"加上括号"的"悬置"原则，在使人们"把目光从自然态度下完全投放到世界中的事物，转移到我们的直接经验——胡塞尔称之为'历险'（Erlebnis，lived-experience）——之际，就回到了我们须臾不能离开的意识领域"。[1] 胡塞尔曾指出"现象学的观看与在一种'纯粹'的艺术中的美感的观看是近亲"。[2] 主题批评家关注的是创作意识，是想象而不是作品的外部世界，其方法与现象学的悬置有些相似，在

---

[1] 刘国香：《现象学态度与美感态度——敌对还是共谋》，见《意象》第四期，北京大学出版社2013年版，第14页。

[2] 同上书，第19页。

《文学与感觉中》也不时出现"历险"二字，可见胡塞尔现象学哲学对主题批评产生过影响，但是在具体的实践中主题批评主要还是受到来自梅洛－庞蒂的身体理论的影响，里夏尔多次在自己的批评论文中强调"意识是对某物的意识"，人需要"通过交往、通过他把握世界的方式，以及通过把握自己与世界的关系的方式，通过他与客体、与他人、与自我联系的方式来定义自我"。❶ 里夏尔试图通过阅读，"从形象到形象追溯，直至感觉"，他的批评是"要达到一种行为，通过这种行为，与其躯体和他人的躯体共处，与对象物结合起来以创造主体"。❷ 这个主体是由对象物以及与他者之间关系所确定的主体，而不是完全自我封闭的主体，在这样的关系中主体和客体不再是二元对立的关系，而是主体间性的。建立在主体间性基础上的文学理论把文学看成是"主体间的共在，是自我主体与世界主体间的对话、交往，是对自我与他人的认同，因而是自由的生存方式和对生存意义的体验"。❸ 主体间性理论为审美活动，为理解和说明审美的意义以及直觉想象提供了依据。

里夏尔正是从主体间性的关系中去理解和阐释作者的创作意识是如何在文学的想象世界中体现的，因为意识不是虚

---

❶ J-P Richard, *Poésie et profondeur*, Paris：Editions du Seuil, 1955, p. 10.

❷ ［法］让－皮埃尔·里夏尔著，顾嘉琛译：《文学与感觉》，生活·读书·新知三联书店1992年版，第8页。

❸ 杨春时："文学理论：从主体性到主体间性"，载《厦门大学学报（哲学社会科学版）》2002年第1期，第18～22页。

像，是可以被把握的，因此他致力于把肉身化的世界转变成精神材料。他力图从文学形象回溯到作品诞生的时刻，去体会创作者最初的感觉，以及随感觉而来的对世界的认识。他认为文学表现的是个人存在深处的选择、困扰和难题。文学不仅表现了创作主体对世界的看法，同时也创造了主体，文学是"一种体验"，甚至是"一种自我的实践，一种领悟和创生的训练，在这个训练过程中，作家试图既自我把握又自我完善。"❶ 因此，文学不是模仿，不是对世界的真实再现，而是一种创造。正是这种具有个性的创造赋予了文学五彩斑斓的景象，色调各异的风景呈现出不同的在世存在的方式。

其二，里夏尔式的批评立足于呈现个性的存在，而不是普遍的存在方式。在里夏尔看来，要想进入一个又一个风格各异的想象世界，不能因循早已为人所熟悉的方法，而是需要另辟蹊径。人们通常习惯于寻求外在的帮助——现成的理论，将自己武装起来，然后在理论的指导下进行批评，然而里夏尔却是先与作品对话，他在《马拉美的想象世界》中说过，他要用马拉美提供的方法去理解马拉美。他从不认为可以借助阅读以外的方式进入文本，因此反对先于阅读去制订计划，在最初的阅读中他力图抛弃一切成见，去感受另一个主体之所感，亲身体验和思考别人已经经验过的经验和思考过的观念，他的批评始于读者的意识和作者意识相遇合的同情式的阅读。如果文学确如里夏尔所说，是一种历险的话，里夏尔式的批评又何尝不是一种历险，他走的是一条蜿

---

❶ [法]让-皮埃尔·里夏尔著，顾嘉琛译：《文学与感觉》，生活·读书·新知三联书店1992年版，第11页。

蜒曲折的小路，有时还得穿过昏暗的"岩洞"，脚下没有坦途，他只能借助微弱的光亮和洞壁的回声向深处探寻，随时都有迷失的危险。里夏尔是一位不畏艰险的"探险家"，他将自己领略到的独特风景绘制成了"风景集"，他绘制的风景集绝不是毫无章法的随意拼贴，而是有章可循的，只是他不把谈论其遵循的章法作为主要任务罢了。在他的批评中感觉是第一位的，理论是第二位的，理论和方法有助于将感觉上升为明晰的认识，但理论绝不能代替感觉和想象。在此，批评家与他所批评的作品之间的关系不是一种简单的批评和被批评的关系，而更像是批评家和作家之间的心灵沟通，里夏尔把研究的重心放在作品和创作主体上，而不是放在构成写作和表现在写作中的普遍的范畴上，在里夏尔式的批评中，感觉、想象、意识和主题是关键词，这里所说的感觉是指对具体的物的感觉，他从作品中人物的感觉出发，寻找面对物的冲击的人的态度，以及他们对待事物的态度中蕴含的世界观，他对文本的阐释如同对作者的精神意识的还原以及对历史事件的根本性把握，因此他总是层层深入作品去揭示这种经验意识的模式，并通过阐释这种意识模式，去揭示作家把握世界和言说世界的方式，通过凝结成文字的作者经验模式去揭示作者全部的生活风格和世界，追寻作家深层的生命意识和内在的文化意蕴，将其作为生命体验和审美意识的根源，并通过自己的批评语言深入作家所创造的世界、人物、情节、结构中去，批评家的精神与作家的精神历程相遇合。他通过辨识变换形式出现的，有着类似含义的主题去解读和重构属于作品的意义，这是一种阐释的批评，一种赋予作品意义的批评。

其三，里夏尔的阐释是开放的。里夏尔认为他的每一次批评只是展现了一种阐释作品的可能的方法，而不是赋予作品一成不变的意义，他更乐意使阐释处于一种未完成状态，为新的阐释提供空间。一部文学作品的价值必然会随着时代的变迁，随着社会价值观的改变而发生变化，追求永恒价值的批评，希求给作品下一个客观的、一成不变的定义的努力是徒劳的。一部伟大的作品应该是在创造性的审美批评中获得永生，那种固执地认为作家在写作时已经规定了作品的意义，批评的目的就是找出作品原义的博学批评无疑是一种画地为牢式的批评，扼杀了批评家的审美想象力和创造力，问题的症结就在于它把作品看成了一个凝固不变的物，看成了一个因果链条上的果，而不是一个有生命的主体。在里夏尔的批评中作品是另一个主体，作品的意义并不是凝固不变的，通过主体间的对话可以不断激发出新的意义，因而这是一种不断使作品获得意义的批评，或者说是使作品不断获得生命的批评。波德莱尔提出的审美现代性观点对文学批评产生了深远的影响，他提出现代性就是过渡、短暂、偶然，他所说的现代是一个永远向着未来开放的概念，现代是一个正在形成，而又不断被未来超越的过渡阶段，并且不断在每一个新的当下获得意义，一部文学作品虽然产生于某个特殊的时代，具有一定的偶然性和当下性，但是在偶然的、短暂的流动性中却包含着永恒的、经得起时间推敲的东西。批评就是要在不断的过渡和变化中，从瞬间定格的文学形象中去发现具有永久生命力的审美价值。从这个意义上说每一次批评也只是一个瞬间的定格，并不意味着批评活动的终结，一次批评的结束将是另一次批评的开端，批评家在与作品对话的同时与其他的批评文本对话，批评家与作家是平等的，批评家与批评家也是平等的，批评家既不是作家的附庸，也不是高于作家一等的裁判，作家有创作的自由，批评家也同样有个性化阐释的自由。批评不能随心所欲，天马行空，但也不能用标尺、量杯和学说原理把批评变成一种标准化的工程。批评的个性有其存在的合理性和必要性。作家通过将世界艺术化地呈现出来而成为创作的主体，同样，批评家的主体性体现在他对作品的鉴赏和批评话语中。没有个性的批评意味着批评家主体地位的削弱甚至是缺失，最终将导致批评家的失语。在当代的中国文学批评中充斥着来自西方的理论话语，人们过度地依赖西方理论，缺乏独立自由探索的勇气。里夏尔在这方面成为了我们的一面镜子，让我们看到了存在的问题和解决问题的途径。

其四，里夏尔重视理论却不依附于理论。里夏尔注重感觉，体验和同情，但也从不拒绝理论，相反，他总是主动地吸纳人文学科的成果，力求使批评阐释更具深度。说里夏尔式的批评没有系统，缺乏理论，那是一种误解。事实证明里夏尔不但重视理论，而且非常讲究方法论。他善于学习，有意识地克服批评中的不足，当他意识到仅仅从物质意象回溯到作家的意识，再对文本的内在意义加以阐释的方法存在着局限性时，他便对语言学理论和精神分析理论进行系统的学习和研究，从热奈特的著作和弗洛伊德等人的理论中得到了启发，❶ 里夏尔20世纪70年代后的批评呈现出形式分析，

---

❶ Interview：Avec l'écrivain et essayiste Jean-Pierre Richard, France culture, 2010.09.05.

语义分析和精神分析与主题分析多维度互补的特点。里夏尔对相关理论和方法的借鉴并非照单全收，而是创造性地吸收。他对无意识在创作中的能动性创造作用给予了特别的关注，超越了弗洛伊德把一切都归结为性欲冲动的精神分析学说。里夏尔就是以这种既能坚持自己的自主立场，又不排斥来自不同学派的理论，既能兼收并蓄，又不随波逐流的独树一帜的批评家，他正是以这样的姿态在当代法国文学批评界占有了不可替代的位置。里夏尔式的批评已经超越了一种单一流派的界限，构成了当代批评视域中一道独特的风景线。与其说里夏尔为我们提供了一种批评的范式，倒不如说他让我们对文学的审美批评有了一种新的认识，让人领略到了诗意的、有感觉的、意蕴丰富的批评之美。

里夏尔虽然不空谈理论，却是个极其讲究批评方法的批评家，他把内容与形式、理论与实践、批评与创作完美地结合在一起，把批评提升到了一个极高的境界。里夏尔式批评风格的形成与其渊博的学识、丰富的阅历和独特的个人气质不无关联，我们之所以研究里夏尔并不是为了将他的批评方法概括成一套可以直接指导批评实践的理论，使他成为一个被模仿的对象。恰恰相反，将里夏尔及其主题批评引入到中国的文学批评语境中只是希望能够引发更多富有深度的、具有独特视角的创造性批评，使批评之美得以彰显。

里夏尔是一位学识渊博、学养深厚、文学天赋极高的批评家，企图在有限的篇幅中穷尽对他的研究无疑是一种奢望，我们只能通过与这位批评家不断对话才有望加深对他的理解，这需要时间，更需要身心的投入。由于里夏尔主题批评研究在国内几乎是空白，缺乏中文参考材料，大部分参考文献都为法语原版，阅读和写作中常常遇到难题，例如有些名词术语找不到对应的中文，或者中文对应词不能很贴切地表达原义，需要查阅更多其他相关资料来保证理解和翻译的准确，例如"thème"和"motif"这两个概念就非常难把握，因为它们牵涉的面比较广，含义丰富，而且在不同语言中这两个词的含义时有交叉和混淆，然而解决这个难题却是研究的关键一步，因而只能迎着困难上，类似的困难一路伴随着笔者前行。其次，在资料的搜集方面也遇到了很大的困难，虽然笔者曾利用短期的出国访学去法国国家图书馆、索邦大学和巴黎八大等大学的图书馆获取了一些资料，但是随着阅读和研究的展开还是感到资料不足，出版年代较早的文献更不容易觅得。由于研究条件所限，加之笔者自身功力的不足，本研究还远谈不上深入，其中不免存在着疏漏和偏差，这篇论文充其量只是与里夏尔对话的开始，里夏尔研究中的空白点还很多，有待于今后集众人之力去填补。希望本研究能够起到抛砖引玉的作用，引发同行对里夏尔的研究兴趣，将里夏尔研究持续深入下去。

参考文献

一、J-P. 里夏尔作品

[1] J-P Richard, *Littérature et sensation*, éditions du Seuil, Paris, 1954

[2] 让－皮埃尔·里夏尔. 文学与感觉. 顾嘉琛译, 北京：生活·读书·新知三联书店, 1992

[3] J-P Richard, *Poésie et profondeur*, éditions du Seuil, Paris, 1955

[4] J-P Richard, *Pour un tombeau d'Anatole*, éditions du Seuil, Paris, 1961

[5] J-P Richard, *L'univers imaginaire de Mallarmé*, éditions du Seuil, Paris, 1961

[6] J-P Richard, *Onze études sur la poésie moderne*, éditions du Seuil, Paris, 1964

[7] J-P Richard, *Payage de Chateaubriand*, éditions du Seuil, Paris, 1967

[8] J-P Richard, *Etudes sur le romantisme*, éditions du Seuil, Paris, 1971

[9] J-P Richard, *Proust et le monde sensible*, éditions du

Seuil, Paris, 1974

[10] J-P Richard, *Nausée de Céline*, fataogana 1973

[11] J.-P. Richard, "La critique thématique en France", intervention au colloque international de Venise, septembre 1975

[12] J-P Richard, *Microlectures I*, Editions du Seuil, Paris, 1979

[13] J-P Richard, *Pages paysages*, Microlectures II, Editions du Seuil, Paris, 1984

[14] J-P Richard, *L'Etat des choses*, Gallimard, Paris, 1990

[15] J-P Richard, *Terrain de lecture*, Gallimard, 1996

[16] J-P Richard, *Essais de critique buissonnière*, Gallimard, 1999

[17] J-P Richard, *Quatre lectures*, Fayard, 2002

[18] J-P Richard, *Roland Barthes, dernier payage*, Verdier, 2006

[19] J-P Richard, *Chemin de Michon*, Verdier, 2008

[20] J-P Richard, *Pêle-mêle*, Verdier, 2010

二、其他文献

[1] [法] S. 马拉美. 马拉美诗全集. 葛雷，梁栋译. 杭州：浙江文艺出版社，1996

[2] [德] 埃德蒙德·胡塞尔. 想象学的方法. 倪良康译. 上海：上海译文出版社，1994

[3] 陈卫平，廖志伟. 柏格森和他的哲学生命的冲动. 上海：上海三联书店，1988

[4] 陈淳，刘象愚. 比较文学概论. 北京：北京师范大学

出版社，1988

[5] [法] 梵第根．比较文学论．戴望舒译．长春：吉林出版集团有限责任公司，2010

[6] 冯寿农．文本·语言·主题——寻找批评的途径．厦门：厦门大学出版社，2001

[7] 冯寿农．阅读乃是批评的关键的第一步．文艺理论与批评，1989（2）

[8] 冯寿农．法国主题学批评与精神分析批评结合趋势管窥．批评家，1988（5）

[9] [法] 加斯东·巴什拉尔．梦想的诗学．刘自强译．北京：生活·读书·新知三联书店，1996

[10] [法] 加斯东·巴什拉尔．水与梦——论物质的想象．顾嘉琛译．长沙：岳麓书社，2005

[11] 高秉江．从"先验自我"到"主体间性"．见倪梁康等：中国现象学与哲学评论（第四辑），上海：上海译文出版社，2001

[12] 高宣扬．当代法国哲学导论（上卷）．上海：同济大学出版社，2005

[13] 高宣扬．狄尔泰：生命及人文社会科学逻辑的探索者．http://acmilanzhu.blog.163.com/blog/static/10664356-12011449320990/

[14] 郭宏安．"日内瓦学派"的启示．中国社会科学院院报，2003-05-13

[15] 郭宏安．从阅读到批评——"日内瓦学派"的批评方法论初探．北京：商务印书馆，2007

[16] [立] 格雷马斯，A.J. 结构语义学．蒋梓骅译．天

津：百花文艺出版社，2001
[17] 黄晞耘．巴特思想的转捩点．世界哲学，2004（1）：29～42
[18] [德] 胡塞尔．现象学．李光荣编译．重庆：重庆出版社，2006
[19] 胡亚敏．比较文学教程．武汉：华中师范大学出版社，2011
[20] 蒋济永．现象学美学阅读理论．桂林：广西师范大学出版社，2001
[21] 乐黛云．中西比较文学教程．北京：高等教育出版社，1988
[22] 李达三．比较文学研究之新方向．台北：联经出版社，1982
[23] 李建盛．影响的焦虑：西方话语资源与当代中国文学批评．中国文学研究，2000（4）：74～80
[24] 叶朗主编．意象．北京：北京大学出版社，2013（4）：现象学与艺术讨论会专辑
[25] 刘连杰．身体主体间性美学研究．北京：人民出版社，2013
[26] 刘鹏翔编．主题学研究论文集．台北：东大图书公司，1983
[27] 鲁京明，冯寿农．主体间意识在文本上的对话——析让－皮埃尔·里夏尔的主题批评．厦门大学学报（哲社版），2008（2）
[28] [法] 罗杰·法约尔．批评：方法与历史．怀宇译．天津：百花文艺出版社，2002

[29] [法] 罗兰·巴特. 批评与真实. 温晋仪译. 上海：上海人民出版社, 1999

[30] [奥] 马丁·布伯. 我与你. 陈维纲译. 北京：生活·读书·新知三联书店, 1986

[31] 马新国主编. 西方文论史. 北京：高等教育出版社, 2002

[32] [法] 梅洛-庞蒂. 行为的结构. 杨大春, 张尧均译. 北京：商务印书馆, 2005

[33] [法] 普鲁斯特. 一天上午的回忆——驳圣勃夫. 沈志明译. 北京：北京燕山出版社, 2006

[34] 钱中文. 文学理论：走向交往对话的时代. 北京：北京大学出版社, 1999

[35] 钱中文. 新理性精神文学论. 武汉：华中师范大学出版社, 2000

[36] 钱中文. 新理性精神与文学理论. 东南学术, 2002 (2)

[37] [比] 乔治·布莱. 批评意识. 郭宏安译. 南昌：百花洲文艺出版社, 2010

[38] [美] 汤普森. 世界民间故事分类学. 上海：上海文艺出版社, 1991

[39] [英] 特雷·伊戈尔顿. 二十世纪西方文学理论. 伍小明译. 北京：北京大学出版社, 2007

[40] [苏] 托马舍夫斯基. 主题. 俄国形式主义文论选. 方珊等译. 北京：生活·读书·新知三联书店, 1989

[41] 王静. 从主题到意象——法国主题学发展简述. 法国研究, 2001 (2)

[42] 王路平. 胡塞尔人本主义现象学探析. 华中师范大学

学报（哲社版），1995（4）：14~21
- [43] 王岳川．日内瓦学派的批评．文艺研究，1998（6）
- [44] ［德］温迪·默瑟．德国浪漫主义与法国美学理论．邢莉译．艺术探索，2010，24（6）：34~40
- [45] ［美］韦勒克，沃伦．文学理论．刘象愚等译．北京：生活·读书·新知三联书店，1984
- [46] ［美］乌尔利希·韦斯坦因．比较文学与文学理论．刘象愚译．沈阳：辽宁人民出版社，1987
- [47] 伍蠡甫主编．现代西方文论选．上海：上海译文出版社，1983
- [48] 先刚．德国浪漫派的哲学观．学术月刊，2012（2）：55~62
- [49] 杨春时．本体论的主体间性与美学建构．厦门大学学报（哲社版），2006（2）：5~10
- [50] 杨春时．美学．北京：高等教育出版社，2004
- [51] 杨春时．文学理论：从主体性到主体间性．厦门大学学报（哲社版），2002（1）：17~24
- [52] 杨春时．中国美学的主体间性转向．光明日报，2005-02-22
- [53] ［法］伊夫·塔迪埃．20世纪的文学批评．史忠义译．天津：百花文艺出版社．2002
- [54] 张闳．物之梦与巴什拉尔的诗学．中国图书评论，2006（9）
- [55] 张寅德．法国结构主义文论的擅变．华东师范大学学报，1988（3）
- [56] 中国社会科学院外国文学研究所．波佩的面纱——日

内瓦学派文论. 北京：社会科学文献出版社, 1995
- [57] 朱立元主编. 当代西方文艺理论. 上海：华东师范大学出版社, 2003
- [58] Assoun, P-L., Littéraiture et psychanalyse, Ellipses, éditions marktings S. A 1996
- [59] Bachelard, G., L'air et les songes, José corti, 1943
- [60] Bachelard, G., L'eau et les rêves, José corti, 1942
- [61] Bachelard, G., La poétique de l'espace, Presses universitaires de France, 1957
- [62] Bachelard, G., La Terre et les Rêverie de la volonté, Corti, 1947, p. 3
- [63] Bachemard, G., La poétique de l'espace, PUF, 1957
- [64] Barthes, R., Essais critiques, Ed. Du Seuil, 1964. PP. 255-256
- [65] Béguin, A., L'Âme romantique et le rêve, José Corti, 1939
- [66] Bénézet, Mathieu (1946) interviewer, Entretien numéro 1 et 2 diffusés les 10 et 11 janvier 1977
- [67] Bélisle, P., 《Sur la critique de Jean-Pierre Richard》, Liberté, vol. 12, n° 1, 1970, pp. 131-139
- [68] Bergez, G., et al., Introductionaux méthodes critiques pour l'analyse littéraire, Paris, Dunod, 1996
- [69] BERTRAND, J-P., DURAND, P., Les poètes de la modernité de Baudelaire à Apollinaire, Seuil, 2006
- [70] Bony, J., Lire le romantisme, armand colin, 2005
- [71] Bourdin, D., La psychanalyse de Freud à aujourd'hui,

Bréal, 2000

[72] Baudoin, S., "Jean-Pierre Richard «embrasse» Barthes", Acta Fabula, Mai 2006 (Volume 7, numéro 2), URL: http://www.fabula.org/revue/document1304.php

[73] Brouillet, A., 《Conflits de lecture autour de Barbare: Rimbaud lu par Jean-Pierre Richard et Sergio Sacchi》, dans 《Complications de texte: les microlectures》, Fabula LHT (Littérature, histoire, théorie), n° 3, 1septembre 2007, URL: http://www.fabula.org/lht/3/Brouillet.html

[74] Cabanès, J-L, Larroux, Guy, Critique et théorie littéraire en France(1800~2000), Editions Belin, 2005

[75] Castin, N., Sens et sensible en poésie moderne et contemporain, Presses universitaires de France, 1998

[76] Cazes, H., Jean-Pierre Richard, Paris: Bertrand-Lacoste, 1993

[77] Collot Michel. Le thème selon la critique thématique. In: Communications, 47, 1988. Variations sur le thème. Pour une thématique. pp. 79-91

[78] Collot, M., "Thématique et psychanalyse", Territoires de l'imaginaire. Pour Jean-Pierre Richard, Paris, Éditions du Seuil, 1986, pp. 213-233

[79] Collot, M., *La poésir moderne et la structure d'horizon*, presses universitaires de France, Paris, 1989

[80] Collot, M., *Merleau-Ponty et le littéraire*, presses de l'Ecole normale supérieur, Paris, 1998

[81] Collot, M. , *Paysage et poésie du romantisme à nos jours*, José Corti, 2005

[82] Collot, M. , *La matière-émotion*, presses universitaires de France, Paris, 1997

[83] Collot, M. , «L'oeuvre comme paysage d'une expérience. Merleau-Ponty et la critique thématique», dans Merleau-Ponty & le littéraire, textes réunis et présentés par Anne Simon et Cassin, N. , Presse de l'Ecole normale supérieure, 1997, pp. 23 – 37

[84] Collot, M. , "La critique" sensualiste "de Jean-Pierre Richard" Essais (critiques) Littérature (critique littéraire) . Revue N° 424 parue le 16 – 09 – 1984

[85] Daniel, B. , Introduction aux méthodes critiques pour l'analyse littéraire. Dunod. 1996

[86] De Boisdeffre, Pierre, Que sais-je, Les écrivains français d'aujourd'hui, Presse universitaires de France, 1985

[87] Didier Jacob, C'est le plus grand critique actuel. Éloge de la lecture, Le Nouvel Observateur, jeudi 24 juin 2010

[88] Doubrovsky, S. , Pourquoi la nouvelle critique: critique et objectivité, Mercure de France, 1970, P103

[89] DUFRENNE, M. , Phénoménologie de l'expérience estétique I, presses universitaire de France 1953

[90] DUFRENNE, M. , Phénoménologie de l'expérience estétique II, presses universitaire de France, 1953

[91] Ducros D. , La notion de structure et son ambiguïté: le chemin de Jean-Pierre Richard et son enseignement,

Ecole doctorale " Lettres et sciences humaines ". Journées, Aix en Provence, FRANCE (10/02/1995) 1998, pp. 55 – 67

[92] EAGLETON, T. , Critique et théorie littéraires une introduction, Resses universitaires de France, 1994

[93] Elisabeth Ravoux Rallo, Méthodes de critique littéraire, Armand Colin, 1999

[94] Entretien avec Jean-Pierre Richard, Entretien numéro 1 et 2 diffusés les 10 et 11 janvier 1977, Producteur: Institut national de l'autovisuel (France, 1986), Publication: 1998

[95] Foucault, M. , Le Mallarmé de J. -P. Richard. In: Annales. Économies, Sociétés, Civilisations. 19e année, N. 5, 1964. pp. 996 – 1004

[96] Freud, Le Mot d'esprit et ses rapports avec l'inconscient, 1905

[97] Genette, G. , Figures I, Seuil, 1966

[98] Germaine Memmi, Freud et la création littéraire, L'harmattan, 1996

[99] Georges, R. , Jean-pierre Richard, Terrain de lecture, Lecture, 1997, volume 107, No3; pp. 124 – 125

[100] Hesnard, A. , L'Œuvre de Freud et son importance pour le monde moderne, Paris, Payot, 1960

[101] Interview: Avec l'écrivain et essayiste Jean-Pierre Richard, France culture, 2010. 09. 05

[102] Isabel Matos Dias, Merleau-Ponty, une poïétique du

sensible, trad. , Ronaud Barbaras, presses universitaires de France, 2001

[103] Joëlle Gardes Tamine, Marie-Claude Hubert, Dictionnaire de critique littéraire; Armand Colin, 2011, pp. 216 – 217

[104] Jouve, V. , La poétique du roman, Armand Colin, 2006

[105] Les Chemins actuels de la critique, sous la direction de G. POULET, Plon, 1967, p. 389

[106] Littrature No164. Jean-Pierre Richard [C] . Paris: Larousse, 2011

[107] Merleau-Ponty, M. , 《Le doute de Cézanne》, Sens et non-sens, GALLIMARD, 1996

[108] Merleau-Ponty, M. , Le visible et l'invisible, Gallimard, 1964, p. 185

[109] Merleau-Ponty, M. , Signes, Gallimard, 1960, p. 97

[110] Mallarmée, Mots anglais, Truchy Leroy frères, 1877

[111] Proust, M. , Du côté de chez Swann, La Recherche du temps perdu, tome I, Bibliothèque de la Pléiade, 1987

[112] Merleau-Ponty, M. , " Le langage indirect et les voix du silence ", dans Signes, Paris, Gallimard, Folio/Essais, 1960, p. 117

[113] Merleau-Ponty et le littéraire, textes réunis et présentés par Anne Simon et Nocolas Castin, Paris: Presse de l'école normale supérieure, 1997

[114] Merleau-Ponty, M. , " Le roman et la métaphysique"

dans Sens et non-sens, Gallimard, NRF, collection 《Bibliothèque de philosophie》, 1996

[115] Merleau-ponty, M. , 《Cinq notes sur Claude Simon》, Parues dans Esprit, no 66, 1982

[116] Merleau-Ponty, M. , *Le problème de la parole*, résumé de cours, Collège de France, 1952 ~ 1960, cité par Michel Collot dans *Merleau-Ponty & le littéraire*, textes réunis et présentés par Anne Simon et Nicolas Cassin, Presse de l'Ecole normale supérieure, 1997, P26

[117] Merleau-ponty, M. , le corps et le sens, Presses universitaires de France, 2005

[118] Merleau-Ponty, M. , Phénoménologie de la perception, Paris: Gallimard. 1945, pp. 173 – 177

[119] Merleau-Ponty, M. , La Prose du monde, Gallimard, 1969

[120] Merleau-Ponty, M. , Parcours Deux 1951 ~ 1961, Éditions Verdier, 2000, P. 304

[121] Florian Pennanech, 《Tout peut être dit》. Critique et totalisation dans Microlectures et Pages Paysages 》, dans 《 Complications de texte: les microlectures》, Fabula LHT (Littérature, histoire, théorie), n°3, 1 septembre 2007, URL: http://www.fabula.org/lht/3/Pennanech.html

[122] Poulet, G. , *Entre moi et moi. Essais critiques sur la conscience de soi.* Paris, Corti, 1977

[123] Poétique, No126, Paris: Éditions du Seuil, 2001

[124] Starobinski, J. , La relation critique, Gallimard, 2001

[125] Starobinski, J., Jean-Jacques Rousseau, la transparence et l'obstacle, Paris Gallimard, 1976

[126] Mallarmé, S., Oeuvres complètes, Bibliothèque de la Pléiade, Gallimard, 1951, p. 902. cité par J-P. Richard dans l'Univers imaginaire de Mallarmé, P30

[127] TADIE, J-Y., Introduction à la vie littéraire du XIX siècle, Armand colin, 2004

[128] Terrien, M., La révolution de Gaston Bachelard en critique littéraire, Klincksieck, Paris, 1970

[129] Territoires de l'imaginaire, pour Jean-Pierre Richars, Textes réunis par Jean-Claude Mathieu, Editions du seuil, 1986

[130] TOURSEL, N., VASSVIERE, J., Littérature: textes théoriques et critiques, Nathan, 1994

[131] Valette, Bernard, Esthétique du roman moderne, Nathan, 1997

[132] Wolfgang I., L'act de lecture, théorie de l'effet esthétique, Trad., Evelyne Sznycer, Mardaga, 1997

[133] Ynhui Park, ' Idée chez Mallarmé - la cohérence rêvée, seojin, 2005

[134] Yvan, L., Sept motifs pour Jean-Pierre Richard. À propos de Jean-Pierre Richard, L'état des choses. In: Littérature, N°80, 1990. Carnets, cahiers. pp. 112-119

后　记

　　在历经数载探索，终于完成这本书的时候，我心中百感交集，回望走过的这段历程，曲曲折折，充满艰辛。与里夏尔这样一位学识渊博，文学功底深厚的批评家对话，进行批评的批评，我感到前所未有的压力。里夏尔总是避开坦途，喜欢另辟蹊径，寻找奇异独特的风景，这对于缺乏方位感的我而言可谓是考验。所幸的是，在我碰到困难的时候，在我犹豫徘徊的时候，总会遇上好心人为我照亮，哪怕只有一星星微弱的光线也足以让我看到脚下的路，让我获得继续前行的勇气。我的导师冯寿农教授给了我很大的支持，在国内他是第一个研究主题批评的学者，非常推崇里夏尔这位独特的批评家，因此一直鼓励我将里夏尔研究继续下去，他对我的研究计划的制订给予了悉心指导。在研究过程中，当我有了新的想法，提出不同见解时，他不但能够倾听，而且鼓励我大胆地坚持自己的观点，甚至鼓励我质疑他以前提出的观点，他让我看到了一位严谨治学的学者的宽广胸怀，同时也让我有了信心和勇气。

　　前进的道路并不平坦，单单收集资料就是个大问题，本以为像里夏尔这样的大家，研究他的人一定不少，可是当我得到国家留学基金委的资助到巴黎八大访学并开始查阅资料时，却发现有关他的研究成果远不及我想象得多，而且大都是20世纪80年代以前的，篇幅很有限，即便是法国国家图书馆可查到的直接研究里夏尔的资料也很有限，这不免让我有些失望。记得有一天下午，我在地铁上遇到了八大的 J.-N·伊鲁兹（Jean-Nicolas Illouz）先生，我跟他聊起了来巴黎要完成的计划，他非常热心地向我推荐了两本书，说它们能够帮助我了解主题批评，这真是让我喜出望外，第二天我就去八大的图书馆借书，只借到了其中的一本，后来还是拜托一位在十大的朋友帮我复印了另一本书，这两本书虽然不是研究里夏尔的，但给了我很多启发，帮我打开了思路，有了收集资料的新方向，另一位八大的文学教授皮埃尔·巴亚尔（Pierre Bayard）先生也为我在巴黎的访学提供了种种便利，若是没有他们的帮助，我恐怕要多走好多弯路。在巴黎的半年，我的大部分时间都是在图书馆度过的，享受了八大图书馆、索邦大学图书馆和法国国家图书馆的工作人员为我提供的周到服务，我永远也忘不了他们陪伴我度过的那段时光。

研究里夏尔的过程也是我不断思考，不断否定和重建的过程，里夏尔让我对文学批评有了新的认识，他带着我欣赏了各种风景，渐渐地我觉得自己开始理解他，并乐于探索他的世界，我对他由陌生到了解，进而充满敬意。这也许并不利于批评，记得杨春时教授经常告诫我们要有超越精神，是的，作为一位学者应该保持自己的独立，应该有更多的问题意识，这也许就是我的不足之处。在我完成写作之后有幸得到了中国社会科学院研究员史忠义老师的指点，他让我对文中涉及的一些概念和理论问题有了新的认识，并为我进一步的修改和继续研究指引了方向,此外杨春时教授、俞兆平教授和林丹雅教授也提出了宝贵的建议,对各位专家给予的指导我由衷感激。我深知自己的研究还很肤浅,还有很多问题等待我们去探究,学无止境,探索也没有终点,但求能够越走越远。